KNAUR

GABRIELLA ENGELMANN

Das Glück
KOMMT IN
Wellen

ROMAN

KNAUR

Besuchen Sie uns im Internet:
www.knaur.de

Aus Verantwortung für die Umwelt hat sich die Verlagsgruppe
Droemer Knaur zu einer nachhaltigen Buchproduktion verpflichtet.
Der bewusste Umgang mit unseren Ressourcen, der Schutz unseres
Klimas und der Natur gehören zu unseren obersten Unternehmenszielen.
Gemeinsam mit unseren Partnern und Lieferanten setzen wir uns
für eine klimaneutrale Buchproduktion ein, die den Erwerb von
Klimazertifikaten zur Kompensation des CO_2-Ausstoßes einschließt.
Weitere Informationen finden Sie unter: www.klimaneutralerverlag.de

Originalausgabe Mai 2022
Knaur Taschenbuch
© 2022 Knaur Verlag
Ein Imprint der Verlagsgruppe
Droemer Knaur GmbH & Co. KG, München
Alle Rechte vorbehalten. Das Werk darf – auch teilweise –
nur mit Genehmigung des Verlags wiedergegeben werden.
Redaktion: Birgit Förster
Covergestaltung: ZERO Werbeagentur, München
Coverabbildung: Collage unter Verwendung von adehoidar,
Dmitr1ch und aesah kongsue / Shutterstock.com
Illustration im Innenteil: adehoidar / Shutterstock.com
Satz: Daniela Schulz
Druck und Bindung: GGP Media GmbH, Pößneck
ISBN 978-3-426-52622-4

2   4   5   3   1

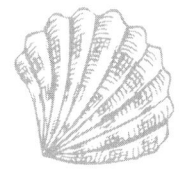

Es waren einmal zwei kleine Städte am Meer.
Die Menschen lebten dort in friedlicher Eintracht, glücklich und
wohlhabend. Alles, was die Nordsee und die Natur ihnen im
Überfluss schenkten, machten sie sich nutzbar.
Doch im Jahre 1350 suchte die Pest Nordfriesland heim.
Die zahllosen Opfer des Schwarzen Todes von Grotersum und
Lütteby wurden unter einer Anhöhe am Meer beerdigt, auf der
Wald gepflanzt worden war, um die unterirdisch Bestatteten in
den endlosen Frieden des Himmels zu geleiten.
Die Kosten hierfür wurden hälftig von »Greewhuger« Ragnar
Ketelsen getragen, die restlichen Gelder stammten aus Spenden
der Bewohner Lüttebys. Sie alle wollten sich Seelenheil für ver-
meintliche Sünden erkaufen und künftige Katastrophen von sich
und ihren Liebsten abwenden.
Doch es sollte anders kommen, verheerende Sturmfluten brachen
über das Land herein und brachten großes Leid und Armut.
Darüber entzweiten sich die beiden Gemeinden, anstatt gemein-
sam dafür zu kämpfen, dass wieder Wohlstand und damit
Sicherheit einkehrten.
Dies ist bis heute so geblieben, sehr zum Missfallen des Herrn …

Winter

VOR ACHTUNDVIERZIG JAHREN

Die Eisschicht auf dem Waldsee glitzerte in der frühen Februarsonne wie ein Teppich aus Kristallen.

Das kleine Mädchen stand am Ufer und blickte verzaubert auf das bläulich gefrorene Wasser des Weihers, auf dem die Sonnenstrahlen fröhlich umhertanzten.

In den Baumwipfeln sangen die Waldvögel den Frühling herbei, obgleich es noch viel zu früh dafür war. Denn Biike-Brennen, das Fest zur Vertreibung der Wintergeister, stand erst bevor.

Dieser Monat war der kälteste im noch blutjungen Jahr.

Doch das Mädchen liebte ihn, weil er sich rau und kühl gebärdete.

»Geh auf gar keinen Fall aufs Eis, es ist noch zu dünn und trägt dich nicht«, hatte ihre Mutter sie gewarnt, seitdem die Kleine davon träumte, Pirouetten auf dem zugefrorenen See zu drehen und Bilder mit den Kufen ihrer nagelneuen Schlittschuhe ins Eis zu kratzen, das danach aussehen würde wie Pulverschnee. Sie hatte ihrer Mutter nichts versprochen, sondern einfach gar nichts gesagt. Schon von klein auf hatte sie ihren eigenen Kopf, war wild und voller Abenteuerlust. Doch zuweilen auch verschlossen wie eine Auster und so traurig, dass es in der Seele wehtat.

Zu ihren Lieblingsbüchern gehörte die Geschichte von Ronja Räubertochter von Astrid Lindgren, die ihr die Mutter allabendlich vorlas, weil sie selbst noch nicht so gut lesen konnte. Doch mittlerweile gelang es ihr besser, die Geheimnisse der Buchstaben zu entschlüsseln, sie zusammenzusetzen und mit mutiger, wenn auch unbeholfener Kinderschrift zu Papier zu bringen.

Die tapfere, starke Ronja war ihr großes Vorbild, deshalb war sie so gern im Wald, suchte zwischen bemoosten Findlingen nach Spuren von Graugnomen und Dunkeldruden, nach wilden Brombeeren und giftigen Pilzen. Vor allem aber nach den Unterirdischen, die vor Jahrhunderten unter der dreißig Meter in den Himmel ragenden Anhöhe begraben worden waren, an deren Hängen sich der Gespensterwald entlangschlängelte und auf einem Plateau über der stürmischen Nordsee thronte.

Obwohl sie sich vor den Unterirdischen fürchtete, fühlte sie sich auf eine unerklärliche Weise von ihnen angezogen ...

Je länger sie auf die Eisschicht starrte, desto mehr vermischte sich der Gesang der Vögel mit Klängen, die sich tief in ihr Herz bohrten, etwas darin anrührten und kitzelten.

Waren das die sirenenhaften Locktöne der Unterirdischen, die Ronja an einem Nebelschwadentag in ihre Gefilde holen wollten, aus denen keiner jemals zurückgekehrt war?

Die Kleine bekam Gänsehaut, die Gesänge wurden lauter und lauter. Das Gewicht der Schlittschuhe, die sie sich über die Schulter geworfen hatte, zog plötzlich an ihr wie Blei, also stellte sie die schneeweißen Schühchen vor sich auf den Waldboden.

Wie hübsch sie aussahen, und wie schön sie glänzten.

Sie hatten im Dezember letzten Jahres unter dem Weihnachtsbaum auf das Mädchen gewartet, und von diesem Tage an freute sie sich darauf, sie endlich anzuziehen und mit ihnen auf dem Eis zu tanzen, über sich den weiten, hohen Himmel, umgeben vom Dunkel des Waldes.

»Ich probiere sie jetzt an«, murmelte sie leise, obschon kein Mensch weit und breit zu sehen oder zu hören war. »Anprobieren kann nicht schaden.«

In dem Bewusstsein, etwas Verbotenes zu tun, setzte sie sich auf eine überfrorene, dicke Baumwurzel, streifte die Winterstiefel ab, stellte sie beiseite und schlüpfte in die Schlittschuhe. Dann stand sie auf und freute sich darüber, dass sie mit diesen Schuhen ein kleines Stück größer war.

Wie schön musste es sein, endlich erwachsen zu sein, tun und lassen zu können, was sie wollte.

Dann durfte sie selbst entscheiden, wann sie Schlittschuh lief, wie lange sie nachts las, konnte sich den Bauch mit Grießschnitten und Apfelmus vollschlagen und ihr Herz mit Geschichten über ferne Länder füllen, die sie bereisen wollte. Ihre Welt war ihr schon immer zu klein und zu eng gewesen.

Es gab Tage und Nächte, in denen die Kleine glaubte, ersticken zu müssen. Und Tage, an denen sich Trauer und ein Gefühl von Einsamkeit über sie legte wie ein schwarzes Tuch. Nur hier im Wald und am Meer konnte sie frei atmen und sie selbst sein.

Wie von einer fremden Macht getrieben, setzte sie einen Fuß auf das Eis, das am Rande des Waldsees mit Fichtennadeln, Eicheln, Bucheckern und Tannenzapfen bedeckt war. Doch sie vernahm kein verdächtiges Knacken, das ein Zeichen dafür gewesen wäre, dass die Schicht zu dünn war.

»Ich bleibe wohl trotzdem besser am Rand«, sagte sie leise zu sich und stand, ehe sie sichs versah, mit beiden Beinen auf dem verbotenen Eis.

Plötzlich ergriff Übermut Besitz von ihr.

Vorsichtig, doch zugleich voller Drang nach Abenteuer, entfernte sie sich schließlich vom Uferrand.

Immer ein bisschen weiter … und weiter … und weiter …

Als eine leise, warnende Stimme sich in den Gesang mischte, der sie so sehr betörte und antrieb, beschwor sie in sich den Satz, den Ronja stets gesagt hatte, wenn dunkle Furcht nach ihr griff und sie zu lähmen drohte.

Ihre Lippen formten die Worte: »Im Mattiswald ist man am sichersten, wenn man sich nicht fürchtet. Manchmal muss man auch etwas wagen.«

9

Da wurde sie mutiger und damit fröhlicher und erfreute sich an dem Geräusch, das die scharf geschliffenen Kufen machten, und an dem Gefühl von Freiheit, das ihr Flügel verlieh.

Ihre ersten Bewegungen waren geprägt von Unsicherheit, doch dann wurden die Drehungen schwungvoller, die Bewegungen kühner, wackelige Kreise zu perfekten Pirouetten.

Irgendwann drehte sich das Mädchen wie ein Wirbelwind um die eigene Achse, und das aufgeraute Eis spritzte nach allen Seiten, dass es eine reine Freude war. Die Baumkronen tanzten um sie herum, beugten sich zu ihr herab, als wollten sie sich ehrfürchtig vor ihr verneigen, die Waldgeister klatschten hörbar Beifall.

Als das Eis plötzlich brach und binnen Sekunden an ein Spinnennetz erinnerte, wurde dem Mädchen kalt ums Herz.

Während sie zwischen den Eisschollen im Wasser einsank, dachte sie an ihre Mutter, an die kleine Stadt am Meer und an alles, was sie so gern noch erlebt hätte.

Ihre Kleidung hatte sich mittlerweile vollgesogen und zog sie in die Tiefe des Waldsees. Zudem kam es ihr so vor, als umklammerten die Seenixen ihre Beine, um sie zu sich in die Unterwelt zu holen. Das Mädchen schlug um sich, obgleich es wusste, dass dies nicht ratsam war.

Doch sie erkannte, dass sie noch nicht bereit war, ins Reich der Toten zu gehen.

Sie wollte leben – um jeden Preis.

In diesem Moment flog ein schwerer, langer Ast in ihre Richtung und verfehlte nur um ein Haar ihr Gesicht.

»Schnapp ihn dir, ich ziehe dich heraus«, rief eine Stimme.

Beinahe blind vor Angst griff sie mit klammer, steifer Hand nach dem Ast, der in diesem Moment wegglitschte und übers Eis schoss wie ein Puck.

»Halte durch, ich werfe dir noch einen zu«, rief die Stimme, und diesmal gelang es ihr, den Ast festzuhalten.

Ihre Zähne klapperten, ihr war schwindelig und übel, doch der Zweig war ein Geschenk der schützenden Bäume, ein Rettungsanker, der ihr Mut machte und Zuversicht gab. Ihre Mutter hatte stets gesagt, dass Bäume denjenigen Schutz boten, die ihn suchten und brauchten, und sie hatte recht gehabt.

»Versuch dich weiter nach oben zu stemmen, damit ich dich besser zu mir ziehen kann«, sagte die Stimme, und dann begann es auf einmal zu schneien.

Dicke, weiche Flocken segelten auf das Mädchen herab und bedeckten zuerst ihre Haare und dann ihr Gesicht.

In diesem Augenblick fühlte die Kleine sich, als sei sie gefangen in einer Zwischenwelt, die schön und grausam zugleich war. Sie liebte den Schnee und die Kälte und genoss die weichen Flocken auf ihrer Haut.

Doch sie dachte auch voller Wehmut an das Gutenachtlied, das die Mutter stets für sie gesungen hatte, genau wie Lovis, die Räubermutter, das Wolfslied für Ronja.

Ich werde meiner Tochter keine Lieder singen können, fuhr es ihr schmerzhaft in den Sinn, und dann verschmolz sie mit der kalten, ewig währenden Dunkelheit …

- 1 -

Geht's dir ein bisschen besser?«, fragt Sinje mitfühlend, als ich ihr den Schlüssel für die Eingangstür zum Kirchturm zurückgebe. Ich war auf der Plattform, von der man einen tollen Ausblick auf unseren kleinen Marktplatz hat, um meine Gedanken zu sortieren und einen anderen Blick auf die Dinge zu gewinnen, die vergangene Nacht passiert sind. Doch die Zeit war viel zu kurz, ich fühle mich immer noch, als hätte ein Panzer meine Seele überrollt.

Der Verrat durch zwei Menschen, die mir viel bedeuten, wiegt schwer wie Blei. Henrikje hat mir verschwiegen, dass sie Kontakt zu meiner verschollen geglaubten Mutter hat, und Jonas scheint ein falsches Spiel mit mir zu spielen, weil Bürgermeister Falk van Hove ihn offenbar dafür engagierte, uns Mitarbeiter der Touristeninformation auszuspionieren.

»Leider nein, aber ich sehe immerhin ein wenig klarer in Bezug darauf, was ich will«, erwidere ich mit einem Trauerkloß im Hals, der mir das Sprechen erschwert. »Doch ich weiß trotzdem noch nicht, wen ich zuerst zur Rede stellen soll: Henrikje oder Jonas, beide haben mich gleichermaßen verletzt.«

Sinje seufzt und wiegt ihren Kopf nachdenklich hin und her, dabei fallen ihr die blonden, seidigen Haare tief ins Gesicht. Wir haben bis in die frühen Morgenstunden bei ihr im Pastorat darüber gesprochen, was gestern Nacht passiert ist, und ich bin unendlich froh, sie in dieser Situation an meiner Seite zu haben. Eine bessere Freundin als sie kann man sich nicht wünschen.

Sinje öffnet gerade den Mund, um zu antworten, als ein melodisches *Pling* den Eingang einer Nachricht ankündigt. Alarmiert zücke ich das Handy, denn trotz der Wut auf meine Großmutter bin ich natürlich besorgt wegen ihres plötzlichen Verschwindens, das so gar nicht zu ihr passt. Sie weiß genau, wie sehr ich unter dem mysteriösen Abtauchen meiner Mutter Florence leide und dass dieses Kindheitstrauma eine Verlustangst in mir ausgelöst hat, die ich wohl nie ganz überwinden werde, egal, wie alt ich bin.

Dass ich gestern Nacht durch Zufall eine Postkarte von Florence aus Paris gefunden habe, macht die Sache nicht besser, denn meine Großmutter ließ mich in dem Glauben, sie hätte niemals ein einziges Lebenszeichen von ihrer verschollenen Tochter erhalten.

Die Textnachricht ist von Henrikje und zieht mir beinahe den Boden unter den Füßen weg. Die Buchstaben verschwimmen vor meinen Augen, als ich sie laut vorlese. »Helmut ist tot. Herzinfarkt«, stammle ich, mir ist flau im Magen, und mein Kopf fühlt sich an, als bestünde er aus Watte.

»Helmut, tot?!« Sinje reißt ungläubig die Augen auf. »Du meinst Ankas Mann Helmut?«

»Ja. Henrikje bittet mich, dir Bescheid zu geben, damit du schnellstmöglich bei Anka vorbeischaust. Und ich soll bis auf Weiteres allein im Lädchen arbeiten. Wie gut, dass ich heute keinen Dienst in der Touristeninformation habe. Ich … ich kann das gar nicht fassen …«

»Oh, mein Gott«, murmelt Sinje betroffen. »Was ist denn auf einmal los? Erst diese fürchterlichen Geschichten mit Jonas und Henrikje, und nun stirbt auch noch Helmut, einer der nettesten Männer Lüttebys. Er war doch topfit, sportlich und hat sich gesund ernährt. Puh! Ich kann es gar nicht fassen. Kommst du denn …?«

»… allein klar?«, beende ich Sinjes zögerliche Frage, weil ich ihren Zwiespalt geradezu körperlich spüren kann. »Natürlich tue ich das. Kümmere du dich um Anka, sie braucht dich und deinen seelischen Beistand jetzt viel dringender als ich. Aber vielleicht können wir ja den heutigen Abend zusammen verbringen.« Mir graut bei dem Gedanken an die kommenden Tage, in denen so vieles geklärt werden muss, das zu heftigen Auseinandersetzungen führen wird. Vom schmerzhaften Liebeskummer und meiner unbändigen Wut auf Jonas mal ganz zu schweigen. Damit muss ich zwar allein fertigwerden, doch mit Sinjes Beistand wird es bestimmt ein wenig leichter.

»Aber natürlich«, sagt sie. »Magst du gegen acht vorbeikommen? Wenn du Lust hast, kannst du dich auch gern für länger im Pastorat einquartieren, dann hätten wir endlich mal wieder so richtig Zeit füreinander und könnten es uns gemütlich machen. Gunnar ist übrigens gerade für eine Woche auf Motorradtour mit seinem Kumpel.«

Da ich Henrikje sowieso gerade nicht mit dem Fund der Karte konfrontieren kann, erscheint mir Sinjes Vorschlag äußerst verlockend. Ich hätte ohnehin große Lust, mich entweder ebenso in Luft aufzulösen wie Florence damals oder meine Siebensachen zu packen und für ein paar Wochen zu verreisen, egal wie sehr ich Lütteby vermissen würde. Doch angesichts des unfassbaren Leids, das Anka widerfahren ist, schäme ich mich wegen meiner ichbezogenen Gedanken und Wünsche.

Denn ich fühle nicht nur mit Henrikjes bester Freundin mit, sondern auch mit meiner Großmutter.

Sie hing mindestens genauso sehr an Helmut wie ich, denn wie Sinje schon ganz richtig sagt: Er war ein äußerst liebenswerter, kluger und humorvoller Mann. Immer optimistisch, egal, wie viele Stolpersteine das Leben ihm oder seiner Frau vor die Füße warf. Einer von ihnen war so schwer gewesen, dass so mancher aus Lütteby geglaubt hatte, die beiden würden sich niemals von dieser Tragödie vor etwa vierzig Jahren erholen, die einen weiteren Keil zwischen Grotersum und unserer kleinen Stadt am Meer getrieben hatte.

Ich war als Kind häufig bei den Enzmanns zu Besuch, wenn Henrikje verreist war oder etwas zu tun hatte, das ihre volle Aufmerksamkeit erforderte. Beide eroberten sich schnell den Platz als »Ersatz-Großeltern« in meinem Leben, schade, dass wir uns in letzter Zeit nicht mehr so häufig wie früher gesehen haben.

»Also dann bis heute Abend«, murmele ich, immer noch erschüttert von der Tragödie, die nicht nur Anka, sondern auch Blumenhändlerin Violetta ereilt hat, denn Helmut war ihr Onkel. Ob Vio und ihre Tochter Mathilda schon von seinem Tod wissen?

Sinje umarmt mich kurz und schultert ihre Umhängetasche. »Also dann bis später. Halt die Öhrchen steif und lass dich nicht unterkriegen. Alles Weitere beschnacken wir später«, sagt sie und geht zu ihrem Fahrrad.

Kaum ist sie aus meinem Blickfeld entschwunden, fällt mir ein, dass das Lädchen noch gar nicht geöffnet hat, weil Henrikje bei Anka ist.

Also marschiere ich raschen Schrittes in Richtung des Geschäfts und krame im Gehen nach dem Ladenschlüssel. Es tut gut, sich auf die banale Normalität zu besinnen, wenn die Welt in Scherben liegt, das habe ich schon häufig festgestellt. Arbeit kann eine enorme Ablenkung und Hilfe sein, allein schon deshalb, weil man sich seinen Kummer nicht anmerken lassen darf und funktionieren muss.

»Was ist los, wieso ist hier noch keiner?«, fragt mich eine blondierte, stark geschminkte Frau, geschätzt um die fünfzig, die vor der verschlossenen Tür steht. »Ich brauche dringend Sun-Lotion, bevor die Sonne mir noch den Teint ruiniert. Sind hier etwa alle so unzuverlässig wie Sie?«

Mir liegt auf der Zunge zu sagen, dass es weitaus größere Probleme gibt als einen Laden, der eine halbe Stunde später öffnet, als es auf dem Türschild steht. Doch ich spare mir die Bemerkung, denn mir fehlt gerade die Kraft für eine Auseinandersetzung dieser Art. »Gibt's denn hier eigentlich weit und breit keinen Drogeriemarkt oder eine Parfümerie?«

Die Stimme der Dame, die ich noch nie zuvor in Lütteby gesehen habe, ist vorwurfsvoll und herrisch.

Ich öffne die Tür und lasse ihr den Vortritt. Das verschafft mir Luft, einmal tief durchzuatmen und zudem zu überlegen, wo Henrikje wohl gerade die Sonnenschutzmittel aufbewahrt. Sie hat nämlich gestern begonnen, umzudekorieren, und dann bleibt erfahrungsgemäß kein Stein auf dem anderen.

»Drüben in Grotersum finden Sie beides«, erwidere ich und schaue mich suchend um. Im Lädchen sieht es aus, als hätte eine Bombe eingeschlagen.

»Etwa in dem Ort auf der anderen Seite des Flusses, wo das Rathaus steht?«, fragt die Dame und sieht sich naserümpfend um. »Ich habe absolut keine Zeit, dorthin zu gehen, denn es kommen gleich Handwerker, die ich ins Haus lassen muss. Sie haben doch sicher von dem neuen Restaurant gehört, das bald das gastronomische Highlight der Region sein wird. Beste Nachbarschaft für Sie, würde ich mal sagen.«

Oh, nein! Das Restaurant im Erdgeschoss des Giebelhäuschens der alten Stine wird also doch eröffnet, obwohl die Werbegemeinschaft *Unser kleiner Marktplatz* versuchen wollte, dies zu verhindern. Dann waren wir offenbar doch zu spät, um diesen Plan zu vereiteln. Und Bürgermeister Falk van Hove hat mich eiskalt angelogen, als er am Telefon sagte, er wolle seine Entscheidung hinsichtlich der Flächennutzung noch mal überdenken und sich dann wieder bei mir melden.

»Habe ich«, erwidere ich so knapp wie möglich, schlucke

meinen Frust hinunter und überlege, wie ich Federico vom italienischen Restaurant *Dal Trullo* und Cafébesitzerin Amelie diese unschöne Neuigkeit möglichst schonend beibringe.

Und natürlich Sinje, die sich unendlich schuldig fühlen wird, weil sie vergessen hat, unsere Vorschläge zur Nutzung der freien Mietfläche an den Bürgermeister weiterzugeben.

Während ich darüber nachdenke, welche Konsequenzen das alles nach sich ziehen wird, suche ich nach der Lotion und bin froh, dass ich schließlich zwischen Kirschkernkissen, Traumfängern und Flipflops fündig werde. Wenn man diesen Sonnenschutz mit Lichtschutzfaktor fünfzig aufträgt, sieht man allerdings aus wie eine Mumie und könnte im Prinzip gleich einen Neoprenanzug tragen.

»Der ist ja für Kinder«, schnaubt die Dame empört, als ich ihr die Flasche reiche.

»Tut mir leid, aber das ist momentan alles, was ich Ihnen anbieten kann. Ansonsten finden Sie bestimmt noch etwas bei Kai Bredow in der Markt-Apotheke.«

Allerdings zu Apothekerpreisen, füge ich im Geiste hinzu.

Und plötzlich bekomme ich unerwartet Schützenhilfe, allerdings von demjenigen, dem ich auf gar keinen Fall begegnen wollte. »Das ist eine hervorragende Creme. Mit diesem Hautschutz können Sie problemlos den Himalaja besteigen oder sich fünf Stunden bei sengender Hitze auf einer Luftmatratze über die Wellen schaukeln lassen«, sagt Jonas, den ich vor lauter Suchen gar nicht habe hereinkommen sehen. »Nehmen Sie die, Sie werden keine bessere finden, deshalb benutze ich sie selbst auch.«

Ich hyperventiliere beinahe vor Schreck. Mein Herz sinkt ins Bodenlose, ich fühle mich völlig überfordert, zumal ich vor der Kundin nicht so mit ihm reden kann, wie ich es tun würde, wenn wir allein wären.

»Ach wirklich?«, fragt die Überschminkte und schnurrt wie eine Katze. »Vielen Dank für den Tipp. Dann will ich Ihnen mal vertrauen und hoffe, Sie bald als Gast in meinem neuen Restaurant *Alles, was glücklich macht* begrüßen zu dürfen. Wir eröffnen am Freitag, den fünfzehnten Juli, direkt nebenan.«

»Das habe ich bereits in der Zeitung gelesen«, erwidert Jonas und lächelt so charmant, dass mir übel wird.

Er hat seine Information natürlich nicht aus der Lokalpresse, sondern aus allererster Hand und war wahrscheinlich sogar derjenige, der Bürgermeister Falk van Hove frühzeitig gesteckt hat, dass Stines Haus zum Verkauf stand. Der kann es wiederum sicher kaum erwarten, das Familienimperium um ein gut gehendes Restaurant zu erweitern, dessen Pacht viel Geld in seine Privatschatulle spült. Doch Jonas ahnt nicht, dass ich von seinen geheimen Machenschaften weiß, und plaudert fröhlich weiter. »Kompliment, der Name ist gut gewählt, schließlich möchte jeder Mensch glücklich sein. Und gutes Essen macht nun mal glücklich.«

»Ach, wie schön, da spricht offenbar ein Experte«, freut die Dame sich und reicht mir die Sonnencreme, damit ich den Betrag in Henrikjes uralter silberner Registrierkasse eingeben kann.

»Leben Sie hier, oder machen Sie Urlaub in Lütteby? Ich bin übrigens Nicola Bartelsen, freut mich, Sie kennenzulernen.«

Das verzückte Lächeln der Kundin ist mindestens so schwer zu ertragen wie der routinierte Flirt von Jonas. Der Dialog zwischen den beiden beweist, dass er genau weiß, wie man Frauen manipulieren kann, und diese Fähigkeit bei Bedarf gezielt einsetzt. Bei der Vorstellung, dass Jonas' Verhalten mir gegenüber nichts weiter war als Taktik, könnte ich glatt den Schneeschieber nehmen, der in greifbarer Nähe steht, und ihn Jonas mit voller Wucht über den Kopf ziehen.

»Ich arbeite vertretungsweise in diesem schönen Städtchen, denke aber gerade ernsthaft darüber nach, dauerhaft hier zu leben«, erwidert Jonas, strahlt und zwinkert mir zu. Dieses strahlende Zwinkern schmerzt bis tief in die Zehenspitzen.

Sein Lächeln wirkt auch in diesem Moment so echt und ehrlich, dass ich kaum glauben kann, dass er uns von der ersten Sekunde an im Namen Falk van Hoves ausspioniert und mich für seine Zwecke benutzt hat.

Es ist genau dieses Lächeln, das mein Herz zum Tanzen und meinen anfänglichen Widerstand gegen ihn zum Schmelzen gebracht hat wie die Schlagsahnehaube auf einem Becher Pharisäer. Doch wird er die Show des Mannes, der sich angeblich Hals über Kopf in mich verliebt hat, tatsächlich weiter durchhalten?

»Dann ziehen Sie mal ruhig hierher«, säuselt die Dame. »Ich habe zwar Angestellte, die sich um das Restaurant kümmern, werde es mir aber nicht nehmen lassen, gerade in der Anfangsphase immer wieder persönlich in diesem wunderhübschen Städtchen nach dem Rechten zu sehen. Vielleicht nehme ich mir hier sogar ein Zimmer, dann muss ich die weite Strecke nach Kiel nicht so häufig fahren.«

Frag doch gleich, ob Jonas mit dir ins Bett will, denke ich und weiß kaum wohin mit meinen überbordenden Gefühlen.

Ich schäme mich dafür, dass ich rasend eifersüchtig bin, obwohl Jonas sich so schäbig benommen hat, dass ich es immer noch nicht fassen kann.

Was für ein Mensch tut so etwas?

Wie können einem Beruf, Geld und Macht so wichtig sein, dass man dafür alle Prinzipien der Menschlichkeit über Bord wirft?

Doch halt: Wer sagt denn eigentlich, dass Jonas die jemals hatte und nicht nur so getan hat, als ob …

Während die beiden über die Stadt Kiel plaudern, fliegen meine Gedanken zurück zu dem Tag, als Jonas zum ersten Mal in der Touristeninformation aufgetaucht ist. Da bin ich intuitiv auf Abstand gegangen und fand ihn von der ersten Sekunde an ekelhaft überheblich. Doch da war dieser unglaublich tolle Duft, der mir auch jetzt wieder in die Nase steigt.

Als Nicola Bartelsen endlich gegangen ist, blickt Jonas mich fragend an, geht einen Schritt auf mich zu, und ich weiche mehrere zurück. Ich wollte doch vorbereitet sein, wollte einen Plan haben, eine Strategie, wenn wir einander treffen. Ohne diese Strategie fühle ich mich hilflos. Und das macht mich noch wütender.

»Alles in Ordnung mit dir?«, fragt Jonas. »Freust du dich denn gar nicht, mich zu sehen?«

Ich habe keine Chance, auf seine Frage zu antworten, ihn zur Rede zu stellen oder hochkant aus dem Lädchen zu werfen, denn Michaela aus dem *Modestübchen* kommt durch die Tür und schaut sich suchend um. »Moin, ihr beiden, ist Henrikje gar nicht da? Sie hat einen Tee gegen meine Magenprobleme für mich gemischt.« *Michaela und ihr untrügliches Gespür für schlechtes Timing.*

»Nein, sie ist bei Anka. Du hast vielleicht schon gehört, dass Helmut letzte Nacht gestorben ist.«

»Wie bitte?!« Michaela ist so entsetzt, dass sie leicht taumelt und sich am Kassentresen festhalten muss. Jonas stützt sie, führt sie zu einem Stuhl und schenkt ihr ein großes Glas Wasser aus der Karaffe, die Henrikje für Kundschaft bereithält, ein. Er streichelt behutsam ihren Arm, eine rührende Geste, die so gar nicht zum Bild eines herzlosen Karrieristen passt.

Ein leiser Hoffnungsschimmer keimt in mir auf.

Vielleicht ist Rantjes gestrige Enthüllung am Ende nichts weiter als ein riesengroßes Missverständnis?!

Gibt es womöglich doch eine Erklärung für die vermeintliche »Spionage«, die Jonas' E-Mail-Austausch mit Falk van Hove in einem anderen Licht erscheinen lässt?

Und sollte man nicht erst mal denjenigen, über den schlecht geredet wird, konfrontieren, statt sich ein vorschnelles Urteil zu bilden?

Henrikje hat mir von Kindesbeinen an eingebläut, dass jede Form von Vorverurteilung mindestens ebenso schlimm ist wie das vermeintliche Vergehen des anderen. Ein Teil von mir wünscht sich so sehr, dass die Anschuldigungen gegen Jonas falsch sind, dass es beinahe wehtut.

Doch der andere befürchtet, dass dem nicht so ist und ich mich damit abfinden muss, einem abgekarteten Machtspiel zum Opfer gefallen zu sein.

- 2 -

Was ist los mit dir?«, fragt Jonas, nachdem Michaela sich halbwegs berappelt hat, ich ihr Henrikjes Spezialmischung *Magentee* gegeben habe und sie wieder zurück ins *Modestübchen* gegangen ist. »Irre ich mich, oder bist du irgendwie …« Seltsam, diesen sonst so eloquenten und toughen Mann um Worte ringen zu sehen. »… abweisend? Im Moment wirkst du so, als hättest du gar nichts mit der Frau gemeinsam, mit der ich gestern Abend Hand in Hand zur Villa spaziert bin.«

»Ach was, das kommt dir nur so vor«, erwidere ich mit einem gequälten Lächeln, das wahrscheinlich aussieht wie eine Grimasse, denn ich fühle mich wie im falschen Film. Gestern haben wir uns noch leidenschaftlich geküsst, und heute stehen wir uns als Gegner gegenüber. »Der plötzliche Tod von Helmut macht mich traurig. Er war, genau wie Thorsten, eine Art Opa für mich.« Ich nenne bewusst den Namen meines Chefs, damit Jonas merkt, wie gern ich Thorsten Näler mag und wie sehr ich mich auch privat mit meinem Chef verbunden fühle. Er muss wissen, dass er mit seiner Handlungsweise eine Menge Menschen verletzt, die mir viel bedeuten.

»Oh, das wusste ich nicht«, murmelt Jonas betreten. »Mir sagte der Name nichts, aber so oder so ist es immer furchtbar traurig, wenn Menschen aus dem Leben scheiden, erst recht natürlich, wenn das eigene Herz an ihnen hängt.«

Jonas' Worte jagen mir einen Schauer über den Rücken.

Doch keinen wohligen, prickelnden, sondern einen der Art, die zeigt, dass man zutiefst im Inneren berührt ist.

Berührt von Worten, die ehrlich gemeint sind und klingen, als verbinde derjenige, der sie ausspricht, eigene Erfahrungen und Empfindungen damit. Und genau dieses Gefühl lässt mich plötzlich etwas sagen, was ich ursprünglich gar nicht sagen wollte.

Ich hatte eigentlich vor, erst eine Strategie mit Thorsten zu besprechen, gemeinsam mit ihm zu beratschlagen, wie wir mit dieser schwierigen Situation umgehen. Doch stattdessen höre ich auf meine Intuition und schließe die Ladentür von innen ab, denn jetzt darf keinesfalls jemand stören. »Machst du gemeinsame Sache mit Falk van Hove, um seinen Einfluss in Lütteby zu stärken?« Meine Frage schafft einen so großen Abstand zwischen uns, als sei Jonas gerade im südlichsten Apulien und ich hier, nahe der Nordseeküste.

»Wie meinst du das?«, fragt Jonas zögerlich.

Ich versuche, aus dem Tonfall seiner Stimme herauszuhören, ob er sich ertappt fühlt, und suche in seinen wunderschönen grünen Augen nach der Wahrheit. Ich werde seine Frage nicht beantworten, sosehr es mich auch reizt, ihn mit Rantjes Erkenntnissen zu konfrontieren. Denn ich weiß aus Erfahrung, dass es in solchen Situationen ratsam ist, so wenig wie möglich zu sagen, denn langes, beharrliches Schweigen bringt das Gegenüber unweigerlich zum Sprechen.

Tatsächlich funktioniert meine Taktik. »Ich habe den Job von Falk bekommen, wenn es das ist, was du wissen willst«, erwidert Jonas, nun wieder mit deutlich festerer Stimme. »Wir kennen uns von einem Tourismus-Kongress in Berlin, der vor einigen Monaten stattgefunden hat. Zu dieser Zeit habe ich mit meiner Arbeit als Dozent gehadert, weil ich lieber wieder praktisch arbeiten will, als zu lehren. Das Unterrichten ist, wie du selbst am besten weißt, nicht jedermanns Sache und sollte denjenigen überlassen werden, die dies mit Leidenschaft tun und nicht immer wieder mit ihrem Beruf hadern.«

In diesem Moment steigt mir unerklärlicherweise der Duft des Meeres in die Nase, dieser wunderbare, einzigartige Cocktail aus Wind, Algen, Salzwasser und unendlicher Weite.

Wir haben vor nicht allzu langer Zeit an einem Abend am Strand darüber gesprochen, dass ich meinen Beruf als Lehrerin nach dem Referendariat an den Nagel gehängt habe. Ich befürchtete, keine so gute Lehrkraft zu sein, wie die Kinder es verdient hatten. Das Gespräch über diesen Bruch in meiner beruflichen Laufbahn war der Auftakt zu einer Vielzahl von unerwarteten Gemeinsamkeiten, die mir nach und nach das Gefühl gaben, meinen ersten Eindruck von Jonas korrigieren zu müssen.

Und ebendiese Gemeinsamkeiten flochten nach und nach unmerklich ein Band zwischen uns, in dem ich mich gerade emotional verheddere.

»Als Thorsten den Unfall hatte, rief Falk mich an und fragte, ob ich mir vorstellen könnte, Herrn Näler für eine Weile in Lütteby zu vertreten«, fährt Jonas fort. »Er sagte, dass der Job eine Möglichkeit wäre zu testen, ob mir die praktische Arbeit wirklich so viel Freude macht, wie ich es mir in tristen Stunden in Luzern ausgemalt habe.«

Bis jetzt klingt seine Geschichte plausibel und ganz und gar nicht so, als steckte irgendeine Taktik oder gar ein perfider Plan dahinter. Zudem deckt sie sich damit, was Thorstens Freund über die Verbindung zwischen Jonas und dem Bürgermeister gesagt hat. »Nachdem ich signalisiert hatte, dass ich diese Chance gern nutzen würde, stellte Falk den Kontakt zu Moiken Haase in Husum her, über deren Schreibtisch alles läuft, was den Tourismus im Kreis Nordfriesland betrifft. Sie war einverstanden und schloss mit mir einen Vertrag über den Zeitraum von vier Wochen.«

Jonas sieht mich dermaßen intensiv an, dass es mir schwerfällt, seinem Blick standzuhalten. Doch trotz – oder gerade wegen –

dieser skurrilen Situation muss ich beinahe lachen, als ich mir vorstelle, was für ein Bild wir abgeben: Ich habe meine Arme abwehrend vor der Brust verschränkt und stehe leicht breitbeinig da, um mich zu erden. Diese Haltung hat Henrikje mir gezeigt, als ich ihr von meinem Autoritätsproblem gegenüber den Schulkids erzählt habe, und sie »Sei ein Baum« genannt.

Jonas steht vis-à-vis, seine Körperhaltung ist allerdings eindeutig lässiger als meine. Er hat die rechte Hand in die Tasche seiner Hose gesteckt, die andere baumelt locker am Körper. Alles an ihm signalisiert, dass er sich weder *ertappt* fühlt noch im Unrecht. In diesem Moment sieht er unschuldig und jungenhaft aus und – leider! – so unwiderstehlich, dass ich schwer an mich halten muss, um ihn nicht zu umarmen. Bei der bloßen Erinnerung an seine zärtlichen, sinnlichen Küsse beginnen meine Knie zu zittern, und ich schmelze innerlich dahin. Doch Jonas darf auf keinen Fall wissen, wie ich mich fühle, also muss ich mich schleunigst auf eine rationale Ebene begeben.

»Mal was ganz anderes«, sage ich, weil meine Gedanken natürlich auch um die Touristeninformation kreisen, »hast du Rantje gesagt, wo du steckst? Musst du nicht wieder zurück ins Büro?«

»Sie weiß, dass ich hier bin, und meldet sich, sollte sie plötzlich von Urlaubern überrannt werden. Übrigens war sie vorhin auch nicht gerade ein Ausbund an Freundlichkeit und guter Laune. Gibt es irgendetwas, das ich wissen sollte?«

Ich ringe mit mir. Soll ich ihn jetzt mit den E-Mails auf Rantjes USB-Stick konfrontieren oder lieber einen geeigneteren Zeitpunkt abwarten? Immerhin müssen wir beide arbeiten, und draußen stehen schon zwei Kunden, die sich bestimmt wundern, weshalb ich hinter verschlossener Tür mit Jonas rede.

»Ja, das solltest du, allerdings ist das gerade weder der richtige Ort noch die passende Zeit.«

»Wie wäre es dann heute Abend? Da sind wir ja ohnehin verabredet«, sagt Jonas und schenkt mir einen Blick, den ich unter anderen Umständen als sehnsuchtsvoll deuten würde.

Sofort gerät mein Herz wieder aus dem Takt, denn ich würde ihn liebend gern treffen. Der gestrige Abend mit ihm, diese unerwartete Nähe, der gemeinsame Spaziergang zur Spukvilla und die aufregenden Küsse gehören zu meinen schönsten Erlebnissen der vergangenen Jahre. Doch ich muss jetzt standhaft auf Kurs bleiben, egal, wie sehr mein Herz sich nach etwas völlig anderem sehnt.

»Da kann ich leider doch nicht, denn ich bin bei Sinje eingeladen. Außerdem werde ich mich auch um Anka und Henrikje kümmern müssen, denn gerade Anka braucht jetzt jede Unterstützung, die sie kriegen kann.«

»Das verstehe ich«, sagt Jonas, geht allerdings gar nicht weiter darauf ein, dass wir gestern Nacht vereinbart hatten, den heutigen Abend gemeinsam zu verbringen, was mich erst recht verwirrt. Ist seine lapidar klingende Antwort ein Zeichen dafür, dass ihn meine Absage gar nicht tangiert?

Oder ist er womöglich sogar erleichtert, dass wir uns nicht sehen? Das würde zu meiner Befürchtung passen, dass Jonas ein falsches Spiel spielt. »Hast du eine Idee, was ich dazu beitragen könnte, zu helfen? Ich kenne Anka zwar nicht, aber ich weiß, wie man sich fühlt, wenn man trauert.«

»Momentan fällt mir nichts Konkretes ein, aber es ist gut zu wissen, dass du ihr beistehen möchtest. Ich melde mich wieder bei dir, ja?«

Obwohl seine Bemerkung hinsichtlich der Trauer mich neugierig macht, muss ich ihn unbedingt loswerden, denn mir wird die Fahrt auf dieser emotionalen Achterbahn gerade zu viel, also öffne ich die Tür und komplimentiere Jonas hinaus.

Nachdem er sich verabschiedet hat, verspüre ich allerdings ein wehmütiges Ziehen in meiner Brust anstelle von Erleichterung.

Wieso muss das alles nur so kompliziert sein?

Wieso musste ich mich ausgerechnet in einen Mann verlieben, der meine Gefühle wahrscheinlich gar nicht erwidert und seine für mich nur vorgetäuscht hat?

Wie gut, dass Mareike, der Star unserer Trachtentanzgruppe, eine Urlauberin und viele weitere Kunden mich ablenken und Dinge bei mir kaufen, die ich tatsächlich auf Anhieb finde.

So vergeht der Tag schneller als gedacht, im Handumdrehen ist es 16 Uhr. Samstags schließen alle Geschäfte in Lütteby zwei Stunden eher als üblich, und wir Marktplätzler treffen uns zumeist auf einen kleinen Umtrunk. Doch heute herrscht bei Kai aus der Apotheke, Amelie aus dem Café, Federico vom italienischen Restaurant, Ahmet und Michaela ebenfalls gedrückte Stimmung.

Deshalb erscheint es mir unpassend zu erzählen, dass es leider nicht gelungen ist, die Eröffnung des neuen Restaurants zu verhindern, also verschiebe ich diesen Punkt auf meiner To-do-Liste innerlich auf Montag.

Blumenhändlerin Violetta und ihre Tochter Mathilda fehlen bei unserem Treffen vor dem Lädchen, auch Henrikje ist noch nicht wieder aufgetaucht, und Sinje hat zu viel zu tun, um vorbeizukommen. Unsere Runde ist ungewohnt unvollständig, was mich noch trauriger macht, als ich es ohnehin schon bin.

»Was soll isch zum Anstoßen auf den lieben 'elmut bringen?«, fragt Amelie, die heute noch zarter wirkt als sonst. Ihre Augen sind leicht geschwollen, vermutlich hat sie geweint.

»Keine Ahnung, mir ist gerade alles egal«, murmelt Apotheker Kai betrübt. Helmut war ein guter Freund von ihm, die beiden haben zusammen Karten gespielt, Radtouren unternommen und stundenlang mit ihren Ferngläsern Vögel beobachtet.

»Auf alle Fälle etwas Starkes, auch wenn mein Magen gerade herumspinnt«, sagt Michaela, immer noch blass um die Nase. Federico nickt zustimmend.

»Für mich bitte türkischen Tee mit Minze und Honig«, lautet der Wunsch von Ahmet, der, wie immer, gedankenverloren in die Ferne blickt. Irgendwann werde ich ihn fragen, ob er an etwas Bestimmtes denkt, wenn er den Blick so schweifen lässt. Oder ob das seine Art ist, nach einem langen Arbeitstag zu entspannen.

»Ich komme mit und helfe dir«, sage ich zu Amelie und folge ihr ins Café, das beinahe direkt neben Henrikjes Giebelhäuschen liegt. Dazwischen befindet sich nur ein Wohnhaus, dessen Erdgeschoss nicht gewerblich genutzt wird.

Es gehört einer wohlhabenden Hamburger Familie, die allerdings nur sehr selten hier ist. Schade, denn es gibt genug Suchende in unserer kleinen Stadt, die sehr gern in einer der vier Wohnungen in diesem Haus leben würden und sich stattdessen mit einem Kompromiss zufriedengeben müssen.

Als wir durch die schöne Tür mit den Blumenornamenten treten, bin ich, wie immer, entzückt von der Behaglichkeit, die *Chez Amelie* ausstrahlt. Es ist diese besondere, von der Französin kreierte Mischung, die diesen Ort so einzigartig macht: Die sanfte, aber ungewöhnliche französische Melodie, die erklingt, wenn man hereinkommt. Die ausladende Vitrine mit Köstlichkeiten, die einem das Wasser im Munde zusammenlaufen lassen. Der Duft von Vanillezucker, Zimt, frisch gepresster Zitrone und Anis, der stets in der Luft liegt. Als sei er das eigens kreierte Parfüm des Cafés mit den nostalgischen Plüschmöbeln aus einem Theaterfundus, kombiniert mit von Amelie gestalteten Bildern und Figurinen, die an Künstlerinnen des Surrealismus wie Louise Bourgeois, Meret Oppenheim oder Leonora Carrington erinnern.

Ich schnappe mir den Kräutertopf mit Minze, schneide ein paar Stängel ab und wasche sie, während Amelie den Wasserkocher für Ahmets Tee einschaltet. Dann füllt sie fünf Likörgläser mit *La grande Prune*, einem Pflaumenbrand, den Amelies Eltern aus den Früchten der Bäume ihres Gartens auf der Île d'Oléron brennen.

»Lasst uns auf Helmut, Anka und das Leben anstoßen«, sage ich, als wir ein wenig später die Getränke serviert haben.

»Was wollen wir tun, um Anka in dieser schweren Zeit zu unterstützen? Ich könnte mir zum Beispiel vorstellen, das Essen für die Bewirtung bei der Trauerfeier zu übernehmen«, sagt Federico, der als Erstes das schweigende Gedenken an den Verstorbenen unterbricht.

»Gute Idee, isch 'elfe dir dabei und backe Tartes«, stimmt Amelie, wie aus der Pistole geschossen, zu.

»Ich sorge mit meiner Band für den musikalischen Part«, sagt Rantje, die sich nach Dienstschluss zu uns gesellt hat. »Auch wenn Helmut Shantys geliebt hat und ein großer Fan von Santiano war.« Rantje sagt das in einem derart entsetzten Tonfall, dass schon wieder dieses unsägliche Kichern in mir aufsteigt, das immer zur unpassendsten Zeit kommt. »Doch für Helmut und Anka bin ich sogar bereit, *Die letzte Fahrt* zu schmettern.«

»Mal schauen, was ich beisteuern kann«, sagt Kai Bredow leise. »Momentan bin ich aber leider noch nicht in der Lage, mir hilfreiche oder kreative Gedanken zu machen.«

»Das ist doch völlig verständlich«, sagt Michaela und legt den Arm um den rundlichen Apotheker, in dessen Augen Tränen schimmern. »Der Schock sitzt bei uns allen tief, ich kann es auch immer noch nicht glauben.«

Es rührt mich an, zu sehen, wie unsere kleine Gemeinschaft zusammenhält. Momente wie dieser sind es, die mir zeigen, wie unglaublich schön es in Lütteby ist, und zwar nicht nur, weil unser Städtchen schön ist. Sondern vor allem, weil diese Menschen eine innere Schönheit in sich tragen, sich umeinander kümmern, füreinander einstehen und aufeinander aufpassen, egal, was auch geschieht.

In diesem Augenblick, der mir beinahe Tränen in die Augen treibt, flattert ein weißer Vogel auf uns zu und setzt sich mitten auf den Tisch.

»Hallo, Abraxas«, begrüße ich den weißen Raben, der Thorsten Näler gehört und zudem das Maskottchen von Lütteby ist. Abraxas tippelt zwischen den Gläsern hin und her und fegt dabei das von Amelie herunter, doch sie fängt es mit der Leichtigkeit und Eleganz einer Jongleurin auf.

Der weiße Rabe, den ich seit unserer Begegnung in meiner Dachgeschosswohnung innerlich den *Seelenvogel* nenne und der wie ein Botschafter aus einer anderen Welt wirkt, sieht nacheinander jeden Einzelnen von uns intensiv an.

Dann schlägt er erneut mit den Flügeln und fliegt mit lautem *Kraaaraaa* von dannen, in Richtung des Hauses von Anka …

- 3 -

Nachdem die Marktplätzler sich in alle Winde zerstreut haben, gehe ich ins Haus, um Kleidung und Kosmetika für die Übernachtung bei Sinje zusammenzupacken.

Für gewöhnlich fühle ich mich in dem schiefen Giebelhäuschen meiner Großmutter wohlig aufgehoben, doch nun ist auf einmal alles anders. Der Schock, völlig unerwartet ein Lebenszeichen von meiner Mutter gefunden zu haben, sitzt mindestens so tief wie die Wut, die ich auf sie und Henrikje verspüre.

Statt wie üblich dem Foto von Florence im Flur zu erzählen, was mich bewegt, drehe ich es um, genauso wie die zweite Fotografie in meinem Schlafzimmer. Bevor ich nicht weiß, was wirklich los ist, kann ich den Anblick dieser Frau, die mich wenige Wochen nach meiner Geburt im Stich gelassen hat, nicht ertragen.

Kopflos stopfe ich alles Mögliche in meinen blau-weiß geringelten Seesack aus Leinen und verlasse dann fluchtartig das Haus.

Bloß weg hier!

Bloß weg von diesem Ort, der plötzlich keine Heimat mehr für mich ist, sondern ein Lügengebäude, das meine Großmutter offenbar gemeinsam mit Florence errichtet hat.

Als Sinje mir wenig später die Tür des Pastorats öffnet, könnte ich vor Erschöpfung weinen. Die schlaflose Nacht, die vielen ungeklärten Fragen, meine Familie und Jonas betreffend, und zudem noch der Tod von Helmut – das ist einfach zu viel.

»Komm rein, du Süße«, sagt Sinje und nimmt mich fest in den Arm. »Schön, dass du da bist. Wollen wir in den Garten gehen, oder möchtest du lieber in der Küche essen?«

Ich löse mich aus ihrer tröstlichen Umarmung, obwohl ich mich am liebsten für immer darin einkuscheln würde.

Seit gestern Nacht habe ich funktioniert, ohne auch nur eine Sekunde meinen Gefühlen freien Lauf zu lassen. Nun ist in mir nicht mehr das winzigste Fünkchen Kraft, entsprechend bringe ich lediglich ein »Küche« heraus. Die ist nämlich mein Lieblingsort im Pastorat, klein, chaotisch, aber urgemütlich.

»Hast du Appetit auf Inselkartoffeln?«, fragt Sinje, und ich nicke, auch wenn ich mir gerade überhaupt nicht vorstellen kann, wie ich auch nur einen Bissen hinunterbekommen soll. Allerdings habe ich außer zwei Bechern Tee, einem Glas Wasser und dem Pflaumenschnaps noch nichts im Magen und muss dringend etwas essen. »Dachte ich es mir doch«, erwidert sie zufrieden und dirigiert mich zu meinem *Stammplatz* auf der wurmstichigen Holzbank, die nur durch ein Wunder noch nicht zusammengebrochen ist. Sinje sagt immer: »Der liebe Gott passt auf sie auf, weil er genau weiß, wie sehr wir beide sie lieben.« Auch heute stapeln sich auf der alten Schulbank, auf der wir beide schon als Kinder Seite an Seite in derselben Klasse gesessen haben, Zeitschriften, Bücher, herausgerissene Rezepte und ein Topflappen, den Sinje neulich begonnen hat zu häkeln. Doch ein kleiner Platz ist noch frei, nämlich der, an dem wir in krakeliger Kinderschrift unsere Initialen eingeritzt und mit einem Herz umrandet haben. Sinje öffnet die Tür des Backofens einen Spalt, die Wohnküche ist im Nu eingenebelt vom Dampf der brutzelnden Kartoffelhäuflein, die mit geräuchertem Lachs, Pilzen und vielerlei mehr bedeckt sind.

Ich kippe das Fenster, um frische Luft hereinzulassen und auch das Zwitschern der Vögel, für die dieser Tag genauso schön ist wie jeder andere.

»Noch etwa fünf Minuten, dann können wir essen«, sagt Sinje, schmeckt die Vinaigrette ab und fährt sich genussvoll über ihre wunderschönen, vollen Lippen. Dann vermengt sie verschiedene Blattsalate in einer Holzschüssel und zupft anschließend Thymian von einem der Kräutertöpfe auf der schmalen Fensterbank.

»Wie geht es Anka und … Henrikje?«, frage ich, während ich Sinje dabei zusehe, wie sie den Thymian mit einem Wiegemesser zerkleinert. Ihre routinierten Bewegungen und der appetitanregende Duft, der die Küche erfüllt, tun gut und erwecken die Illusion, es sei alles in bester Ordnung.

»Wie es einem eben so geht in einer solchen Situation«, erwidert Sinje seufzend und deckt den Tisch. Ich liebe ihr buntes Sammelsurium aus Flohmarktgeschirr, das vor allem deshalb so wunderbar zusammenpasst, weil es das eigentlich gar nicht tut. Mit dem Besteck ist es ähnlich: Sinje hat silberne Löffel, Gabeln und Messer aus unterschiedlichen Quellen, wie Haushaltsauflösungen, und denkt nicht im Traum daran, jeweils passende Sets zusammenzusuchen. Auch nicht, wenn sie anspruchsvolle Gäste hat, wie zum Beispiel Gunnars Eltern oder – in äußerst seltenen Fällen – Bürgermeister Falk van Hove und den Probst.

Ich ziehe die Schublade aus dem quadratischen Holztisch ein Stück heraus und entnehme ihr hellbeige Leinenservietten, mein Weihnachtsgeschenk für Sinje im vergangenen Jahr.

Die dazugehörigen Serviettenringe aus Porzellan habe ich selbst bemalt und anschließend gebrannt, damit die Muster darauf so lange wie möglich erhalten bleiben. Sinje liebt sie heiß und innig und hält sie in Ehren, was mich sehr freut.

»Henrikje lässt dir ausrichten, dass sie möglicherweise noch länger bei Anka bleibt. Genaueres wird sie dir morgen Nachmittag sagen, damit du entsprechend planen kannst.«

Ich habe ab Montag Dienst in der Touristeninformation, schießt es mir in den Sinn. Doch wenn alle Stricke reißen, muss das Lädchen eben ausnahmsweise mal geschlossen bleiben, oder es findet sich irgendjemand, der Henrikje und mich vertritt.

»Du hast ihr aber nichts von der Postkarte erzählt, die ich gefunden habe, oder?«, frage ich, weil Sinje zwar eigentlich diskret ist und dies auch von Berufs wegen sein muss, jedoch zuweilen zu impulsiven Äußerungen neigt, die später schwer wieder auszubügeln sind.

»Aber wo denkst du hin?! Natürlich nicht. Ich habe ihr nur gesagt, dass du für ein paar Tage im Pastorat wohnen wirst, weil wir beide mal in Ruhe Zeit miteinander verbringen und gewisse Dinge ungestört besprechen wollen. Hochzeitskram und so, das glaubt sie bestimmt. So, jetzt sind die Kartoffeln fertig. Bist du bereit?«

Im Handumdrehen steht das Backblech auf dem Untersetzer, mein Magen meldet sich mit hungrigem Knurren.

»Es geht doch nichts über Inselkartoffeln, nicht wahr?«, sagt Sinje vergnügt und füllt mir drei verschiedene Varianten auf.

Das stimmt allerdings, denn dieses Gericht verbindet Sinje und mich mit einer wunderschönen Zeit. Doch bevor ich den ersten Happen esse, muss ich etwas mit ihr klären. »Möchtest du heute noch darüber sprechen, dass wir es mit dem Restaurant endgültig vergeigt haben und der Umbau schon startet? Die Restaurantleiterin Nicola Bartelsen findet sich selbst und ihre Franchise-Kette übrigens ziemlich toll. Ich habe sie heute kennengelernt.«

Sinje hält kurz in ihrer Bewegung inne, scheint zu überlegen und schüttelt dann energisch den Kopf. »Möchtest du denn weiter darüber reden, was der Fund der Postkarte in dir ausgelöst hat?«

»Auf gar keinen Fall, das hat auch noch Zeit bis morgen. Genau wie das längst überfällige Telefonat mit Thorsten wegen

Jonas. Ich habe ihm vorhin geschrieben, dass ich mich erst morgen bei ihm melden kann. Ach, ich wünschte, ich könnte für eine Weile mit dir nach Amrum verschwinden«, erwidere ich in Erinnerung an den grandiosen Urlaub, in dem wir das köstliche Kartoffelgericht *erfunden* haben, das Sinje für uns zubereitet hat. In diesem Sommer vor zwei Jahren gab es für uns nur den unendlich weiten Kniepsand, Wind in den Haaren, ausgedehnte Spaziergänge am Meer, Fahrradtouren, Salz auf unserer Haut und ein Dauergrinsen im Gesicht, weil kaum etwas glücklicher macht als innige Freundinnenzeit an der Nordseeküste. Nach einem langen Strandtag hatten wir keine Lust mehr gehabt einzukaufen, denn wir waren fröhlich beschwipst von einem Sundowner und zu viel Sonne gewesen.

Alles, was der Kühlschrank der Ferienwohnung hergab, wurde im wahrsten Sinne des Wortes verbraten und auf die gekochten und mit der Gabel zermanschten Kartoffelhäufchen gelegt, die im Englischen »Smashed Potatoes« heißen. Auf die eine Kartoffelinsel kam geräucherter Lachs, auf die nächste klein geschnittene Champignons, vermengt mit Gouda, auf die dritte eine Mischung aus Tomaten, Zucchini und Pinienkernen. Das alles wurde in den Backofen geschoben und zehn Minuten gebacken. Zwei Gläser Weißwein später stritten Sinje und ich uns vergnügt darum, welche Sorte »Sylt«, welche »Amrum« und welche »Föhr« war, da uns die appetitlichen Kartoffeln beim Verschmausen an unsere Lieblingsinseln erinnerten.

»Super Idee, ich bin sofort dabei«, erwidert Sinje mit blitzenden Augen. »Wobei ich auch gern wieder mal nach Föhr möchte, da ist es so schön gemütlich und ...«

»Du willst es doch gar nicht gemütlich und ruhig haben, dich zieht es in Wahrheit zu den tollen Bars am Südstrand, um von dort aus sexy Kitesurfer zu beobachten und Cocktails zu schlürfen«, erwidere ich grinsend. »Außerdem hast du, wie wir beide wissen, eine absolute Schwäche für die Currywurst mit Pommes bei Pitschi's.«

»Das stimmt«, gibt Sinje vergnügt zu und verspeist mit viel Genuss die erste »Insel« und ein halbes Schälchen knackfrischen Salat vom heutigen Bauernmarkt. »Was spricht eigentlich dagegen, uns bald mal wieder Urlaub zu gönnen? Wir arbeiten beide eindeutig zu viel, und was Gunnar kann, können wir doch schon lange, nicht wahr?«

»Vermisst du ihn eigentlich, wenn er weg ist?«, frage ich in Gedanken an unser letztes Gespräch wegen der bevorstehenden Hochzeit und der Tatsache, dass Sinje sich noch Zeit damit lassen möchte, Kinder zu bekommen. Ist Gunnar womöglich weggefahren, um den Streitereien zu entfliehen, die bei den beiden fast schon an der Tagesordnung sind?

Sinje nippt an ihrem schweren Rotwein und scheint nachzudenken. Dann schüttelt sie den Kopf und leert das Glas in einem Zug. »Wenn ich ehrlich sein soll, nein. Ist das schlimm?«

»Schlimm? Was für ein Unsinn«, entgegne ich und trinke einen Schluck Wasser mit Zitrone und frischer Minze. »Ihr seid schon so lange zusammen, da ist es doch völlig normal, dass man ab und zu mal getrennte Wege gehen und etwas ohne den anderen erleben muss, sonst hat man sich irgendwann gar nichts mehr zu sagen. Nach so vielen Jahren Beziehung ist man nun mal leider nicht mehr so verliebt wie am Anfang.«

»Aber es ist schlimm, wenn man anstatt an seinen Verlobten plötzlich an einen anderen denkt und sogar von ihm träumt«, sagt Sinje mit einem Mal ziemlich kleinlaut und schenkt sich Wein nach. Oh, oh, was ist denn jetzt los?

»Sprichst du etwa von diesem Restaurator, diesem Sören …?«

»Ja, ich spreche von Sören, der Sven heißt«, sagt Sinje.

Ach ja, Sven Kroogmann, ich bin heute wirklich durcheinander.

»Aber du kennst ihn doch gar nicht beziehungsweise erst seit eurer gestrigen Besprechung. Ich gebe zu, er war sehr sympathisch, scheint äußerst kompetent zu sein und sieht zudem gut aus. Aber diese Qualitäten treffen auch auf Gunnar zu.«

»Glaubst du an Liebe auf den ersten Blick?«

LIEBE?!

Himmel, hilf, was ist denn auf einmal in Sinje gefahren?

Auch wenn ich das nicht will, muss ich bei dieser Frage an Jonas denken. Obgleich ich es vehement bestritten habe, als Henrikje mir nach dem ersten Zusammentreffen mit ihm auf den Kopf zugesagt hat, dass er mir gefällt, fürchte ich, dass sie recht hatte. Es hat eine Weile gedauert, bis ich mir eingestehen konnte, dass ich mich verliebt habe. Dieses Phänomen, das wir *Liebe auf den ersten Blick* nennen, ist der Rausch von Verliebtheit, gepaart mit körperlicher Attraktion, aus der im schönsten Fall eine Liebe fürs Leben werden kann.

Aber eben nur im schönsten …

»Ich glaube, dass es riskant ist, Sympathie und Anziehung mit einem so großen Gefühl wie Liebe zu verwechseln«, erwidere ich zögerlich, denn ich mag eigentlich gar nicht so sachlich mit diesem hochemotionalen Thema umgehen.

Liebe ist das Gegenteil von sachlich.

Liebe ist gewaltig und zart zugleich.

Liebe verstört und gibt Sicherheit.

Liebe lässt einen weinen und lachen.

Liebe ist Suchen, Verlieren und Finden.

Wer sich auf sie einlässt, muss auf Wolkenbergen tanzen können.

Wenn ich an Sinjes vor Aufregung gerötete Wangen und den Ausdruck in ihren Augen denke, als ich gestern in die Besprechung der beiden geplatzt bin, erübrigt sich ohnehin jeder weitere Kommentar, denn es ist vermutlich eh schon zu spät. Gegen die Wucht der Gefühle ist man nun mal machtlos, und Amors Pfeile treffen ihr Ziel meist unerwartet, wie ich selbst am besten weiß.

»Seht ihr euch denn wieder?«

»Keine Ahnung«, erwidert Sinje leise. »Ich würde es gern, aber ich weiß natürlich auch, dass ich es besser lassen sollte. Meine Beziehung zu Gunnar ist gerade etwas angespannt, deshalb wäre es ungerecht, weiter Öl ins Feuer zu gießen, indem ich mich mit jemandem treffe, den ich anziehend finde. Apropos: Was ist nun mit dir und Jonas? Hast du heute schon mit ihm gesprochen?«

Ich erzähle von unserem ungeplanten Zusammentreffen im Lädchen und davon, wie Jonas zu seinem Vertretungsjob in der Touristeninformation gekommen ist. Dass diese Begegnung einen wahren Orkan der Gefühle in mir ausgelöst hat, behalte ich erst mal für mich. Es ist schließlich völlig verrückt und irrational, einerseits zu vermuten, dass man hintergangen und manipuliert wurde, und sich andererseits so zu demjenigen hingezogen zu fühlen, als sei ein magischer Magnetismus am Werk.

Doch Sinje kennt mich gut genug, um die richtigen Fragen zu stellen. »Und wie war es, ihn zu sehen? Warst du nicht schrecklich nervös und durcheinander? Immerhin habt ihr euch gestern Abend leidenschaftlich geküsst, und du warst auf Wolke sieben. So strahlend habe ich dich noch nie erlebt, auch nicht, als du mit Olaf zusammengekommen bist. Noch nicht einmal, als er dir den Heiratsantrag gemacht hat, obwohl du dich so darüber gefreut hattest.«

Okay, okay, ich muss wohl doch gestehen, wie es tief in mir drin aussieht, obwohl ich das gar nicht möchte.

Denn Dinge werden real, wenn man sie erst einmal ausgesprochen hat. Doch ich will souverän bleiben und das tun, was richtig ist. Und es ist ganz bestimmt nicht richtig, einer Anziehung zu folgen, die wahrscheinlich in einer Katastrophe münden wird. Ich will das nicht noch einmal durchmachen.

Ich habe schon zu häufig loslassen müssen.

Trotzdem bin ich Sinje eine Antwort schuldig. »Durcheinander ist maßlos untertrieben. Zutiefst durchgeknallt und nicht mehr Herrin meiner Sinne trifft es viel eher. Es war furchtbar, ihm distanziert sachliche Fragen zu stellen, zu versuchen, mir ein möglichst unvoreingenommenes Bild von allem zu machen, und mir dabei gleichzeitig zu wünschen, ihn zu küssen und in seinen Armen zu liegen. Klingt widersprüchlich und verrückt, nicht wahr?«

»Nein, tut es nicht. Es hat dich schließlich heftig erwischt, und es hat eine ganze Weile gedauert, bis du dir endlich eingestanden hast, dass du in Jonas verliebt bist. Also kannst du jetzt nicht einfach auf Knopfdruck umswitchen und deine Gefühle ignorieren, die natürlich erst mal stärker sind als das, was du erfahren hast. Zumal du noch gar nicht weißt, ob das auch wirklich alles stimmt. Du solltest mit ihm sprechen, sobald du dich erholt hast«, sagt Sinje seufzend. »Aber trotzdem: Was für eine beknackte Situation. Wieso muss eigentlich immer alles so schwierig sein?«

Mir kommt angesichts des sturmflutartigen Gefühlswirrwarrs einer der Sprüche aus der Glücksrezepte-Textsammlung meiner Mutter in den Sinn:

Eine Welle aus Liebe hat mehr Kraft
als ein Meer aus Verstand. Besser man
lässt sich von ihr tragen ...

Aus heiterem Himmel beginnt Sinje zu kichern.

»Was ist so komisch?«, frage ich verwirrt, unser Gesprächsthema ist schließlich alles andere als erheiternd.

Sinje verschmaust, ohne zu antworten, ein weiteres Kartoffel-häuflein und schießt damit ihre Vor-Hochzeits-Diät in den Wind. Ich schaue ihr zu und freue mich über den Appetit, den sie an den Tag legt. In letzter Zeit hat sie sich nämlich hauptsächlich von gedünstetem Gemüse und Rohkost ernährt und darauf geachtet, dass mindestens vierzehn Stunden zwischen den einzelnen Mahlzeiten lagen. Für mich völlig unvorstellbar, dazu esse ich einfach zu gern.

»Wir haben hier Sylt, Amrum und Föhr«, kommt es giggelnd, nachdem sie zu Ende gekaut hat. »Aber was ist eigentlich mit Pellworm?«

»Wie, was ist mit Pellworm? Ich verstehe nicht …«

»Ist Pellworm eine nordfriesische Insel oder nicht?«

Ah, jetzt fällt der Groschen.

Pellworm ist die nicht ganz so bekannte Schwester der drei anderen und liegt ein wenig ab vom Schuss. »Du findest also, wir vernachlässigen gerade ungerechterweise Pellworm, weil wir für dieses Eiland kein eigenes Rezept haben?«, frage ich amüsiert.

Sinje nickt und trinkt noch ein halbes Glas Wein. »Ja, das tun wir, und das issverdammdungerechd. Pellworm ist bestimmt schnuffelig und wunnnerschön und verdient eine eigene Quatsch-äh, Quetschkartoffel! Außerdem müssen wirunsnochGedanggen über den Belag von Föhr machen, der müsste eigennddlich total grün sein …«

Und du gehörst gleich ins Bett, denke ich, genau wie ich.

Wenn wir ausgeschlafen haben, sollten wir uns dringend ein Rezept für Pellworm überlegen – und ganz bald dorthin fahren.

Nachdem wir mit vollen Bäuchen und beide zum Umfallen müde ins Bett gegangen sind, wälze ich mich im Gästebett herum, doch der ersehnte Schlaf stellt sich leider nicht ein.

Ob es an der ungewohnten Umgebung liegt, an meinen widersprüchlichen Gefühlen oder an den unzähligen Herausforderungen, weiß ich nicht. Doch ich weiß, dass ich definitiv etwas gegen diese Unruhe unternehmen muss, denn nachts haben die Sorgengespenster viel zu viel Macht. Ich war schon als Kind eine schlechte Schläferin, zum Kummer von Henrikje, die meine Schlaflosigkeit sehr viel Kraft gekostet hat. Sie unternahm damals alles Mögliche, um mir die Ruhe und Sicherheit zu geben, die ich so nötig brauchte, weil meine Mutter mir nun mal leider kein Schlaflied vorsingen und mich nicht in ihren Armen wiegen konnte. Oder wollte … dieser Gedanke kam mir erst, als ich die Karte aus Paris las.

Als ich klein war, wohnte ich gemeinsam mit Henrikje im ersten Stock, mein Kinderzimmer war der Raum, in dem heute Großmutters Klavier und ihre Bücherregale stehen und wo sie sich eine spezielle Ecke eingerichtet hat, in der sie meditiert oder Yoga macht. Bevor meine Babywiege dort aufgestellt wurde, war es das Zimmer meiner Mutter. Unglaublich, wie lange das alles her ist, obwohl es sich seit gestern anfühlt, als hätte Florence gerade eben erst eine Postkarte geschickt und mein Leben damit komplett auf den Kopf gestellt.

Durch die dünne Wand höre ich Sinje nebenan schnarchen, wie immer, wenn sie ein bisschen zu viel getrunken hat und auf dem Rücken liegt. Unter anderen Umständen würde ich dieses sanfte Schnorcheln heimelig und sogar lustig finden, doch heute macht es mich verrückt. Sinje kann überall schlafen und beherrscht zudem die Kunst des Powernaps wie keine Zweite, wohingegen ich in durchwachten Nächten schon gefühlt eine Milliarde Schäfchen gezählt, mehrere Schlafmeditations-Podcasts gehört und becherweise Lavendeltee getrunken habe, meist ohne Erfolg. Auch Kaffee, sonst eher ein Beruhigungsmittel für mich, versagt in Nächten, in denen sorgenvolle Gedanken mich im Würgegriff haben.

Irgendwann habe ich die Faxen dicke, schlage die Bettdecke beiseite und stelle mich ans geöffnete Fenster. Der Mond taucht den Pastoratsgarten in ein silbriges Licht, der Wind weht die Rufe des Waldkäuzchens und das *Quiéwiehp* eines Austernfischers zu mir.

Diese nächtliche Stimmung hat mich schon als Kind fasziniert und meine Fantasie abenteuerliche Blüten treiben lassen.

So wurden aus den Lichtsignalen, die der Leuchtturm von Lütteby über die Nordsee schickte, geheime Morsezeichen, die Menschen einander sandten, die getrennt voneinander waren. Das Rascheln des Laubs war eins mit dem säuselnden Gemurmel der Naturgeister, an die ich genauso fest glaubte wie an Elfen und Feen. Baumnymphen, auch Dryaden genannt, lebten in den Blättern der Eichbäume und beschützten deren Seele bis zu ihrem Tod – so habe ich es von Henrikje gelernt und glaube auch heute noch an ihre Existenz.

Große Schatten verwandelten sich zur Geisterstunde in den Scheinriesen Tur Tur aus Michael Endes Kinderbuch, die Scheinwerfer eines vorbeifahrenden Autos in Lichtschwerter, welche die dunkelblaue Nacht in Streifen schnitten, aus denen der neue, himmelblaue Tag gewebt wurde.

Ob ich eine Runde spazieren gehe? Vielleicht hilft das ja.

Noch ehe ich ein Gegenargument finden kann, ziehe ich meinen bodenlangen Strickmantel über den Pyjama, schlinge mir ein Tuch um den Hals und schlüpfe barfuß in meine Sneakers.

Ich schließe behutsam die Tür hinter mir, damit ich Sinje nicht wecke. Die frische Luft tut gut, ich atme sie tief ein und fülle dankbar meine Lungen.

Ein leiser Wind streichelt sanft meine Wangen, als wollte er sagen: »Moin, Lina, schön, dass du jetzt hier draußen bist. Wie wäre es: Wollen wir gemeinsam eine Runde drehen?«

Dieser Einladung folgend setze ich einen Fuß vor den anderen, ohne ein bestimmtes Ziel. Ehe ich michs versehe, tragen meine Beine mich in Richtung Strand. Auf dem Weg dorthin treffe ich keine Menschenseele, noch nicht einmal Hundebesitzer, die ihre Lieblinge zu später Stunde Gassi führen. Kein Wunder, denn es ist ein Uhr morgens, ich habe also vorhin wohl doch ein Weilchen geschlummert, auch wenn es sich gar nicht so anfühlte. Das Großartige an Lütteby ist, dass man sich hier zu jeder Tages- und Nachtzeit frei bewegen kann, ohne Sorge haben zu müssen, dass einem etwas passiert. Ganz im Gegenteil, man sollte selbst darauf achten, dass man nicht versehentlich die Tiere stört, denen die Zeitspanne zwischen Abend- und Morgendämmerung gehört: den scheuen Igeln, den Käuzchen, den Katzen auf Mäusejagd, den Fledermäusen und Grillen, die in diesen Stunden ihre schönsten Konzerte geben.

Während ich einen Fuß vor den anderen setze und mit jedem Meter innerlich ruhiger werde, erklingt in meinem Kopf auf einmal eine Melodie. Ich lausche ihr erstaunt, ohne die leiseste Ahnung, woher sie stammt. Ihre Töne sind leicht, ein wenig traurig und trotzdem tröstlich.

Zu behaupten, ich sei musikalisch, wäre maßlos übertrieben, doch ich singe gern, vor allem, wenn mich keiner hört, das ist der

Vorteil einer Dachgeschosswohnung. Die Melodie in meinem Inneren ist wunderschön und hartnäckig. Sie wird lauter, eindringlicher, und irgendwann beginne ich, die Tonfolge zu summen. Werde ich jetzt etwa verrückt?

Oder sind diese geradezu sphärischen Klänge in meinem Kopf das Ergebnis von völliger Übermüdung?

Obwohl es nahezu stockdunkel ist, erkenne ich die Route zum Strand, ich bin sie schon so häufig gegangen, dass ich sie auch mit verbundenen Augen finden würde. Zudem weist das Signal des Leuchtturms mir den Weg, genau wie den Schiffen auf hoher See. Seit vielen Jahren wird das Leuchtfeuer automatisch betrieben, es ist ewig lange her, dass dort das Leuchtturmwärterpaar gelebt hat, von dem immer noch einige Bilder im Aufgang des Turms hängen. Die leuchtenden, goldschimmernden Zeichen ziehen mich an wie das Licht die Motten, die Melodie in meinem Kopf wird stärker und stärker, und mit einem Mal addiert sich das englische Wort Slumber, also Schlummer, dazu.

Sosehr es auch wehtut, daran zu denken: Es gibt ein drittes Foto von meiner Mutter und mir. Es zeigt Florence, glücklich strahlend, vor dem Leuchtturm von Lütteby. Sie trägt mich an ihrer Brust, eingewickelt in ein blaues Tuch, auf das Henrikje kleine weiße Anker gestickt hat. Dieses Bild habe ich in einer Schublade verwahrt, tief vergraben unter anderen Erinnerungssymbolen, die mich derart schmerzen, dass ich sie am liebsten ganz aus meinem Leben verbannen würde. Wenn ich es ansehe, empfinde ich geradezu körperlich, wie es sich angefühlt hat, meiner Mutter so nahe zu sein. Ich habe ihren Duft in der Nase, spüre das Kitzeln einer Haarsträhne, die der Wind aus ihrem Zopf gelöst hat, auf meinem Gesicht. Zudem höre ich Worte, die ich als Baby nicht verstanden habe und an die ich mich eigentlich gar nicht erinnern können sollte …

Sind dies die Worte, die zu der eigentümlichen Melodie gehören, die sich immer weiter in meinem Kopf einnistet wie ein Vogel in seinem warmen Nest?

Den Blick fest auf den Leuchtturm gerichtet, summe ich weiter.

Ich summe gegen den Schmerz an, der sich wie ein Panzer um mich gelegt hat, seit Florence verschwunden ist, der mich fesselt und einengt. Ich möchte endlich aus diesem Panzer ausbrechen, endlich frei sein. Mein Leben nicht mehr länger mit angezogener Handbremse leben, aus Angst davor, verletzt zu werden. Aus Sorge darum, wieder jemanden zu verlieren, der mir alles bedeutet. Gleichzeitig sehne ich mich aber auch geradezu schmerzlich nach einem Gefühl von Zugehörigkeit, von bedingungsloser Liebe, die ein Leben lang anhält.

Wird es mir jemals vergönnt sein, diese Art Liebe zu erfahren, die ich vermisse, seit ich das Gefühl habe, auch Henrikje nicht mehr vertrauen zu können?

Tränen rollen über meine Wangen, die ganz kalt sind von der kühlen Nachtluft, und ich summe weiter und weiter, beinahe wie in Trance. Irgendwann vermischt sich mein Summen mit einem Text. Bin ich es, die da singt, oder spielt mir eine Kindheitserinnerung einen Streich?

Höre ich den Widerhall des Gesangs von Florence?

Dann verspüre ich auf einmal eine Umarmung, warmen Atem an meinem Hals, eine Hand, die meine ergreift und so festhält, wie ich es mir immer von meiner Mutter gewünscht habe. Ich bekomme Gänsehaut, als ich erkenne, dass es Jonas ist, der wie durch Zauberhand da ist, als ich mich – ohne es mir eingestehen zu wollen – schmerzhaft nach ihm sehne.

»*Golden Slumbers* von den Beatles ist einer der schönsten Songs der Musikgeschichte«, sagt er und zieht mich an sich. »Was es auch ist, das dich gerade so traurig macht und nachts umherwandern lässt, ich will dich davor beschützen«, murmelt er und küsst mir sanft die Tränen von den Wangen.

»Was machst du denn hier?«, frage ich, an Jonas' breite Brust gelehnt. Träume ich, oder ist er wirklich da?

Im Schein des Mondlichts, das Rauschen der Wellen in den Ohren und den Duft des Meeres in der Nase, ist es mir auf einmal egal, was er beruflich macht, mit wem er womöglich kollaboriert oder was er vorhat. In diesem Augenblick zählen nur seine warmen, tröstlichen Lippen, seine Hand, die meinen Rücken streichelt, seine Stimme, die ich so gern höre, weil sie klingt wie ein Sommertag am Meer.

Ich wusste gar nicht, dass er so toll singen kann.

»Ich wollte noch einmal an den Ort, an dem wir unseren ersten gemeinsamen Abend verbracht haben«, erwidert Jonas leise. »Auch wenn es mir schwerfällt, es zuzugeben: Ich war enttäuscht, dass du heute anderweitig verabredet warst.«

»Wieso hast du das nicht einfach gesagt?«, murmele ich und fühle mich immer noch wie in einem Traum, aus dem ich nie wieder erwachen möchte. Es ist schön zu hören, dass er enttäuscht war. Und auch, dass er nachts den Ort aufsucht, an dem wir unseren ersten gemeinsamen Abend miteinander verbracht haben, an dem ich mich wahrscheinlich in ihn verliebt habe. Also bedeute ich ihm offenbar doch etwas.

»Ich habe nicht protestiert, weil ich dich nicht bedrängen wollte. Ich finde es super, wenn du Zeit mit Sinje verbringst, und ich wünsche mir, dass du nur dann mit mir zusammen bist, wenn du auch wirklich Lust dazu hast.«

»Ich wollte dich auch gern sehen, aber mir ist etwas zu Ohren gekommen, das mich verunsichert hat. Eigentlich möchte ich jetzt aber gar nicht darüber reden, auch wenn es ziemlich wichtig ist.«

»Wollen wir ein Stück zusammen spazieren gehen?«, fragt

Jonas. »Wenn du etwas auf dem Herzen hast, sollten wir unbedingt darüber sprechen, auch wenn ich dich viel, viel lieber küssen würde.«

Ich tauche etwas widerwillig aus meiner Zauberwelt auf, doch dies ist meine Chance zu klären, was mir auf der Seele lastet.

Die Chance, herauszufinden, ob er der Jonas ist, den ich in ihm sehe – oder der, von dem Rantje behauptet, er spiele ein falsches Spiel. Jonas legt den Arm um mich, und wir gehen eng umschlungen am Strand entlang, vorbei an den schäumenden Wellen, auf denen das Mondlicht und die Wassernixen irrlichtern. Seine Berührung ist federleicht, erzeugt aber gleichzeitig auch ein wohltuendes Gefühl von Zusammengehörigkeit, das ich wunderschön finde. Ich hole tief Luft, denn nun ist es an der Zeit, Jonas mit Thorstens Verdacht zu konfrontieren. »Thorsten hat die Befürchtung, dass Falk van Hove dich bei uns eingeschleust hat, damit du ihm frühzeitig alle Informationen und Pläne, Lütteby betreffend, zukommen lässt. Er vermutet, dass du seinen Job willst und Falk dich bei diesem Vorhaben unterstützt, damit er noch mehr Macht bekommt. Thorsten ist einer seiner größten Gegner und hat schon viele von Falks ehrgeizigen Plänen vereitelt, wie zum Beispiel das Einkaufszentrum, das vor den Toren Lüttebys entstehen sollte, oder den Abriss des Leuchtturms zugunsten einer Segel- und Surfschule mit eigenem Jachthafen und Gastronomie. Wenn es stimmt, was er vermutet, solltest du dich warm anziehen, denn Thorsten wird es nicht dulden, dass du Falk in die Hände spielst.«

»Du weißt hoffentlich, dass ich für mein Leben gern surfe und segle«, erwidert Jonas mit einem schmunzelnden Lächeln in der Stimme. Ich kann sein Lächeln zwar gerade nicht sehen, weil eine dicke Wolke den Mond verdeckt, doch ich kann es hören und spüren. »Aber jetzt mal im Ernst. Bist du verärgert, weil ich ein potenzieller Konkurrent für Thorsten bin, oder geht es eher um dich? Du bist so engagiert und kreativ und liebst Lütteby über alles. Du wärst also die perfekte Nachfolgerin. Hast du Sorge, dass ich dir beruflich in die Quere komme? Denn das würde ich niemals tun, wenn du künftig Thorstens Job machen willst.«

»Momentan habe ich keine Ahnung, was ich langfristig machen möchte, und es geht mir gar nicht darum, wer später einmal Thorstens Posten übernimmt. Mir ist nur wichtig zu wissen, ob du Falk van Hove geheime Informationen weiterleitest, die ihn nichts angehen.«

In dem Moment, als ich den Satz ausspreche, wird mir klar, wie lächerlich meine Anschuldigung in Jonas' Ohren klingen muss.

Was gibt es schon groß an Geheimnissen zu verraten?

Haben wir uns da womöglich alle in etwas hineingesteigert, weil wir im Grunde unseres Herzens einfach nicht wollen, dass sich etwas verändert? Und weil die legendäre Feindschaft zwischen Lütteby und Grotersum immer noch giftige Blüten treibt?

»Welche Informationen sollten das sein?«, fragt Jonas prompt.

»Zum Beispiel der Verkauf von Stines Haus«, erwidere ich ein wenig verunsichert. »Du hast Falk van Hove in dem Moment davon unterrichtet, als das Schild auf dem Marktplatz stand, das beweist eine E-Mail an den Bürgermeister.«

Jonas lacht leise auf. »Ich frage bewusst nicht weiter nach, wieso du Kenntnis von der E-Mail-Korrespondenz zwischen mir und van Hove hast. Aber meinst du nicht, dass er schon durch den Makler von diesem Verkauf wusste? Der Mann ist Bürgermeister von Grotersum und Lütteby, ist interessiert an wirtschaftlichem Wachstum und möchte klugerweise Norderende eingemeinden. Das mag nicht jedem von euch gefallen, ist aber durchaus zeitgemäß, sichert Arbeitsplätze und stärkt den Standort. Zurzeit weht da draußen ein rauer Wind. Mit Macarons, Rosenblütenfesten und Fahrten auf der Lillebek ist einfach nicht genug Geld zu verdienen, um die Gemeindekassen zu füllen und alles zu bezahlen, was bezahlt werden muss. Lütteby ist so charmant und hat so viel Potenzial, das sollte meiner Ansicht nach genutzt werden.«

»Aber nicht um jeden Preis«, halte ich trotzig dagegen. »Natürlich bringt ein Vorhaben wie der besagte Jachthafen plus Segelschule mehr Geld ein als ein Leuchtturm, der im Grunde genommen überflüssig ist, weil die Navigation der Schiffe auf der Nordsee mittlerweile ohnehin anders erfolgt. Aus diesem Grund möchte ich den Turm auch in ein Hotel umbauen lassen. Ich will, dass er ein Wahrzeichen von Lütteby bleibt. Man kann doch nicht einfach alles abreißen, nur weil es seine Funktion nicht mehr erfüllt oder keinen Profit einbringt.«

»Du sagst es gerade selbst: Ein Hotel, in dem maximal vier Personen auf einmal Urlaub machen können, ist leider keine besonders lukrative Einnahmequelle«, gibt Jonas zu bedenken. »Dennoch finde ich die Idee äußerst charmant. Wir sollten sie Falk van Hove auf jeden Fall vortragen, aber …«

Auf einmal kriecht schlechte Laune in mir hoch wie klamme Luft an einem Novembertag. Die Romantik und die Nähe zwischen uns beiden ist schneller verflogen als die Zeitspanne, in der eine Schar Wildgänse auf dem Weg ins Winterquartier Lütteby überfliegt.

»Wollen wir das Thema Beruf nicht einfach Beruf bleiben lassen und stattdessen diese unglaublich schöne, sternenklare Nacht genießen?«, schlägt Jonas vor. Nun ist seine Stimme wieder deutlich wärmer und weicher, und ich würde tatsächlich nichts lieber tun, als die Themen, die zwischen uns stehen, irgendwohin zu verbannen, wo sie uns nicht weiter trennen.

Im Grunde sind die Differenzen zwischen uns stellvertretend für den ewig währenden Kampf zwischen Alt und Neu. Und somit wahrscheinlich auf Dauer unlösbar.

»Nichts lieber als das, aber lass mich noch eines sagen. Wir glauben in Lütteby fest daran, dass das Geld, das überall gebraucht wird, auch anders verdient werden kann als mit einem Golfplatz, einem privaten Jachthafen oder Luxushotels, die nicht zur Umgebung passen. Ist es nicht schön, dass es hier in Nordfriesland noch Landstriche gibt, die weitgehend unberührt sind? Wo Schafe friedlich auf dem Deich grasen, wo keine Monokultur auf den Feldern herrscht, sondern Vielfalt mit einer Mischung aus Getreide, Mohnblumen und Raps. Wo Kinder unbeschwert spielen können, ohne dass Eltern sich darum sorgen müssen, dass ihnen etwas passiert. Du hast selbst gesagt, wie ursprünglich es hier am Meer ist, es gibt nur wenige Strandkörbe, der Imbisswagen steht lediglich am Wochenende da, und die Menschen sind trotzdem oder gerade deshalb zufrieden. Nicht jeder hat den Anspruch, ein Porsche-Cabriolet fahren, das neueste iPhone besitzen und Urlaub in Dubai machen zu müssen. Wir Lüttebyer sind glücklich, wenn wir gemeinsam vor dem Lädchen einen Plausch abhalten, ein Eis schlecken, am Meer spazieren oder zur Musik von Rantjes Band tanzen können. Glück kann man nun mal nicht kaufen.«

»Und trotzdem fehlt noch immer das nötige Geld für die Reparatur des Glockenspiels, das Pastorat müsste dringend saniert werden, genau wie das Dörpshus. Schau dir die Schlaglöcher auf den Straßen an und die Fassaden einiger Häuser. Wäre es nicht schön, wenn man hie und da mit einer kleinen Finanzspritze nachhelfen und Dinge wieder in Ordnung bringen könnte? Ich sehe nicht, was daran falsch ist.«

»Meine Mutter hat zu diesem Thema mal Folgendes gesagt oder vielmehr geschrieben«, murmele ich. »Schau nicht auf die Schlaglöcher der Straßen, sondern freu dich lieber darüber, dass es diese Straße gibt. Denn sie führt dich ganz bestimmt in ein Abenteuer.«

»Da hat sie völlig recht«, erwidert Jonas und ergreift wieder meine Hand. »Können wir uns also bitte einfach darauf einigen, dass wir zwei im Grunde dasselbe wollen, aber auf unterschiedliche Weise an die Dinge herangehen?«

Jonas' Gesicht wird nun wieder vom Mond beschienen, seine grünen Augen schimmern wie von Morgentau benetztes Gras.

Die Worte aus seinem Mund klingen aufrichtig und klug. »Ich bin keine weltfremde, nostalgische Träumerin, die es sich in einer Scheinwelt gemütlich gemacht hat«, sage ich im Brustton der Überzeugung. »Aber ich glaube felsenfest daran, dass es gelingen kann, mehrere Interessen unter einen Hut zu bekommen, wenn man bereit ist, über den Tellerrand zu schauen und auch mal unkonventionelle Wege zu gehen.«

Wenn das mit uns beiden auch nur den Hauch einer Chance haben soll, dann müssen wir im Großen und Ganzen übereinstimmen, denn ich verrate meine Ideale und Werte nicht für die Liebe.

Als Jonas mich küsst, werfe ich die leisen Zweifel daran, dass ich ihn auf meine Seite ziehen kann, über Bord.

Von nun an höre ich auf die Stimme meines Herzens, sie wird mir hoffentlich den richtigen Weg weisen und Jonas auch.

»Darf ich noch etwas sagen?«, fragt er zwischen Küssen, die alle meine Sinne schwinden lassen.

Ich murmele so etwas wie: »Mhmmmm, wenn's sein muss«, und fahre zärtlich durch seine Haare. Eigentlich will ich jetzt gar nicht mehr reden.

»Dein Pyjama ist süß. Und ich bin wirklich froh, dass du nicht so eisig und arrogant bist wie Eiskönigin Elsa auf deinem Oberteil. Schön, dass du dir dein kindliches Gemüt bewahrt hast. Meinen Schlafanzug ziert Spider-Man.«

- 5 -

ufwachen, wir kommen sonst zu spät zum Gottesdienst.«
Ich rüttle zum wiederholten Male an Sinjes Schulter und
halte ihr einen dampfenden Becher Kaffee unter die Nase.

»Was ist los?«, fragt sie und reibt sich müde die Augen.

»Sonntag ist los«, erwidere ich und drücke ihr eine Kopf-
schmerztablette in die Hand. »Trink deinen Kaffee, und nimm
die, falls du einen Brummschädel hast. In knapp neunzig Minuten musst du fit sein für deine Schäfchen.«

»Wieso bist du eigentlich so ekelhaft munter und siehst aus, als
hättest du gerade den tollsten Sex deines Lebens gehabt?«

»Das verrate ich dir erst, wenn du in die Gänge gekommen
bist und ich sicher sein kann, dass du pünktlich auf der Kanzel
stehst.«

»Du bist echt nervig, wenn du die brave Annika raushängen
lässt, weißt du das?«, sagt Sinje und trinkt mit halb geschlossenen
Augenlidern einen Schluck doppelten Espresso, den ich mit
Milch verlängert habe. »Ich glaube, ich möchte mit dir weder
nach Amrum noch nach Föhr oder Pellworm.«

Schmunzelnd setze ich mich auf die Bettkante und reiche Sinje
Block und Kugelschreiber. »Heute musst du endlich zugeben, dass
du vergessen hast, die Vorschläge der Werbegemeinschaft zur Nutzung von Stines Ladenfläche an van Hove weiterzuleiten. Hier ist
was zum Schreiben, damit du dir Stichworte notieren kannst.«

»Ach du je, das habe ich völlig verdrängt«, erwidert Sinje, setzt
sich auf und lächelt mich an. »Was würde ich nur ohne dich tun?

Du bist mein Gedächtnis, meine herzallerliebste Freundin, mein Rettungsanker in der Not und … hast hoffentlich nichts dagegen, wenn ich ausnahmsweise mal flunkere und einfach behaupte, ich hätte die Liste geschickt, aber es sei einfach zu spät gewesen? Eine Pastorin ist auch nur ein Mensch mit Fehlern.«

»Kannst du das nicht einfach genau so sagen? Nur ohne schwindeln«, schlage ich vor. »Es wäre vermutlich wirklich zu spät gewesen, aber wir wollten es doch zumindest versucht haben. Und wie du weißt, habe ich Michaela und Federico versprochen, dich zu fragen, woran es gehapert hat, und würde dieses Versprechen gern halten.«

»Ja, ja, ja, du hast ja recht«, gibt Sinje freimütig zu. »Ich habe es verbockt, und das können ruhig alle wissen. ›Wer unter euch ohne Sünde ist, der werfe den ersten Stein auf sie‹, wie Jesus einst so schön sagte. Michaela soll sich im Übrigen aber gar nicht so aufspielen, denn ich habe sie neulich dabei erwischt, wie sie ihr Auto auf einem Behindertenparkplatz in Grotersum abgestellt hat. Und das alles nur, weil sie unbedingt drei große Stücke Torte in der Bäckerei *Zur hundertjährigen Linde* kaufen musste, anstatt Umsatz bei Amelie zu machen. Auch Federico hat bestimmt etwas zu verbergen, und wenn's nur die Tatsache ist, dass er keinen echten Aperol für seine Drinks nutzt, sondern die günstige Variante vom Discounter.«

»Wir sind eben alle Sünder«, sage ich mit gespielt zerknirschter Miene und senke den Kopf. »Und wo wir gerade beim Thema sind. Ich bin heute Nacht am Leuchtturm gewesen und habe dort zufällig Jonas getroffen. Wir haben uns ausgesprochen, und was soll ich sagen? Ich glaube, Thorsten tut ihm unrecht, weil er seine Konkurrenz fürchtet.«

»Ihr habt also heiß und innig herumgeknutscht. Deshalb strahlst du so, dabei müsstest du doch vor Müdigkeit aus den Socken kippen. Ach, ich bin echt neidisch. Gunnars Küsse können mich leider so gar nicht mehr überraschen. Ich weiß genau, wann er seinen Kopf schräg legt, wann er wie lange mit seiner Zu…«

»Halt, stopp! Too much information«, rufe ich und halte mir die Ohren zu.

»Keine Sorge, ich langweile dich nicht mit Details, es reicht schließlich, wenn *ich* gelangweilt bin.« Sinje reißt erschrocken die Augen auf und macht ein Geräusch, wie wenn man ein Tonband zurückspult. »Sorry, das ist mir gerade so herausgerutscht, und ich meine es natürlich nicht so, wie es klingt. Ich würde nur schrecklich gern selbst wieder einmal diesen Rausch des Verliebtseins, des Elektrisiertseins, des Sich-mit-jeder-Faser-seines-Körpers-Sehnens erleben. Bin ich nicht zu jung für eine Beziehung, in der es gar keine Überraschungen mehr gibt? Soll das etwa wirklich alles gewesen sein? Doch bevor ich weiter ins Philosophieren gerate oder dem Trübsinn anheimfalle: Was machst du mitten in der Nacht am Leuchtturm, und wieso geisterte auch Jonas dort herum?«

Ich erzähle Sinje von meiner Schlaflosigkeit, meiner inneren Unruhe und natürlich auch von der Melodie, die in meinem Kopf herumschwirrte und mich zum Leuchtturm führte. »Hätte Jonas nicht zufällig gewusst, dass das ein Schlaflied von den Beatles ist, hätte ich es wohl nie erfahren.«

»Das hat Florence dir sicher als Baby vorgesungen«, murmelt Sinje sichtlich ergriffen. »Du musst unbedingt so schnell wie möglich mit Henrikje sprechen. Sie hätte sich bestimmt schon längst deinen Fragen gestellt, wenn sie wüsste, dass du die Karte von Florence gelesen hast.«

Beim Sonntagsgottesdienst hänge ich, wie so häufig, an Sinjes Lippen. Diesmal predigt sie zum Thema Liebe und Vergebung und redet sich dabei dermaßen in Rage, dass ich Sorge habe, jeder in der Kirche könne den konkreten Anlass erahnen.

Henrikje sitzt neben Anka in der vordersten Reihe, ich hatte noch gar keine Gelegenheit, die beiden zu begrüßen, denn sie kamen erst kurz nach Beginn des Gottesdienstes. Ich kann am leisen Beben von Ankas Schultern erkennen, dass sie weint. Henrikje legt tröstend den Arm um sie.

Meine Augen wandern zur Kuppel des Apostelkirchleins, in dem ich getauft und konfirmiert wurde. Ich liebe dieses Gotteshaus, seine grob verputzten Wände, das milde Licht, das dem gotischen Gewölbe einen sanften Schwung verleiht. Die weiß getünchten Kirchenbänke mit den eingeritzten Symbolen und abgegriffenen Gesangsbüchern, die wenigen noch erhaltenen Wandmalereien und die Kanzel, auf der Sinje predigt.

Ich mag die schöne Schlichtheit des hellen Backsteinbaus, denn sie passt so gut zum Wesen von uns Nordfriesen.

»Zur Liebe gehört es auch, Fehler verzeihen zu können«, sagt Sinje gerade. »Und sosehr ich es auch bedauere, ich habe selbst gerade einen großen Fehler begangen und hoffe, ihr könnt ihn mir nachsehen. Viele von euch sind meiner Bitte nachgekommen, Vorschläge für die Nutzung von Stines Ladenlokal zu machen, und ich habe versprochen, sie weiterzuleiten. Doch ich habe es vergessen, weil ich zu sehr mit meinen eigenen Sorgen beschäftigt war. Ich möchte alle, die von diesem Versäumnis betroffen sind, und ganz besonders natürlich Amelie, Federico und Chiara aus tiefstem Herzen um Verzeihung bitten.«

Meine Augen wandern zu Familie Lorusso, die sich für den Kirchenbesuch fein gemacht hat. Federico trägt einen dunkelblauen Anzug, der ein wenig abgenutzt wirkt, Chiara hat ihre glänzenden schwarzen Locken mit der Blüte einer roséfarbenen Pfingstrose geschmückt, was wunderschön zu ihrem cremefarbenen Kleid aus Wildseide und den hellen Pumps aussieht. Sohn Nino steckt ebenfalls in einem Anzug und nestelt fortwährend an der Krawatte, die so eng sitzt, dass ich allein schon beim Zuschauen Probleme mit der Atmung bekomme. Ninos schwarze Locken sind mit irgendetwas geglättet und liegen so brav am Kopf, dass der sonst so wilde, freche Junge kaum wiederzuerkennen ist.

Während Sinje weiterspricht und ein Raunen durch die Kirchengemeinde geht, sehe ich, wie Nino immer wieder mit dem Fuß gegen den des Mädchens stößt, das direkt neben ihm sitzt. Die Kleine ist ein Jahr älter als er, also acht, und tut so, als würde sie Ninos Annäherungsversuche nicht bemerken.

Geradezu hoheitsvoll blickt Laura, die Tochter von Apotheker Kai, in Richtung Sinje. Nur die Tatsache, dass sie sich immer wieder durch ihre seidigen blonden Haarwellen fährt, zeigt, dass sie doch nicht so cool ist, wie es nach außen hin wirken soll.

Nino hat es irgendwann satt, ignoriert zu werden, und knufft Laura in die Seite. Die ruft empört: »Aua«, und zwar so laut, dass sich nahezu alle nach ihr umdrehen.

»Was ist passiert?«, fragt Kais Frau Petra besorgt.

»Der nervt krass«, schnaubt Laura und deutet auf Nino.

»Was hast du gemacht, *figlio?*«, fragt Chiara.

»Gar nichts«, behauptet Nino, verschränkt die Arme beleidigt vor der Brust und zieht einen Flunsch.

Sinje hört auf zu predigen.

»Aber wieso beschwert sich Laura dann? Gib's zu, du warst frech zu ihr«, sagt Federico und straft seinen Sohn mit einem dermaßen strengen Blick, dass selbst ich beinahe Muffensausen bekomme. Seine Worte hallen durch die Kirche, in der es ansonsten mucksmäuschenstill ist.

Ob mein Vater wohl auch so streng gewesen wäre?

»War ich nicht«, sagt Nino.

»Warst du wohl«, kommt es von Laura.

Sinje beobachtet die Zankerei mit amüsierter Miene.

»Na, das passt doch gerade hervorragend zu unserem heutigen Thema«, sagt sie schließlich. »Liebe und Streit gehen leider manchmal Hand in Hand, man könnte beinahe sagen, das eine existiert nicht ohne das andere. Kommt nach dem Gottesdienst bei mir vorbei, ihr beiden Süßen, und wir sprechen miteinander, ja?«

»Ja«, kommt es kleinlaut von Nino.

»Ja«, ebenso von Laura, die Lippen zum Schmollmund aufgeworfen.

Nachdem Sinje der Gemeinde zum Abschluss ihren Segen erteilt hat und wir gemeinsam gesungen haben, ist es an der Zeit, Anka zu kondolieren und mich der Begegnung mit Henrikje zu stellen.

Momentan weiß ich gar nicht, was mir schwerer fällt.

Was sagt man zu jemandem, der gerade das Liebste im Leben verloren hat, nachdem er schon einmal eine solche Tragödie verkraften musste?

Ich äußere mich erst mal gar nicht, sondern nehme Anka einfach in den Arm. Henrikje steht neben ihrer Freundin, die Augen gerötet vom Weinen. Die vergleichsweise zarten Fältchen haben sich über Nacht in harte Furchen verwandelt, jegliche Farbe ist aus ihrem Gesicht gewichen.

»Danke, Schätzchen«, sagt Anka. »Ich weiß, wie sehr auch du Helmut geliebt hast. Es ist für uns alle ein schwerer Verlust.«

»Können wir heute noch mal kurz über etwas sprechen?«, frage ich Henrikje. Es fällt mir alles andere als leicht, sie direkt anzuschauen, denn ich habe das Gefühl, dass sie gar nicht die liebende, mich beschützende Großmutter ist, für die ich sie immer gehalten habe. »Ich weiß, dass es gerade ein bisschen ungünstig ist, aber es geht um …« Die Erinnerung an den Fund der Postkarte meiner Mutter trifft mich erneut wie ein Faustschlag.

Mach dir keine Sorgen, Mama. Mir geht's gut. Gib Lina einen Kuss von mir. Ich vermisse euch beide unendlich. Florence

»… eine bestimmte Postkarte aus Paris.«

Zuerst sehe ich nur eine Frage in ihren Augen, doch schon wenige Sekunden später ein aufflackerndes Erinnern, dann einen Schreck und schließlich blanke Panik.

Ankas Blick fliegt zwischen uns beiden hin und her, und ich frage mich, ob sie eine stille Komplizin meiner Großmutter ist und womöglich etwas über das Verschwinden von Florence weiß.

»Ich bekomme nachher Besuch von halb Lütteby«, sagt sie schließlich, doch ich weiß nicht, ob dies der Wahrheit entspricht oder ob sie Henrikje die Möglichkeit geben will, sich mir ohne schlechtes Gewissen zu widmen.

»Wir treffen uns um achtzehn Uhr zu einem Spaziergang, denn ich möchte dir etwas zeigen, ja?«, schlägt Henrikje vor, während mein Herz so sehr rast, dass ich befürchte, es niemals wieder unter Kontrolle zu bekommen.

Ein Spaziergang?!

Nun gut, mir ist alles recht, Hauptsache, ich erfahre endlich die Wahrheit.

»Okay«, entgegne ich, umarme Anka noch einmal und verlasse die Kirche, ohne mich ein weiteres Mal umzudrehen.

Man muss der Vergangenheit den Rücken zukehren, um in die Zukunft gehen zu können, das habe ich mittlerweile gelernt.

- 6 -

Der Rest des Sonntags verfliegt im Nu, denn ich lege mich nach dem Gottesdienst hin und hole einen Teil des Schlafes nach, der mir so dringend gefehlt hat.

Sinje weckt mich um halb sechs Uhr abends, damit ich pünktlich zu meinem Treffen komme. »Ich wünsche dir eine gute Aussprache mit Henrikje. Versuch, ruhig zu bleiben und ihr zuzuhören. Ich kann mir vorstellen, dass sie vor eurer Begegnung genauso viel Bammel hat wie du. Was auch immer ihre Beweggründe dafür waren, dir nichts von der Postkarte deiner Mutter zu erzählen, so hat sie es ganz bestimmt aus Liebe zu dir getan.«

Ich sage mir Sinjes Worte mantraartig vor, als ich wenig später in Richtung des schiefen Giebelhäuschens am Marktplatz gehe, in dem ich aufgewachsen bin und in dem ich so viel Glück erleben durfte. Meine Großmutter wartet schon vor der Haustür, einen gefüllten Picknickkorb in der einen Hand, in der anderen aufgerollten Stoff oder eine Matte, zusammengehalten von einem Schlaufenband.

»Hallo«, sage ich ein wenig verlegen.

Ich kann mich nicht erinnern, jemals mit ihr *verabredet* gewesen zu sein. Henrikje war einfach immer da. Wenn nicht im Haus, dann im Lädchen oder sonst irgendwo in Lütteby, wo man sich unweigerlich ständig über den Weg läuft.

»Schön, dass du da bist, Kind«, erwidert sie ungewohnt förmlich. *Kind* hat sie mich schon lange nicht mehr genannt. »Ich dachte, wir gehen heute mal gemeinsam ans Meer, aber nicht zum Leuchtturm, sondern rechtsherum.«

Rechts liegt der Strandabschnitt, der weniger lieblich ist als der am Leuchtturm. Hier ist der Sand goldgelb statt puderzuckerweiß, durchsetzt von Kieseln, größeren Steinen, Tannenzapfen und Ästen. Der Wind hat die Zweige von der bewaldeten Anhöhe herabgeweht, auf der die Spukvilla thront.

Vereinzelt finden sich hier auch vom Sturm entwurzelte Bäume, die bislang nicht vom Forstmeister weggeräumt wurden. Obwohl wir an der Nordsee sind, erinnert der Anblick an die wilden, ursprünglichen Steilküsten der Ostsee.

Die Grotersumer meiden diesen Ort, weil er ihrer Ansicht nach verflucht ist. Ich bin froh über diesen unsinnigen Aberglauben, denn so kann man hier in aller Ruhe ein Stück unberührte Natur genießen und ist zumeist allein.

Schweigend folge ich Henrikje, denn *sie* muss das stumme Schweigen zwischen uns durchbrechen. Doch meine Großmutter sagt kein Wort, sondern stapft entschlossen über den grobkörnigen Sand, dabei umgeht sie vorsichtig die Stranddisteln mit den blaugrünen Blütenköpfen und die zarten, lilafarbenen Sandglöckchen, die hier vereinzelt wachsen, obwohl ihre natürliche Heimat die Salzwiesen sind. Diese nordseetypischen Dünengewächse werden auch Sandrapunzel genannt, was mich als Kind tief beeindruckt hat. Ich stellte mir vor, wie eine wunderschöne nordische Prinzessin, gefangen in einem hohen Turm, ihre violetten Haare herunterhängen ließ, damit der Prinz daran hinaufklettern und sie retten konnte. Jonas' Worte »Ich will dich davor beschützen« kommen mir in den Sinn, und mich überfällt große Sehnsucht nach ihm, obgleich ich von niemandem beschützt werden muss, dazu bin ich selbst imstande. Aber ich kann nicht leugnen, wie schön es heute Nacht mit ihm war und wie vertraut sich das Zusammensein mit ihm anfühlt, obwohl wir uns erst so kurz kennen und einige Differenzen überwinden müssen. Doch das ist das Wunder der gegenseitigen Anziehungskraft: Sie ist nicht erklärbar, sondern wunderbar und machtvoll. Genau wie der Bussard, der am blauen, mit weißen Schäfchenwolken durchsetzten Himmel majestätisch seine Kreise zieht.

»Wir sind gleich da«, sagt Henrikje nach einer Weile, die sich anfühlt wie eine Ewigkeit. »Ich bin mir allerdings nicht ganz sicher, ob ich die Stelle auf Anhieb finde. Ich war schon so lange nicht mehr dort.«

Stelle?! Welche Stelle?

Zu unserer Linken rollt die Nordsee schäumend auf den immer steiniger werdenden Strand. Einst war dies eine Altmoränenlandschaft. Die kleineren und größeren Findlinge sind stumme Zeugen einer Zeit, die zwar längst vergangen, aber in Nordfriesland immer noch so lebendig ist wie all die anderen Mythen, die sich um diese Gegend ranken.

Wie die vom Meeresgott Ekke Nekkepenn, der vom tiefen Grund der Nordsee aus bösen Schabernack mit Syltern und Schiffsreisenden treibt und keine Ruhe findet. Oder von den Zwergen mit Namen Oterbaankin, die unterirdisch hausen und vor allem auf Föhr beheimatet sind.

Nach weiteren Metern Fußmarsch bilden die Steine allmählich einen Kreis, der die gesamte Anhöhe umschließt, was man allerdings nur erahnen kann, denn ab hier verläuft der Ufersaum nicht mehr gerade, sondern macht einen Bogen.

»Hier muss es irgendwo sein«, murmelt Henrikje und umklammert die aufgerollte Matte.

Den schweren Picknickkorb habe ich ihr längst aus der Hand genommen, was sie wortlos, aber sichtlich dankbar angenommen hat.

An dieser Stelle beginnt, leicht ansteigend, der Waldrand mit den wilden Brombeersträuchern, den für Hügel typischen

Ebereschen, Haselsträuchern, Schlehdorn und Holunder. Dazwischen mischen sich Farne, weiße Buschwindröschen, Moose, hüfthohe Brennnesseln und Flechten. Die Essenz der Nordseeluft verfliegt und vermischt sich mit dem erdig-feuchten Duft der weiten Wälder. Am Stamm einer knorrigen Stieleiche, der über und über mit Baumpilzen übersät ist, bleibt Henrikje stehen und untersucht das Dickicht, das an dieser Stelle einem Urwald gleicht. Ich beobachte meine Großmutter mit gemischten Gefühlen und frage mich, wonach sie sucht.

»Ah, da könnte es sein«, sagt sie schließlich und schiebt Zweige beiseite, die unwillig knacken und knistern. »Willkommen in der Höhle, in der deine Mutter sich früher so gern versteckt hat.«

Tatsächlich entpuppt sich das *Etwas*, verborgen hinter Farnen, Efeu und Zweigen, als eine Holztür oder vielmehr ein Bretterverschlag, der nach außen hin einen Hohlraum abschottet. Henrikje fischt eine Stabtaschenlampe aus dem Korb, den ich immer noch halte, und leuchtet ins Innere des geheimen Verstecks von Florence. Ich halte den Atem an, denn mir schlägt ein muffiger Geruch von Moder, feuchter Kälte und einem Hauch von Verwesung entgegen. Es würde mich nicht wundern, wenn wir plötzlich auf Knochen stießen.

»Man merkt, dass hier sehr lange keiner mehr war und dringend Luft hereinmuss«, sagt Henrikje in einem Ton, als stünden wir vor einem alten Haus, in das wir planen einzuziehen, nachdem es gründlich saniert wurde.

Sie geht tiefer und tiefer in die Höhle, irgendwann sehe ich nur noch den Lichtkegel ihrer Taschenlampe.

Ich würde ihr gern folgen, doch ich bin wie gelähmt.

Hier soll meine Mutter sich als Kind gern versteckt haben? In diesem finsteren, muffigen Loch, eingebuddelt im Seitenhang einer Anhöhe, unter der die Opfer der Pest begraben liegen? »Kommst du?« Henrikjes Stimme dringt von weit her an mein

Ohr. »Keine Angst, dir kann hier drin nichts passieren, die Wände sind aus Lehm und einsturzsicher.«

Obwohl sich eigentlich alles in mir sträubt, siegt letzten Endes der Wille, endlich mehr über Florence zu erfahren und über das, was zu ihrem Verschwinden geführt hat. Ich umklammere den Weidenkorb, als könne er mir Halt geben, atme flach und setze schließlich einen Fuß vor den anderen. Seltsamerweise ändert sich die Atmosphäre, als ich in der Höhle bin, schlagartig. Mit einem Mal wirkt sie nicht bedrohlich, düster und kalt, sondern strahlt etwas Wärmendes und Tröstliches aus. *Eine Aura des Schutzes ...*

Henrikje leuchtet mit der Lampe die Wände entlang, man kann hier problemlos stehen, ich schätze die Höhe auf etwa zwei Meter fünfzig. »Von dieser Art Höhle gibt es in der Anhöhe einige«, sagt Henrikje. »Sie dienten den Bewohnern Lüttebys seit Jahrhunderten als Zufluchtsort in Zeiten schwerer Sturmfluten oder Kriege. Die Grotersumer haben uns schon immer darum beneidet, wie du dir sicher vorstellen kannst.«

»Wieso hast du mir nie davon erzählt? Und wieso findet sich nichts darüber in unseren Chroniken?«, frage ich verwundert.

Es gibt offenbar so vieles, von dem ich nichts weiß ...

»Geheimnisse dieser Art bleiben Geheimnisse, weil es nichts Schriftliches über sie gibt«, erwidert Henrikje. »Sie werden mündlich von Generation zu Generation an diejenigen weitergegeben, die dieses Wissen schützen.«

Dann fällt der Lichtschein auf ein Lager aus alten Matratzen, eine Petroleumlampe und ein schmales Regal, in dem Kerzen liegen, eine Packung Streichhölzer und vergilbte Bücher. Fasziniert nehme ich eines nach dem anderen in die Hand.

Es sind Romane wie *Die Welt der schönen Bilder* von Simone de Beauvoir, *Die Pest* von Albert Camus, Marcel Prousts *Auf der Suche nach der verlorenen Zeit* und *Le petit chaperon rouge*, die französische Version des Grimm'schen Märchens *Rotkäppchen*.

»Gehörten die alle Florence?«, frage ich mit erstickter Stimme. Die Vorstellung, etwas in den Händen zu halten, das auch sie gehalten hat, etwas zu lesen, das auch sie gelesen hat, raubt mir beinahe den Verstand. Dass Henrikje meiner Mutter einen französischen Vornamen gegeben hat, habe ich stets ihrer Schwärmerei für dieses Land zugeschrieben und natürlich der Nationalität meines Großvaters. Aber ich wusste nicht, dass diese Vorliebe so auf meine Mutter abgefärbt hatte, dass sie ausschließlich französische Autoren las und das Märchen sogar im Original.

»Florence war eine Büchernärrin, genau wie du und ich. Sie hat vermeintlich heimlich ganze Nächte durchgelesen, und ich habe sie gelassen, weil ich weiß, wie lebensnotwendig Bücher für manche Menschen sind. Ohne Bücher und ohne Geschichten sind wir verloren.«

Ich denke an meine Lieblingsbücher *Der Schimmelreiter* von Theodor Storm, *Rebecca* von Daphne du Maurier und *Sturmhöhe* von Emily Brontë. Ich kann mir nicht vorstellen, sie zurückzulassen, wenn ich irgendwo hinfahre.

Das wäre genauso, als würde ich mich von Henrikje trennen oder von Sinje – schier unvorstellbar.

Wenn meine Mutter tatsächlich eine so leidenschaftliche Büchernärrin gewesen ist wie meine Großmutter und ich, dann stimmt da etwas nicht …

»Und obwohl sie eine solche Leseratte war, hat sie keinen der Romane dorthin mitgenommen, wo sie hinging, nach Paris oder wohin auch sonst. Sag mir jetzt endlich die Wahrheit: Lebt meine Mutter noch?«

Winter
VOR ACHTUNDVIERZIG JAHREN

»Schlaf nicht ein, sondern kämpf«, rief die Stimme von weit, weit her.
Die Augenlider des Mädchens waren wie vereist, in ihren langen Wimpern hatte sich der flockenweiße Schnee verfangen.
»Kämpf um dein Leben, du willst doch leben, nicht wahr?«
Die Stimme schwoll immer mehr an, gewann an Wut und Kraft. »Du bist eine aus Lütteby, eine Kämpferin, wie die Frauen in deiner Familie es alle waren.«
Woher wusste die Stimme von ihrer Familie?
Woher wusste sie, wo sie wohnte?
»Denk an deine Mutter und daran, dass es ihr das Herz brechen würde, ihre über alles geliebte Tochter zu verlieren. Wach endlich auf und hilf mir. Allein schaffe ich das nicht.«
In diesem Moment kam die Sonne hervor und erhellte den dunklen Wald mit warmen Strahlen. Der Schnee auf ihren Wimpern schmolz, tropfte in ihre Augen, die sie vorsichtig öffnete.
Erst jetzt erkannte sie, dass es ein Junge war, der ihr einen rettenden Ast zugeworfen hatte.
Sie hatte ihn schon ein paarmal in Lütteby gesehen.
Auf dem Marktplatz, beim Leuchtturm und auch am Waldesrand, wo er im vergangenen Herbst Pilze gesucht hatte. Sie kannte seinen Namen nicht, aber sie wusste, dass er ihr Schutzengel war. Deshalb stemmte sie sich mit aller Kraft, die sie noch zur Verfügung hatte, hoch und hielt sich am Ende des Astes fest. Dann schlitterte sie bäuchlings über das Eis, immer näher zum Ufer, die Hände den Ast umklammernd, die Finger blau gefroren.

»Gib mir deine Hand«, sagte der Junge. »Gleich hast du es geschafft.«
Seine Hand war stark, warm und schön.

Und dann stand sie, wie betäubt, am rettenden Ufer.

Über ihrem Kopf zog ein weißer Rabe seine Kreise und ließ ein triumphierendes Kraraaa ertönen.

Das Mädchen betrachtete erstaunt, wie sich ihrer beider Hände ineinander verschränkten, als hätte das Schicksal sie dazu bestimmt, für immer ineinander verschränkt zu bleiben.

»Du hast mir das Leben gerettet«, murmelte sie ergriffen und klapperte erbärmlich mit den Zähnen. Sie hatte nicht gewusst, dass einem so kalt sein konnte, ganz so, als sei alle Lebendigkeit aus einem gewichen und bald nicht mehr das kleinste Fitzelchen davon übrig. »Bist du mein Birk Borkasohn?«

Der Junge musterte sie erst erstaunt, doch dann zeigte sein Lächeln, dass er verstand. »So wird es wahrscheinlich sein, Ronja Räubertochter«, erwiderte er, und das Mädchen spürte, wie warm ihre Hand wurde und auch ihr Bauch und ihr Herz.

»Dann sind wir also ab jetzt Bruder und Schwester«, murmelte die Kleine zutiefst ergriffen.

Wer hätte gedacht, dass sie sich einmal fühlen würde wie die Heldin aus dem Kinderbuch, die sie so sehr liebte und verehrte. Doch im selben Atemzug zuckte sie erschrocken zusammen. Die Borkaräuber und die Mattisräuber waren seit eh und je verfeindet, genau wie die Bewohner von Lütteby und Grotersum. Und dann stellte sie die bange Frage, deren Antwort sie im Grunde ihres Herzens schon kannte: »Kommst du aus Grotersum?«

- 7 -

Ich kann dir diese Frage leider nicht beantworten, denn ich weiß es selbst nicht«, erwidert Henrikje. »Deine Mutter hat mir nicht nur die Karte geschrieben, die du gefunden hast, sondern immer mal wieder welche aus aller Welt. Doch seit etwa drei Jahren habe ich nichts mehr von ihr gehört.«

Mir bleibt beinahe das Herz stehen.

Meine Mutter war also seit ihrem Verschwinden mit Henrikje in Kontakt, hat aber mir, ihrer eigenen Tochter, nie ein einziges Lebenszeichen geschickt.

»Komm, Kind, setzen wir uns«, sagt Henrikje, nimmt eine der Kerzen vom Regal und zündet sie an. Ein wenig widerwillig folge ich ihrer Bitte. Die Matratze sinkt unter meinem Gewicht ein, eine feine Staubschicht steigt aus dem Stoffüberzug auf, und ich muss niesen. Henrikje setzt sich neben mich, ihre Hand ergreift die meine. Sonst hat sie immer warme Hände, aber diesmal sind sie eisig. Dabei ist es weniger kühl in der Höhle, als ich vermutet hatte. Lehm ist nun mal das perfekte Baumaterial, weil er gut dämmt und luftdurchlässig ist.

»Deine Mutter leidet seit ihrer Kindheit an einer … seelischen Krankheit.« Henrikjes Stimme zittert leise. »Sie war schon von klein auf wissbegierig, fantasiebegabt, hochintelligent, aber auch launenhaft und sehr leicht kränkbar. Anfangs habe ich ihre Stimmungsschwankungen einer normalen kindlichen Entwicklung zugeschrieben und später natürlich der Pubertät. Doch irgendwann musste ich mir eingestehen, dass das ewige Pendeln zwischen himmelhoch jauchzend und zu Tode betrübt womöglich eine andere Ursache haben könnte. Also habe ich eine Ärztin konsultiert, der ich sehr vertraute, die mittlerweile allerdings leider verstorben ist. Sie hat Florence mehreren psychologischen Tests unterzogen und kam irgendwann zu dem Ergebnis, dass sie unter einer Depression litt, mit teils manischen Phasen. Anfangs war ich nicht bereit, das zu glauben, weil nicht jeder Mensch nach Schema F gestrickt ist und ich Florence von Anfang an als etwas Besonderes gesehen habe. Sie besaß eine bemerkenswerte Empathie, war eine scharfe Beobachterin und sah häufig Ereignisse vorher, die später tatsächlich eintrafen.«

Ich muss an die Wahrsagerin denken, die Sinje ein großes Glück mit einem Mann mit der Initiale *L* prophezeit hat. Angeblich gibt es Menschen mit dem sogenannten zweiten Gesicht …

»Deine Mutter konnte wunderschön singen, war allem Ungewöhnlichen gegenüber aufgeschlossen und eine kleine Wald- und Wassernixe. Sie liebte es, gemeinsam mit mir Wildkräuter zu pflücken und aus zarten Birkenblättern Sirup zuzubereiten. Sie badete stundenlang in der eiskalten Nordsee, ohne zu frieren, kaum eine Welle war ihr hoch genug. Wenn sie glücklich war, sollte alle Welt an ihrer guten Laune teilhaben, dann schenkte sie wildfremden Menschen Blumen und das schönste Lächeln, das du dir vorstellen kannst. Aber sie konnte sich auch von einem Moment zum anderen verschließen wie die viel zitierte Auster, und dann gab es kein Herankommen mehr an sie. Dann verzog sie sich oft auch in ihre Höhle, bis diese Phase vorüber war, und tauchte eines Tages aus ihrem tiefen inneren Loch, wie sie es nannte, fröhlich lachend wieder auf.«

Henrikje schweigt, und ich muss das Gehörte erst einmal sacken lassen.

Natürlich kenne ich Geschichten von Menschen mit bipolaren Störungen, wie diese seelische Krankheit heute heißt, aber ich wäre nicht im Traum auf die Idee gekommen, dass meine eigene Mutter darunter gelitten haben könnte.

»Aber woher kommt das denn?«, frage ich, bemüht darum, zu verstehen, was mit Florence geschehen ist. »Du bist einer der ausgeglichensten Menschen, die ich kenne. Von dir kann sie das also nicht haben.«

Henrikje drückt meine Hand noch ein bisschen fester, und mein Herz beginnt zu pochen. »Florence hat leider die Schwermut ihres Vaters geerbt«, sagt sie leise.

»Sie hat diese Veranlagung von Opa Lucien?«, frage ich entsetzt. »Ich dachte immer, er sei ein Lebenskünstler und eine wahre Frohnatur gewesen und seine Eltern hätten ihn *Der Strahlende* genannt, weil er schon als Baby ein kleiner Sonnenschein war.«

»Das war er ja auch«, murmelt Henrikje bedrückt. Wir sprechen nicht oft über den Pariser Musiker mit der kraftvollen Stimme, dem Talent fürs Songschreiben und dem ausgeprägten Charme, dem meine Großmutter sehr schnell mit Haut und Haaren verfallen war, als sie als junges Mädchen nach Paris gegangen war, weil sie fort von Lütteby wollte. Leider habe ich meinen Großvater nie kennengelernt, weil er vor längerer Zeit an einer Krankheit verstorben ist, die Henrikje nicht weiter benannt hat. »Doch auch bei Lucien wechselten die Stimmungen so häufig wie das Wetter, was ich damals aufregend und spannend fand. Er war so anders als die meisten eher bodenständigen, um nicht zu sagen spießigen Jungs von hier. Dass ich nach der Geburt deiner Mutter wieder nach Lütteby zurückgekehrt bin, hatte vor allem damit zu tun, dass Lucien kein besonders zuverlässiger Vater war. Aber nicht, weil er Florence nicht geliebt hätte, sondern weil es einfach in seiner Natur lag, immer wieder in düstere Schwermut abzugleiten. Das führte dazu, dass er seine vielversprechende Musikerkarriere nicht entsprechend vorantreiben und so viel Geld verdienen konnte, wie wir als junge Kleinfamilie gebraucht hätten. Ich konnte in den ersten Monaten nun mal nicht viel mehr machen, als verschiedene Jobs zu übernehmen, wenn Lucien oder einer seiner Freunde auf Florence aufpassten. Doch die paar Centimes reichten nicht, um ein Kind so anständig großzuziehen, wie ich es mir für meine Tochter gewünscht habe.«

Die Familie der abwesenden Väter, denke ich traurig.

Die Familie der verschwundenen Mütter und Töchter.

Die Familie der großen Geheimnisse …

»Du willst also damit sagen, dass Florence dieses, nennen wir es mal Gen, von ihrem Vater geerbt hat, der offenbar ebenfalls depressiv war?«

Henrikje nickt. Der Schein der Kerze erhellt ihre eine Gesichtshälfte, die andere liegt im Dunkeln. Ihr Anblick spiegelt wider, wie ich sie gerade empfinde: einerseits offen und willens, mir alles zu erzählen, was ich wissen muss.

Andererseits verschlossen, ganz so, wie sie vorhin ihre eigene Tochter beschrieben hat. Doch ich habe keine Lust zu versuchen, eine verschlossene Auster zu knacken.

Und ich möchte auch nicht länger bei diffusem Licht in dieser Höhle hocken, als müsste man die großen Geheimnisse meiner Familie so sehr unter Verschluss halten, dass man sie nicht an einem normalen Ort enthüllen könnte.

In mir mischt sich Ungläubigkeit mit Wut, Trauer und Zweifeln an dem, was Henrikje sagt. Wer garantiert mir, dass nicht eine Lüge der nächsten folgt, weil es offenbar leichter für sie ist, mich mit Halbwahrheiten oder sogar Schwindeleien abzuspeisen, als ehrlich zu sagen, was passiert ist?

»Das erklärt aber nicht, wieso du mich all die Jahre über belogen hast.« Ich bin selbst überrascht von der Härte meines Tonfalls. »Und es erklärt auch nicht, wieso du mich hierherlotsen musstest, wenn wir das genauso gut bei dir daheim hätten besprechen können.«

»Wie meinst du das, bei dir daheim? Es ist genauso dein Zuhause wie meins.«

»Nein, das ist es nicht mehr. Es ist das Haus deiner Familie, deiner Geheimnisse, deines Schweigens, deiner … Lügen.«

»Aber Lina, Schätzchen.« Henrikje scheint völlig aus der Fassung zu sein. Ihre Stimme ist brüchig, ich sehe Tränen in ihren Augenwinkeln schimmern, ihre Lippen zittern. »Ich wollte dich doch niemals belügen. Und, noch viel wichtiger: Ich wollte dir keinesfalls wehtun, sondern dich schützen. Du warst trotz der schwierigen Umstände immer so ein fröhliches, gutherziges Kind. Was hätte ich dir denn sagen sollen? Deine Mama ist wahrscheinlich unheilbar krank, zwar nicht körperlich, aber sie leidet so schwer an der Seele, dass ich nicht weiß, ob sie noch lebt oder sich etwas angetan hat, genau wie ihr Vater.«

Als Henrikje bewusst wird, was sie gesagt hat, schlägt sie sich erschrocken auf den Mund. Doch es ist zu spät.

Die Worte sind gesagt und geistern durch diese verwunschene Höhle wie eine Seele, die keine Ruhe findet.

»Lucien hat Suizid begangen?«, frage ich, während mein Herz sich immer mehr verkrampft und vereist. Ich will sofort raus aus diesem dunklen Loch, in dem so viele alte Geschichten und Geheimnisse begraben sind, die wahrscheinlich besser begraben hätten bleiben sollen.

Wieso nur musste ich diese verdammte Postkarte finden?

Wieso diese Fragen stellen?

Ich habe doch all die Jahre über gut mit der Situation gelebt, so, wie sie war.

»Hat meine Mutter jemals eine Therapie gemacht?«, frage ich, obgleich ein Teil von mir einfach aus dieser Höhle rennen und die Augen für immer vor der traurigen Wahrheit verschließen möchte. »Hat sie Medikamente genommen? Hat sie wenigstens versucht, für mich, ihre Tochter, wieder gesund zu werden?«

»Das hat sie, oh ja, das hat sie. Mit aller Kraft«, erwidert Henrikje, nimmt zwei Gläser und eine Flasche aus dem Weidenkorb, schenkt uns beiden aber nicht ein. »Und ich habe sie bei allem unterstützt, so gut ich konnte. Wir waren bei Therapeuten, Heilpraktikern, einem Analytiker und sogar bei einer Schamanin. Anfangs haben die Medikamente geholfen, und wir konnten beide eine Weile aufatmen, ein kleines bisschen Hoffnung schöpfen. Doch dann wendete das Blatt sich wieder, und es ging bergab. Du ahnst gar nicht, was ich alles auf die Beine gestellt habe, um ihr zu helfen. Es gibt kaum ein Heilkraut, kein Aromaöl, keinen Heilstein und keine Zauberei, die ich nicht ausprobiert hätte. Ein Großteil meiner Kenntnisse stammt aus der Zeit, in der ich alles versucht habe, um einen Weg, ein Mittel zu finden. Trotzdem war sie eines Tages verschwunden und hinterließ mir dich und einen Zettel, auf dem nur vier Wörter standen: Es tut mir leid.«

Obwohl das rein gar nichts zur Sache tut, wandern meine Augen zu dem Etikett auf der Flasche, die Henrikje mitgebracht hat, und dann zum Inhalt des Weidenkorbs. Absinth, steht da in Schnörkelschrift. Absinth, die grüne Fee, das Lieblingsgetränk von Charles Baudelaire, Henri de Toulouse-Lautrec und Arthur Rimbaud. Im Korb liegen eine Packung Macarons von *Chez Amelie*, Anisbonbons, Guimauves, Mini-Galettes und Biscuits Roquefort.

»Ist das alles für uns?«, frage ich, ein wenig verdutzt über diese Ansammlung französischer Spezialitäten, die meine Großmutter so spontan aus dem Hut gezaubert hat.

»Möchtest du einen Schluck?«, fragt Henrikje. »Ich könnte jetzt durchaus einen gebrauchen.«

Ich halte ihr das Glas hin und denke an den Abend des Trachtentanzfestes, als ich Olaf zuletzt gesehen und meine Liebe zu ihm endgültig begraben habe. Ich hatte ihn gebeten, mir Sazerac, einen Drink, zu dessen Zutaten Absinth gehört, vom Getränkewagen mitzubringen.

»Der haut mich zwar bestimmt gleich um, aber was soll's. Dieser Tag ist ohnehin nicht zu toppen.«

»Wenn wir betrunken sind, lassen wir uns einfach fallen, schließlich sitzen wir ja schon auf einem Bett«, erwidert Henrikje, und ich bin verwundert, wie leicht sich mit einem Mal alles anfühlt – zumindest für diesen kurzen Moment.

Der erste Schluck brennt höllisch, ist aber nichts im Vergleich zu dem Schmerz, der gerade meine Seele quält.

Ich lasse die Spirituose auf meiner Zunge zergehen und schmecke aromatische Kräuter, wie Fenchel, Anis, Zitronenmelisse und natürlich Wermut, als das Brennen nachlässt. Meine Augen wandern erneut durch die Höhle, ich überlege, ob Florence wohl damals die Petroleumlampe angemacht hat, obwohl ihr Gebrauch schon länger verboten ist. Der Anblick dieser antik anmutenden Leuchte löst etwas in mir aus, das ich mir nicht erklären kann. Plötzlich habe ich den strengen Geruch von abgebranntem Lampenöl in der Nase und sehe einen flackernden Lichtschein. Ich habe das Gefühl, nicht zum ersten Mal an diesem Ort zu sein.

»Hat Florence mich jemals mit hierhergenommen?«, frage ich, ein wenig benommen von dem hochprozentigen Alkohol und der Menge der Informationen und Eindrücke, die mich schier überfluten.

»Ja, und du warst sehr gerne hier. Florence hat dir immer ein Lied von den Beatles vorgesungen, damit du einschläfst. *Golden Slumbers* heißt es, und es gehört meines Erachtens zu den schönsten Schlafliedern der Musikgeschichte.«

Sinje hatte also recht mit ihrer Vermutung, dass ich gestern Nacht auf dem Weg zum Leuchtturm einen musikalischen Flashback in die Zeit hatte, als ich ein Baby war.

»Hast du vor, mich mit Absinth betrunken zu machen, mir dann ein Liedchen vorzusingen und mich anschließend hier schlafen zu legen?«, frage ich, mittlerweile mehr als angeschickert. »Das zusammengerollte Etwas, das du mitgenommen hast, sieht verdächtig nach einem Schlafsack aus, wenn du mich fragst.«

»Das stimmt, er gehört Florence.«

Ich bekomme Gänsehaut, denn mit einem Mal wird mir klar, was Henrikje plant: Ich erinnere mich an sogenannte psychologische »Rückholrituale«, die sie im Hinterzimmer des Lädchens mit Menschen zelebriert hat, die nur schwer loslassen können oder etwas oder jemanden zurückgewinnen wollen.

All die Dinge, die sie in die Höhle mitgenommen hat, dienen einem bestimmten Zweck, und zwar dem, ihre Tochter herbeizulocken.

»Ich hoffe, dein Wunsch geht in Erfüllung und Florence kehrt heim zu dir«, murmele ich, während dicke Tränen meine Wangen hinunterkullern.

Dann weinen Henrikje und ich, einander umklammernd, all die Tränen, die nur Mütter und Töchter weinen können, wenn sie einander verloren haben und sich so schmerzlich vermissen, dass es keine Worte dafür gibt …

8

*D*anke, dass du mir zugehört hast und immer noch hier bist«, murmelt Henrikje irgendwann, lässt mich los und putzt sich die Nase. »Du kannst dir nicht vorstellen, wie sehr ich diesen Tag gefürchtet habe.«

Ich fühle mich immer noch wie betäubt, was nur zum Teil dem Absinth geschuldet ist. Seit Freitagnacht liegt eine Art Schleier über den danach folgenden Stunden. Dieser Schleier hat den Vorteil, dass die Geschehnisse einen surrealen Charakter haben und damit weit entfernt wirken. Aber auch den Nachteil, zu wissen, dass ich diesen Schleier irgendwann zerreißen und mich den Gegebenheiten stellen muss.

»Sei mir nicht böse, aber ich brauche Zeit, um das alles zu verarbeiten«, sage ich, jede Faser meines Körpers vibriert vor Anspannung. »Ich würde jetzt gern allein hierbleiben und werde vorläufig auch nicht nach Hause kommen. Sinje weiß Bescheid und hat mir angeboten, dass ich so lange bei ihr im Pastorat wohnen kann, wie ich möchte.«

»Aber sicher, Linchen, das verstehe ich«, erwidert Henrikje und steht auf. »Bleib bei Sinje, solange du willst und es für richtig hältst. Ich suche eine Vertretung für dich, dann brauchst du vorläufig auch nicht in den Laden zu kommen.«

Mein erster Impuls ist zu sagen: »Das musst du nicht«, doch dann denke ich: Doch, das ist bestimmt besser so. Je mehr Abstand ich habe, desto klarer wird mein Blick. Das hat Henrikje mich gelehrt, und nun werde ich genau das tun, was sie mir für den Umgang mit schwierigen Situationen geraten hat. Natürlich hat sie mir auch Werte wie Zuverlässigkeit, Loyalität und Professionalität vermittelt, doch darum geht es bei dieser Sache nicht. Ich lasse sie nicht im Stich, wenn ich meiner Arbeit im Lädchen nicht nachkomme, sondern schütze unser einst so inniges, liebevolles Verhältnis.

»Ich lasse den Korb und den Schlafsack hier, du weißt, warum«, sagt Henrikje, beugt sich zu mir und gibt mir einen Kuss auf die Wange. »Mach's gut, min Seuten, und denk immer daran, ich liebe dich bis zum Nordpol und zurück.«

Dann verlässt sie die Höhle, ohne sich auch nur einmal umzudrehen, ohne Taschenlampe.

Als meine Großmutter gegangen ist, sinniere ich über die Dinge, die Florence gern mochte und die ihr viel bedeutet haben: Literatur, kulinarische Köstlichkeiten, Kerzen, Reisen, Natur, Musik von den Beatles, Ruhe und Abgeschiedenheit.

Dinge, die Florence gern mochte …

Ich erschrecke, als mir klar wird, dass ich bereits in der Vergangenheitsform über meine Mutter nachdenke.

Seit drei Jahren hat Henrikje nichts mehr von ihr gehört, obwohl Florence zuvor regelmäßig Karten geschickt hat.

Das wirkt so, als sei ihr etwas zugestoßen.

Doch müsste Henrikje in so einem Fall nicht benachrichtigt worden sein? Meine Mutter wird wohl kaum gefälschte Ausweispapiere besessen haben, die es unmöglich machen würden, ihre Identität zu klären, für den schrecklichen Fall, dass …

Ich weigere mich, diesen Gedanken zu Ende zu denken, denn das wäre beinahe so, als würde ich meine Mutter zum zweiten Mal verlieren. In diesem Augenblick verspüre ich einen Luftzug, die Kerze erlischt. Erschrocken taste ich nach dem Handy in meiner Jackentasche, das ich auf lautlos gestellt habe. Wie gut, dass es eine Taschenlampenfunktion besitzt, denn Henrikjes Lampe ist gerade nicht in greifbarer Nähe.

Als ich auf das Display schaue, holt mich die Realität wieder ein. Zahllose verpasste Anrufe und Nachrichten von Thorsten, Sinje und Jonas warten darauf, beantwortet zu werden. Mittlerweile ist es fast neun Uhr abends.

Habe ich in dieser Höhle Empfang?

Ich muss ein Stück weit in Richtung Ausgang gehen, bis ich wieder Netz habe und Thorsten erreiche, den ich auf gar keinen Fall länger vertrösten darf. Doch wie erkläre ich meinem Chef, was in den vergangenen zwei Tagen passiert ist?

»Moin, Lina«, sagt Thorsten, als er am Apparat ist. »Schön, dass du dich meldest. Alles gut bei dir?«

Ich erzähle ihm sowohl von meinem Gespräch mit Jonas als auch davon, dass ich aufgrund meiner familiären Situation gerade ziemlich gefordert bin. Da Thorsten sehr viel über mich und mein Leben weiß, kann ich ihm anvertrauen, was passiert ist, wenn auch nicht in allen Details. »Vergiss erst mal die Sache mit Carstensen, darum kümmere ich mich, ist schließlich meine Aufgabe«, sagt Thorsten. »Und was das andere betrifft, kann ich nur sagen: Ist doch gut, wenn du endlich Bescheid weißt. Ich bin kein Freund von Geheimniskrämereien und auch nie gewesen. Das führt alles zu nix, die Dinge müssen auf den Tisch, da gibt's nun mal kein Vertun. Kopf hoch, Linchen, das wird schon wieder.«

Der vertrauliche Kosename Linchen erinnert mich an den Satz: »Es braucht ein ganzes Dorf wie Lütteby, um ein Kind zu erziehen«, aus der Glücksrezepte-Textsammlung meiner Mutter. Thorsten gehörte, genau wie seine Frau Irmel, Anka, Helmut, Fiete und viele andere ältere Bewohner unseres kleinen Städtchens, zu der Großfamilie, die immer für mich da war, seit ich denken kann. Hätte ich jemals vorgehabt, auszubüxen, hätte einer von ihnen mich eingefangen und wieder zu Henrikje gebracht.

Wenn ich Appetit auf ein Milchbrötchen oder eine Zimtschnecke hatte, brauchte ich nur in die damalige Bäckerei von Anka und Helmut zu gehen, dann bekam ich ein süßes Teilchen geschenkt. Irmel war zwar eine knurrige, wortkarge Person, doch auch diejenige, die mir das Fahrradfahren beigebracht und mich auf die bösen Streiche der Grotersumer Kinder vorbereitet hat. Denn die waren weiß Gott nicht zimperlich gewesen, wenn es darum ging, den *Lütten* aus Lütteby eins auszuwischen oder Angst einzujagen. So spannten sie zum Beispiel ein Drahtseil quer über den Radweg, das, wenn man nicht genau hinschaute, schnell einen bösen Unfall verursachen konnte. Oder sie stachen Löcher in den Fahrradmantel, schraubten Ventile auf und schütteten einem fieses Juckpulver, gewonnen aus Hagebutten, in den Ausschnitt.

Mit Irmel habe ich Erdbeeren und Kirschen gepflückt und Marmelade daraus gekocht, von ihr gelernt, laut zu pfeifen, wenn ich auf mich aufmerksam machen wollte. Anka war meine Schwimmlehrerin in den kühlen Nordseefluten, Helmut hat mir gezeigt, wie man ein Lagerfeuer entfacht und das Holz dafür richtig schichtet, und mich mit den Vögeln der Region vertraut gemacht. All diese Erfahrungen und Fähigkeiten verdanke ich lieben Menschen, die damals sowohl Henrikje als auch mich unterstützt haben, weil meine Großmutter allein auf sich gestellt war und zudem noch das Verschwinden ihrer Tochter zu betrauern hatte.

Irgendwie kann ich verstehen, dass sie mir nichts von alldem gesagt hat, als ich noch klein war. Das erscheint mir ähnlich schwierig, wie es für Adoptiveltern sein muss, die ihrem Kind mitteilen müssen, dass es irgendwo eine Mutter und einen Vater gibt, die die Entscheidung getroffen haben, ihr Kind zur Adoption freizugeben. Doch irgendwann war ich alt genug für die Wahrheit, deshalb nehme ich es meiner Großmutter krumm, dass sie mir nicht zugetraut hat, mit der Situation zurechtzukommen, und mich stattdessen in dem Glauben gelassen hat, sie wisse nicht, weshalb meine Mutter verschwunden sei.

Ich spiele unschlüssig mit dem Handy herum und gehe in der Höhle auf und ab. Was soll ich jetzt tun? Einerseits möchte ich hier raus und wieder zu Sinje. Andererseits kann ich mir momentan gar nicht vorstellen, in die Lüttebyer Realität zurückzukehren, als sei nichts passiert.

Ob ich Jonas anrufen soll? Er hat mir geschrieben, dass er Zeit hätte, sollte ich den schönen Abend gemeinsam mit ihm am Meer verbringen wollen.

»Ich bin's, Lina«, sage ich, als er sich meldet. »Auch wenn sich das bestimmt merkwürdig anhört, hast du Lust, mich an einem Ort zu besuchen, der meiner Mutter viel bedeutet hat?«

Keine halbe Stunde später sehe ich Jonas den Strand entlangkommen. Der Wind tanzt in seinen Haaren, die untergehende Sonne zaubert einen goldenen Schimmer auf sein Gesicht. Mein Herz fliegt ihm entgegen, ich bin erstaunt, wie sehr es sich nach ihm sehnt.

Ich winke und rufe: »Hier geht's lang«, und dann fallen wir einander auch schon um den Hals. Unsere Lippen finden sich wie von allein, in diesem Augenblick gibt es nichts anderes für mich als uns beide, den Himmel über uns und das Meer, dessen schäumende Wellen über den Sand rollen und darin versickern.

»Geht's dir gut?«, murmelt Jonas, als wir beide kurz Luft holen, und streichelt zärtlich meine Wange.

»Gut, aber ich bin ziemlich durcheinander«, sage ich wahrheitsgemäß. »Schön, dass du hier bist, ich kann jetzt wirklich jemanden brauchen, der mir zuhört.«

»Ich habe alle Zeit der Welt«, sagt er, und ich kann in seinen Augen sehen, dass das die Wahrheit ist.

»Dann komm mit zu der Höhle, in der sich meine Mutter früher immer versteckt hat, wenn sie ihre Ruhe brauchte oder es ihr nicht gut ging. Meine Großmutter hat sie mir heute gezeigt und mir endlich alles über das Verschwinden von Florence erzählt, was sie mir bis dahin verschwiegen hatte.« Ich ergreife Jonas' Hand und ziehe ihn mit mir.

Mit dem Schein der Taschenlampe erhelle ich das Innere und berichte, was ich heute erfahren und erlebt habe. Die Worte sprudeln aus mir heraus wie ein Wasserfall, und ich habe nicht eine Sekunde das Bedürfnis, ein Detail wegzulassen oder irgendetwas zu beschönigen.

Jonas sieht sich in Ruhe um, hält einfach meine Hand und lässt mich reden. »Kannst du mir überhaupt noch folgen?«, frage ich irgendwann, nachdem ich Luft geholt und einen Schluck Wasser aus der Flasche getrunken habe, die ebenfalls in Henrikjes Korb war. Dann beginne ich zu zittern, denn es wird merklich kühl, und ich bin dermaßen angespannt und aufgewühlt, dass ich am liebsten ein heißes Schaumbad nehmen würde.

»Was hältst du davon, wenn ich ein Feuer mache, wir uns in diesen Schlafsack einkuscheln, etwas von der grünen Fee trinken und vielleicht ein paar von den köstlichen Roquefort-Biscuits dazu knabbern? Als Nachtisch könnten wir Guimauves auf Stöcke spießen und rösten.«

»Das klingt absolut himmlisch«, erwidere ich verzückt. »Ich kann aber auch Feuer machen, ich bin eine echte Expertin darin.«

»Daran zweifle ich keine Sekunde«, erwidert Jonas. »Aber ich könnte mir vorstellen, dass du es genießen wirst, wenn ich das übernehme. Immerhin bist du heute schon einen emotionalen Marathon gelaufen, da darf man sich ruhig verwöhnen lassen.«

»Okay, ich gebe mich geschlagen und kümmere mich stattdessen um die Leckereien, denn ich muss ein, zwei Stücke davon zu einem bestimmten Zweck zurückhalten, den ich dir allerdings unmöglich verraten kann.«

»Du hast mir gerade so unfassbar viel Vertrauen entgegengebracht, das ist völlig in Ordnung«, ist alles, was Jonas dazu sagt. »Ich richte unsere Feuerstelle am Wasser ein, hier oben ist es nämlich zu riskant. Wir wollen schließlich keinen Waldbrand auslösen. Also bis gleich.«

Ich schaue mich in der Höhle nach einem Behältnis um, in das ich zwei Biscuits und zwei Guimauves für Florence legen kann, und entdecke hinter einem Buchstapel eine kleine Metalldose, wie geschaffen für mein Vorhaben. Als ich sie öffne, sehe ich darin eine Kette, die zu dem Ring passt, den Henrikje mir neulich als Andenken an Florence geschenkt hat. Vorsichtig nehme ich sie heraus. Das Silber ist stark angelaufen und verleiht der filigranen Kette mit dem Medaillon, in dessen Mitte ein Amethyst eingearbeitet ist, eine antike Anmutung.

Gebannt halte ich den Atem an, löse den Verschluss des Medaillons und finde darin einen winzigen Zettel, auf den jemand ein Herz gemalt hat mit den Initialen R und B.

R und B …

Was soll das denn nun schon wieder bedeuten?

Ich will die Kette gerade in ein Seitenfach meiner Handtasche legen, als mir einfällt, dass sie vielleicht gar nicht meiner Mutter gehört, obwohl sie dem Ring ähnelt, den Henrikje mir geschenkt hat. Womöglich hat Florence sie einer Freundin geschenkt, mit der sie ab und zu hierhergekommen ist.

Oder umgekehrt. Ich darf nicht vergessen, Henrikje zu fragen, mit wem aus Lütteby meine Mutter eng verbunden war, denn sie hatte bestimmt eine beste Freundin, zumindest hoffe ich das. Also wickle ich die Kette in ein Tempotaschentuch und lege sie schließlich zwischen die ersten Seiten von *Bonjour Tristesse* von Françoise Sagan. Dort steht das Gedicht von Paul Eluard, nach dem der Roman benannt wurde. In diesem Poem geht es um die Schönheit von Trauer, um ihren Liebreiz, darum, sie willkommen zu heißen, trotz ihrer Ungeheuerlichkeit. Auch ich besitze diesen Roman, allerdings in einer neuen Übersetzung, und liebe ihn sehr.

Doch nun sehe ich ihn mit völlig anderen Augen – mit den Augen meiner Mutter, die offenbar mit dieser Trauer Tango getanzt hat. Vom Meer steigt mir ein Duftgemisch aus brennenden Holzscheiten, Nordsee und Salzwasser in die Nase.

Ich klappe das Buch zu und lege es zurück auf den Stapel.

Dann verlasse ich die Dunkelheit der Höhle und gehe ins Abendlicht, wo Jonas am prasselnden Feuer auf mich wartet.

a bist du ja«, sagt Jonas. »Hast du erledigt, was du wolltest?« Ich nicke und stelle mich dicht neben ihn. Das knisternde Feuer, das Richtung Himmel lodert, wärmt meinen Rücken, genau wie seine Anwesenheit, von der etwas unglaublich Tröstliches ausgeht. Vor mir liegt die Nordsee im abendlichen Schimmer, von irgendwoher ertönt der Ruf einer Küstenseeschwalbe, der Strandhafer wiegt sich sanft im Wind und wirkt in diesem Zauberlicht wie roséfarbenes Pampagras. »So kann es meinetwegen gern bleiben«, sage ich leise.

Jonas legt den Arm um mich, und wir schauen beide aufs Wasser. Die Nähe zwischen uns fühlt sich an, als wären wir immer schon füreinander bestimmt gewesen. Als wäre die Zeit mit Olaf nur eine Art Präludium für die Melodie der großen Gefühle gewesen, die noch auf mich warten.

Das Glück kommt in Wellen, denke ich, in Anlehnung an einen der Sprüche auf den maritimen Postkarten in Henrikjes Lädchen, und ich bin gerade sehr glücklich, auch wenn die Umstände gar nicht danach sind. Doch so schwer es auch ist zu verstehen, was ich in den vergangenen Tagen erfahren habe, so habe ich doch das Gefühl, an dieser Erfahrung wachsen zu können.

Hier, an diesem wilden, ursprünglichen Strand, die endlose Weite des Horizonts vor mir, fühle ich mich mit meinen Sorgen und Fragen unwichtig und unbedeutend. Dieses Meer, diesen Wald, diesen Himmel wird es noch geben, wenn Generationen von Bewohnern aus Lütteby und Grotersum längst Geschichten in den Erinnerungen nachfolgender sind. Wir alle sind winzige Sandkörnchen im Getriebe des großen Universums und tun gut daran, uns nicht zu wichtig zu nehmen, auch wenn wir uns zuweilen fühlen wie der Nabel der Welt.

»Hast du Lust zu schwimmen?«, fragt Jonas und schaut mich verschmitzt an. »Hier scheint ein tiefer Priel zu sein, oder wir haben gerade Flut, es sind also perfekte Bedingungen, um ein wenig abzutauchen.«

»Jetzt?«, frage ich verdutzt. »Ich habe weder Badesachen dabei noch ein Handtuch, und es ist ganz sicher furchtbar kalt.«

»Drei Gründe, die dagegensprechen, und unendlich viele mehr, es trotzdem zu tun«, erwidert Jonas und beginnt, sich auszuziehen. Ich halte unwillkürlich den Atem an, mir wird schon bei der bloßen Vorstellung, um zehn Uhr abends in die Nordsee zu springen, so kalt, dass meine Zähne klappern, obwohl ich sehr, sehr gern schwimme.

Jonas ist genauso durchtrainiert, wie ich es vermutet hatte. Doch er hat einen kleinen Bauchansatz, der zeigt, dass er gern isst und nicht ständig damit beschäftigt ist, an seinem Sixpack zu arbeiten. Das finde ich gut, denn ich mag keine eitlen Männer. Nach dem T-Shirt fliegt die Jeans in den Sand, Jonas zieht die Schuhe aus und sprintet in die Fluten des auflaufenden Wassers. Die Sonne ist kurz davor, im Meer zu versinken, und Jonas genießt es sichtlich, ihr entgegenzuschwimmen.

Florence badete stundenlang in der eiskalten Nordsee, ohne zu frieren, kaum eine Welle war ihr hoch genug.

Ach was, denke ich und beginne ebenfalls, mich meiner Kleidung zu entledigen. Das Leben ist zu kurz, um es mit Zweifeln und Ängsten zu vergeuden. Pippi Langstrumpf hätte schon längst den halben Ozean durchquert und wäre, auf dem Rücken eines Wals reitend, zurückgekommen, im Gepäck exotische Mitbringsel aus fernen Ländern.

Der BH und der Slip bleiben aber an, sage ich zu mir selbst und spüre den von teils spitzen Steinchen durchsetzten Sand unter meinen Fußsohlen. An diesem Strandabschnitt muss man aufpassen, sich nicht an einer scharfkantigen Muschel den Zeh aufzuschneiden, daher sollte man schnell laufen und ebenso schnell ins Wasser springen. Also flitze ich los, man könnte beinahe sagen, ich fliege.

In dem Moment, als ich in die eisigen Fluten eintauche, habe ich das Gefühl, keine Luft mehr zu bekommen und sofort zu erfrieren, doch mit jedem Schwimmzug wird es besser und besser. Meine Haut kribbelt vor Kälte, Salzwasser und Freude, der Blick in den Sternenhimmel ist atemberaubend schön, das Glitzern des Mondlichts zaubert kleine Diamantenkrönchen auf die Wellenkämme.

Jonas ist schon so weit draußen, dass ich seinen Kopf nur noch als kleinen Punkt vor dem goldgelben Band sehe, das die untergehende Sonne um die Nordsee schlingt wie eine Schleife. Alles andere liegt bereits in tiefe Dunkelheit getaucht.

Irgendwann habe ich ihn eingeholt und umarme ihn, schwer atmend. »Ich glaube, ich muss an meiner Kondition arbeiten«, sage ich japsend, während Jonas' Hände meine Taille umfassen. Meine Beine vollziehen immer noch Schwimmbewegungen, schließlich planschen wir nicht in hüfthohem Wasser, sondern sind ziemlich weit vom Ufer entfernt.

»Das sehe ich nicht so«, widerspricht Jonas, nun gleitet eine seiner Hände an meinen Po, ein angenehmes Kribbeln durchflutet meinen Bauch, und mir wird trotz des eiskalten Wassers so warm, als läge ich tatsächlich in jenem heißen Schaumbad, von dem ich vorhin fantasiert habe. »Ich schwimme ziemlich schnell und hatte einen deutlichen Vorsprung. Dass du mich eingeholt hast, zeigt, dass du fitter bist, als du glaubst.«

»Ach was, du bist doch bestimmt langsamer geworden, um mir ein gutes Gefühl zu geben«, ziehe ich ihn auf, und in diesem

Moment klatscht mir eine Welle mitten ins Gesicht. Das Salzwasser reizt meine Augen und kitzelt meine Nase, doch das ist mir egal. »Aber du hast recht. Seit ich schwimmen kann, bin ich eine Badenixe. Als Kind musste man mich entweder zwingen, aus dem Wasser zu kommen, oder mit irgendetwas locken. Henrikje sagte immer, dass mir irgendwann Schwimmhäute und ein Fischschwanz wachsen würden, was ich damals toll fand, schließlich war *Die kleine Meerjungfrau* von Hans Christian Andersen eines meiner allerliebsten Märchen. Ich schaue auch heute noch gern gemeinsam mit Matti *Arielle, die Meerjungfrau*. Aber leider brauche ich, je älter ich werde, wärmere Temperaturen für ungetrübtes Badevergnügen, doch dieser spontane Ausflug zeigt mir, dass es sich immer wieder lohnt, über seinen Schatten zu springen, sonst verpasst man das Beste.«

»Lass mich zusammenfassen: Du magst Elsa, die Eiskönigin, und Arielle«, sagt Jonas und lässt mich wieder los, so können wir besser schwimmen. »Beide Damen leben in eher kühleren Elementen. Was sagt das über dich aus?«

Ich muss lachen, weil ich mir über so etwas noch nie Gedanken gemacht habe. Lachen und schwimmen zugleich erweist sich allerdings als kleine Herausforderung, denn schwups verschlucke ich auch schon eine kleine Welle und muss husten, weil das Salzwasser in meiner Kehle brennt.

Doch auch das macht mir nichts aus, weil dieses nächtliche Schwimmen mit Jonas einfach grandios ist. Zudem tut die spielerische Leichtigkeit zwischen uns rundum gut und ist wie Balsam für meine Seele. »Gegenfrage: Was sagt es über dich aus, dass du auf Spider-Man stehst?«

»Du hast dir gemerkt, dass ich ein Faible für den Spinnenmann habe?«

»Ja, habe ich. Genau wie du dir das mit Elsa. Im Übrigen ist es mir immer noch ein bisschen peinlich, dass du mich in diesem

Aufzug erwischt hast. Für gewöhnlich gehe ich nicht in meinem Schlafanzug am Meer spazieren.«

»Echt nicht? Also ich schon. Von daher war es eher ein Zufall, dass ich mein Spider-Man-Outfit nicht anhatte, als wir uns am Leuchtturm getroffen haben. Sonst wäre die Situation geradezu prädestiniert dafür gewesen, meine Netzsprüher am Handgelenk zu aktivieren und mich auf diese Weise an die Turmspitze zu hangeln, um endlich den ersehnten Blick ins Innere zu werfen. Was, wie eine ganz besondere Dame mir neulich sagte, ein Privileg ist, das nicht jedem einfach so zuteilwird.«

»Was fasziniert dich am meisten an Spider-Man?«, frage ich, während wir Seite an Seite das nachtschwarze Wasser durchpflügen wie Delfine. »Seine Superheldenkraft oder sein Doppelleben? Oder die Tatsache, dass er der einzige Comicheld ist, der die Welt rettet und nebenbei seine Hausaufgaben machen muss?«

»Respekt, du kennst dich ja bestens aus«, sagt Jonas. »Wobei ich dich leider ein winzig kleines bisschen korrigieren muss, wenn ich darf.«

»Also schieß los, ich lerne immer gern dazu.«

»Spider-Man verfügt nicht über die übliche, glamouröse Superkraft im klassischen Sinne, sondern über eine sogenannte Tierstärke. Das unterscheidet ihn von Batman und anderen Superhelden. Ich mag es, dass er im realen Leben stinknormal ist und seine Tante May über alles liebt.«

»Apropos Superhelden. Ich bin leider keine Wonder Woman und würde jetzt gern zurückschwimmen, denn allmählich wird mir kalt, und es dauert nicht mehr lange, bis das Abendglühen verschwunden und die Nordsee in völliges Dunkel getaucht ist. Du kannst gern noch hier draußen bleiben, wenn du magst, aber ich sehne mich jetzt nach einem wärmenden Feuer und etwas zu essen.«

»Ich ebenso, außerdem sollten wir allein schon deshalb zurück, weil wir dringend Holz nachlegen müssen«, erwidert Jonas, und so schwimmen wir zurück, das glimmende Lagerfeuer weist uns den Weg. »Hier, nimm meinen Hoodie zum Abtrocknen«, sagt Jonas, als wir den Strand erreicht haben, und hält mir den großen, weiten Kapuzenpullover hin, den er vorhin nicht anhatte, weil es noch zu warm war. Ich lege ihn mir dankbar um und reibe mein Gesicht an dem weichen, kuscheligen Stoff, der ganz wunderbar nach ihm duftet. Jonas kümmert sich um das Feuer, ich suche derweil nach Stöcken, die geeignet sind, um später die französische Version der Marshmallows aufzuspießen. Dann schenke ich uns beiden Absinth ein. »Auf uns und diesen wunderbaren Abend«, sage ich und überlege, ob Florence sich in der Höhle auch mit einem Mann getroffen hat oder dort ausschließlich allein war. Ich muss versuchen, etwas über ihr Leben in Lütteby herauszufinden, koste es, was es wolle.

Jonas erhebt ebenfalls sein Glas. »Auf deine Mutter und Henrikje, der es jetzt leider bestimmt nicht gut geht. Ich wünsche euch beiden, dass ihr ganz bald wieder zueinanderfindet. Deine Großmutter ist eine bemerkenswerte Frau und hat vermutlich sehr damit zu kämpfen, dass ihre Entscheidung, dir nicht die Wahrheit zu sagen, vielleicht nicht ganz optimal war. Doch die Wahrheit tut nun mal oft auch weh, das sollte man nie vergessen.«

»Klingt, als hättest du Erfahrung«, sage ich und genieße, dass der Absinth und das prasselnde Feuer mich wohltuend wärmen. Wir sitzen nebeneinander auf zwei größeren Findlingen, teilen uns zuerst die herzhaften Roquefort-Biscuits und später die Mini-Galettes. »Ich bin schon sehr gespannt darauf, zu erfahren, was es mit deiner Familie auf sich hat. Du hast neulich angedeutet, dass auch diese Geschichte nicht ganz unkompliziert ist.«

Nun verdunkelt sich Jonas' Gesicht, ein ernster Zug umspielt seinen Mund. »Können wir bitte ein andermal darüber reden, ja? Ich denke, du hast für heute schon genug gehört und mehr als genug zu verarbeiten. Lass uns lieber die Guimauves rösten. Und dann wüsste ich noch gern, was du von einer Nacht am Strand hältst, zusammen mit mir im warmen Schlafsack eingekuschelt.«

Mein vorsichtiges, pflichtbewusstes Ich denkt als Erstes darüber nach, wie unfit ich am nächsten Tag im Büro sein werde, wenn ich die Nacht zum Tag mache. Daran, dass ich keine Zahnbürste dabeihabe, und auch, dass ich noch nie mit jemandem den Schlafsack geteilt habe – und schon gar nicht mit einem Mann, den ich erst so kurz kenne.

Doch die schwer verliebte, abenteuerlustige Lina sehnt sich danach, in Jonas' Armen zu liegen und gemeinsam mit ihm in den Sternenhimmel zu schauen. Dieser Teil von mir gewinnt die Oberhand, ich habe schließlich lange genug wie unter einer Glasglocke gelebt.

Ja, ich will diesen ganz besonderen Moment mit Jonas genießen, ich wollte immer schon mal am Meer schlafen, habe es aber nie getan. Und ich wollte immer schon mit hinter dem Kopf gekreuzten Armen in den Nachthimmel schauen.

Denn zwischen den Sternen, da bin ich mir sicher, funkelt der Hoffnungsschimmer, der sagt, dass letztlich alles gut wird.

Dass es, was auch immer geschehen mag, einen Weg gibt, der zu einem positiven Ziel führt.

Endlich kann ich diesen lang gehegten Wunsch wahr werden lassen, Seite an Seite mit einem Menschen, der sich wie durch ein Wunder unbemerkt in einer Weise in mein Herz geschmuggelt hat, die ich mir niemals hätte träumen lassen. Und wie heißt es so schön? Sei realistisch und glaub an ein Wunder.

10

Wir gehen da aber nicht zusammen rein, sonst weiß jeder sofort, was Sache ist«, sage ich zu Jonas, als wir am nächsten Morgen pünktlich zum Dienstbeginn zurück in Lütteby sind.

Wir stehen wenige Meter vor dem Ortsschild, die Morgensonne wärmt mein Gesicht, das ohnehin vor Glück und Aufregung glüht.

Die Nacht mit Jonas war die schönste, die ich je erlebt habe. Ich wusste gar nicht, dass es so romantisch sein kann, gemeinsam darüber zu streiten, ob es der Kleine oder der Große Wagen ist, der als Sternbild am Himmel steht. Oder ob das vorbeiflatternde Tierchen, das wiederholt seine Kreise in unserer Nähe gezogen hat, eine Fledermaus ist oder doch ein Nachtvogel.

»Meinst du mit *jeder* Rantje und Abraxas?«, fragt Jonas, der völlig zerknautscht aussieht und dessen Haare in alle Himmelsrichtungen abstehen. Zwei der Knöpfe des Schlafsacks haben einen tiefen Abdruck auf seinem Gesicht hinterlassen, der Kapuzenpulli ist voller Sand, Tannennadeln und ein bisschen feucht, denn er diente uns beiden heute Nacht als Kopfkissen. »Mich würde es nicht wundern, wenn Abraxas Bescheid wüsste. Ich glaube nicht an deine Fledermaustheorie und könnte schwören, dass das Flattertierchen von heute Nacht weiße Flügel hatte. Dieser Vogel scheint immer und überall zu sein, fast schon ein bisschen unheimlich.«

»Wie auch immer, ich gehe zuerst ins Büro«, erwidere ich, ohne auf Jonas' gut gelaunte Scherze einzugehen. »Du solltest

95

aber noch mal in die Pension und dich umziehen, denn in diesem Outfit hast du definitiv keine Ähnlichkeit mit dem Geschäftsmann Jonas Carstensen, der aus Lütteby einen Touri-Hotspot machen möchte.«

»Alles klar, ich habe verstanden«, murmelt Jonas gespielt zerknirscht. »Bekomme ich trotzdem noch einen Kuss? Ich fürchte, ich habe mich schon so sehr daran gewöhnt, dass es mir schwerfallen wird, dich im Büro zu sehen und nicht ständig daran zu denken, wie schön es war, gemeinsam mit dir einzuschlafen und später wieder aufzuwachen.«

»Das wird in der Tat komisch«, murmele ich, berührt davon, dass Jonas das, was ich fühle, so leichthin ausspricht, und offenbar genauso empfindet wie ich. »Also bis gleich.«

Jonas biegt rechts ab, während ich in Richtung Marktplatz gehe. Ich habe mich, so gut es geht, mithilfe des kleinen Taschenspiegels restauriert und kaue Kaugummi, das muss reichen, denn ein Abstecher ins Pastorat würde mich zu viel Zeit kosten. Obwohl ich keinen Tee getrunken und nur wenig geschlafen habe, fühle ich mich lebendig und aufgedreht wie schon ewig nicht mehr. Ich kann es kaum erwarten, Sinje von der wunderschönen Nacht am Strand und davon, wie sich die Dinge mit Jonas entwickeln, zu erzählen, und freue mich auf einen gemütlichen Abend mit ihr.

Die Vögel singen in den Wipfeln der alten, mächtigen Kastanien, die dem Markplatz Charme verleihen und an einem warmen Tag wie diesem Schatten spenden. Ein wenig verschlafen winke ich kurz in Richtung Kiosk, wo Ahmet gerade dabei ist, die nicht verkauften Zeitungen vom Wochenende zu bündeln, und nähere mich dann dem Lädchen.

Es ist noch nicht geöffnet.

Im Haus nebenan werkeln Handwerker herum und tragen Einbauten aus dem Antiquitätenladen der alten Stine nach draußen in einen extra für diese Zwecke aufgestellten Container, der den Marktplatz ziemlich verschandelt. Er wirkt wie ein Symbol dafür, dass sich hier in absehbarer Zeit einiges verändern wird.

»Moin, Lina, na, auch schon da?«, sagt Thorsten, kaum dass ich das Büro betreten habe, und ich reibe mir verwundert die Augen. »Ja, ich bin's, min Deern, hast keine Halluzinationen oder so«, sagt er breit lächelnd. Er sitzt, als sei er niemals weg gewesen, an seinem Schreibtisch. Der uralte Computer läuft auf Hochtouren und verursacht dabei so viel Lärm, dass ich mich nach dem lautlosen Notebook von Jonas sehne. In der Hand hält Thorsten einen Becher mit der Aufschrift *Schietwetter fängt bei Windstärke 12 an,* offenbar hat er schon Kaffee gekocht und beim Einschenken nicht gemerkt, dass der Becher etliche Kerben im Porzellan hat. Abraxas sitzt auf der Tastatur und mustert mich aufmerksam. Nun könnte auch ich schwören, dass er heute Nacht am Strand war und Zeuge meines Liebesglücks mit Jonas geworden ist.

»Moin, Thorsten, was machst du denn hier? Ich dachte, du seist in der Reha«, sagt Rantje, die auch gerade gekommen ist. Wir beide bestaunen ihn wie das achte Weltwunder.

»Tja, Kinners, ich bin eben immer für 'ne Überraschung gut, das wisst ihr doch«, erwidert dieser grinsend. Er genießt die Situation sichtlich, während ich überlege, wie es jetzt weitergehen soll. Jonas kommt sicher gleich, und wir haben nur drei Schreibtische. »Ich habe beschlossen, dass ich den Firlefanz, den die in der Klinik in Sankt Peter-Ording mit einem veranstalten, genauso gut in Lütteby machen kann«, erklärt Thorsten, doch ich weiß genau, woher der Wind weht. Er ist in Alarmbereitschaft wegen Jonas und will nun auf Teufel komm raus sein Revier verteidigen.

»Nimmst du dir dann einen eigenen Physiotherapeuten?«, fragt Rantje und startet ihren PC. Als Thorsten vage nickt, sagt sie nur: »Cool«, und beginnt zu arbeiten.

»Also dann, herzlich willkommen«, sage ich, betont gut gelaunt. »Was haltet ihr davon, wenn ich uns zur Feier des Tages etwas von Amelie hole, wir erst mal gemeinsam in Ruhe frühstücken und uns dann über alles austauschen, was in den kommenden Wochen anliegt, wie zum Beispiel das Rosenblütenfest?«

»Gute Idee«, sagt Thorsten. »Grüß schön, und sag ihr, dass ich die Tage mal vorbeischauen werde. Hab Sehnsucht nach ihren Eclairs.«

Erst jetzt sehe ich, dass Thorstens Krücken an der Seite seines Schreibtisches lehnen, und frage mich, ob die Entlassung auf eigene Faust wirklich so eine gute Idee war. Aber ich kenne ihn und weiß: Wenn er sich etwas in seinen friesischen Sturschädel gesetzt hat, zieht er das auch durch, komme, was wolle. Irmel ist garantiert nicht begeistert von diesem Alleingang.

Als ich aus der Touristeninformation raus bin, versuche ich Jonas zu erreichen, um ihn vorzuwarnen. Doch es ist zu spät, ich sehe aus dem Augenwinkel, wie er um die Ecke biegt.

Da mir spontan kein Vorwand einfällt, um wieder ins Büro zurückzugehen, muss Jonas da jetzt allein durch, und ich besorge wie geplant Leckereien bei Amelie.

Nachdem ich durch die Tür des Cafés getreten bin, das an diesem Montagmorgen ungewöhnlich leer ist, sehe ich, dass Amelie geweint haben muss, ihre Augen sind leicht gerötet, die Lider verquollen. Das tut ihrer Schönheit allerdings keinerlei Abbruch, denn sie ist und bleibt eine aparte Erscheinung, egal, wie unglücklich oder glücklich sie gerade ist. »Guten Morgen«, sage ich und warte ab, bis sie für einen Kunden Café au Lait zum Mitnehmen fertig gemacht und das Geld für das Getränk kassiert hat. »Ist alles okay bei dir?«

In Amelies traumhaft langen Wimpern hängen Tränen wie Diamanten, und sie kommt mir heute noch schmaler vor als sonst. »Non«, haucht sie und zieht einen Brief aus der Tasche ihrer blütenweißen Schürze. »Voilà, lies selbst.«

Als ich sehe, dass der Absender Falk van Hove ist, grummelt es in meinem Magen. Unser Bürgermeister ist seit drei Jahren offizieller Besitzer des Hauses, in dessen Erdgeschoss sich *Chez Amelie* befindet, und damit ihr Vermieter. In seinem Brief an Amelie schreibt er, das Café müsse künftig auch abends geöffnet haben, um den Marktplatz von Lütteby nach 18 Uhr attraktiv für Touristen und Gäste aus den benachbarten Orten zu machen. Er setzt Amelie eine Frist von drei Monaten, andernfalls, so seine Ansage, sieht er sich gezwungen, Ausschau nach einem neuen Pächter zu halten, der in den Räumlichkeiten des Cafés ein attraktiveres Angebot präsentiert als – O-Ton – bunte Süßwaren und ein bisschen Kaffee.

In meinem Bauch schäumt und brodelt es mittlerweile vor Wut.

Wie kann man nur so einem zarten, liebreizenden Wesen so viel Angst einjagen? Und das ohne jegliche juristische Grundlage.

»Das ist völliger Blödsinn, lass dir von dem Typen nicht Bange machen«, sage ich und muss mich beherrschen, kein Schimpfwort zu benutzen. »Falk van Hove darf dir gar nicht drohen, denn in deinem Mietvertrag steht nichts darüber, wie lange du das Café zu öffnen und wie du es zu nutzen hast, nicht wahr? Solange der Vertrag läuft und du pünktlich deine Pacht zahlst, kann er dir gar nichts.« Amelies Antwort ist ein herzzerreißendes Schluchzen, und plötzlich schwant mir Schreckliches. »Du ... du zahlst deine Miete doch pünktlich, oder?« Die Schultern der Französin beben, dicke Tränen kullern über ihre bleichen Wangen, und damit ist die Antwort klar. »Wie lange bist du schon mit der Pacht im Rückstand?«, frage ich und wünsche in diesem Moment, ich wäre eine Fee, die nur ihren Zauberstab zu schwingen braucht, und dann ist alles wieder in Ordnung.

»Drei Monate«, erwidert sie schluchzend. »Die Umsätze werden immer schleschter, die Menschen sparen Geld und bleiben lange bei einem Getränk sitzen. Wenn erst das Restaurant in Stines 'aus eröffnet, bin isch geliefert und muss zurück zu meinen Eltern auf die Insel. Aber isch will 'ierbleiben.«

»Keine Sorge, das werden wir auf jeden Fall verhindern«, erwidere ich und würde am liebsten ins Rathaus stürmen und Falk van Hove sagen, dass er ein Mistkerl ist. Natürlich muss Amelie ihre Miete zahlen, aber die Saison beginnt erst jetzt, und dann steigen ihre Umsätze auch wieder. Es ist kein Geheimnis, dass die meisten Geschäftsleute in Lütteby ihren Hauptumsatz von März bis Ende Oktober machen. In dieser Zeit müssen sie so viel verdienen, dass es für die langen Wintermonate reicht, aber das ist in allen Orten so, die weitgehend vom Tourismus leben.

»Was hältst du davon, wenn wir uns heute Abend mit Sinje zusammensetzen und gemeinsam überlegen, wie wir dir helfen können?«

»Das würdet ihr tun?« In Amelies Augen blitzt ein kleiner Hoffnungsschimmer auf, sie wischt sich mit der Hand die Tränen vom Gesicht und sieht mich fragend an.

Ich erwidere: »Aber natürlich«, und tippe eine Nachricht an Sinje. »Wir Lütteby er halten zusammen, schon vergessen? Mach dir erst mal keine Sorgen und verkauf den Kunden heute einfach so viel Eissorbet und Frozen Coffee wie möglich. Es ist so ein wunderbar sonniger Tag, wie gemacht, um ein Eis zu schlecken oder Eiskaffee mit viel Schlagsahne zu trinken.«

»Isch könnte eine Eistorte backen«, sagt Amelie und sieht schon viel fröhlicher aus.

»Das ist eine ganz wunderbare Idee. Schreib das auf die Tafel vor dem Café, und du wirst sehen, die Urlauber rennen dir die Bude ein.« Dann kaufe ich verschiedene Leckereien und Kaffee für unsere Frühstücksrunde im Büro und verabschiede mich von Amelie. »Bis später bei Sinje im Pastorat, ich freue mich.«

Mit einer Tüte voll Brioches, Croissants und vier Bechern Café au Lait in der Hand gehe ich zurück ins Büro. Bevor ich die Tür öffne, bleibe ich einen Moment stehen, atme tief durch und luge durch das Fenster, das groß genug ist, um in die Touristeninformation schauen zu können. Ich sehe Jonas mitten im Raum stehen, Thorsten sitzt lässig an seinem Schreibtisch.

Worüber die beiden wohl gerade sprechen?

»Und daher brauchen wir Ihre Hilfe nicht mehr länger«, höre ich Thorsten sagen, als ich reinkomme. »Ich telefoniere nachher mit Moiken aus Husum und kläre alles mit ihr, dann können Sie sich ab morgen einen schönen Tag machen und nach Herzenslust segeln oder surfen. Das Gehalt bekommen Sie in voller Höhe, aber das versteht sich schließlich von selbst.«

»Was ist denn hier los?«, frage ich, fassungslos darüber, dass Thorsten keine Viertelstunde gebraucht hat, um Jonas klarzumachen, dass er hier nicht erwünscht ist.

»Ich übernehme ab sofort wieder das Ruder. Herr Carstensen wird also nicht mehr gebraucht«, erklärt Thorsten und tut so, als sei Jonas gar nicht mit im Büro.

»Das sehe ich allerdings anders«, erwidert Jonas cool. »Sie erinnern sich doch sicher daran, was wir beide in Bezug auf die Neuerungen besprochen haben, die realisiert werden sollen inklusive des Werbevideos für Lütteby, das demnächst gedreht wird. Darf ich Sie daran erinnern, wie angetan Sie von den Vorschlägen waren, die Frau Hansen, Frau Schulz und ich während Ihrer Abwesenheit erarbeitet haben? Um das alles zeitnah umzusetzen, braucht es mehr Mitarbeiter als eine Volontärin, eine Teilzeitkraft und einen ...«

»Und einen was?« Thorstens Augen schießen wütende Pfeile in Richtung Jonas. »Einen alten, kranken Mann, der es nicht mehr bringt und der, wenn es nach Ihnen ginge, schon seit mindestens zehn Jahren in Rente wäre?«

»Das haben Sie gesagt, nicht ich«, erwidert Jonas völlig ungerührt. Rantje verfolgt das verbale Duell zwischen den beiden mit der Aufmerksamkeit einer Staatsanwältin. Mir ist diese Auseinandersetzung zutiefst unangenehm und zuwider.

Zudem passt sie so gar nicht zu der verträumten Stimmung, in der ich war, bevor ich ins Büro gekommen bin. Ich hatte mich eigentlich darauf gefreut, ein bisschen mit Jonas zu flirten, ohne dass Rantje es merkt, was ich mir ziemlich aufregend vorstelle.

»Ich weiß, was ich gesagt habe, und ich stehe zu meinem Wort«, schnaubt Thorsten. »Wenn Sie mit meiner Entscheidung nicht klarkommen, dann besprechen Sie das doch mit Ihrem guten Kumpel Falk van Hove. Dass Sie mit dem ganz dicke sind, wissen wir ja nun zum Glück.«

»Ist es nicht unerlässlich, eine gute Beziehung zum Bürgermeister zu pflegen, wenn man im Bereich Stadtmarketing und Tourismus arbeitet?«, fragt Jonas in einem derart ruhigen Tonfall, dass es schon fast unheimlich ist. Da ist er wieder, der zielorientierte, leicht arrogante Geschäftsmann, als der er sich zu Beginn seiner Krankheitsvertretung präsentiert hat. In diesem Moment hat er rein gar nichts mit dem zärtlichen, einfühlsamen und spontanen Jonas gemeinsam, mit dem ich mich gestern Nacht so unglaublich wohl und verbunden gefühlt habe.

»Eine gute Beziehung, ja, aber keine so gute, dass man Interna an jemanden verrät, der sie zu seinen Gunsten nutzt und damit Lütteby schadet«, widerspricht Thorsten. »Verlassen Sie also bitte das Büro, und zwar sofort.«

»Alles klar, wenn Sie es so wollen. Sie hören von mir«, ist Jonas' einzige Reaktion, dann geht er, ohne sich noch einmal umzusehen.

»War das wirklich nötig?«, frage ich, entsetzt darüber, wie die Dinge plötzlich so derart aus dem Ruder laufen konnten.

»Ja, das war es«, lautet Thorstens knappe Antwort. »Im Übrigen gefällt es mir gar nicht, dass du die Nacht mit diesem Kerl verbracht hast. Du weißt genau, was wir über ihn herausgefunden haben, und du hast dich trotzdem auf ihn eingelassen. Schäm dich, Lina. Wenn du willst, kannst du auch gleich gehen. Ich arbeite künftig nur noch mit Menschen zusammen, denen ich blind vertrauen kann, und das trifft auf dich ja wohl nicht mehr zu.«

- 11 -

*D*as war jetzt aber echt nicht nötig, Thorsten«, sagt Rantje. »Du weißt genau, dass Lina niemals irgendetwas tun würde, was unserer kleinen Stadt schadet. Entschuldige dich bei ihr, und dann lass uns weiterarbeiten. In zehn Minuten öffnen wir, bis dahin sollten wir uns wieder einkriegen, damit die Urlauber nichts davon merken, dass die Luft hier drin dicker ist als der Bauch von Bauer Sander.«

»Danke, Rantje, aber ich kann für mich selbst sprechen. Woher willst du eigentlich wissen, mit wem ich die heutige Nacht verbracht habe, Thorsten?«, frage ich kampflustig. Wenn Michaela wieder ihrem Ruf als Klatschbase alle Ehre gemacht hat, knöpfe ich sie mir vor. Ein bisschen Tratsch ist ganz charmant und gehört auch ein Stück weit zu einer Kleinstadt, aber es geht nun wahrlich niemanden außer Jonas und mich etwas an, was wir in unserer Freizeit tun.

»Irmel hat euch vorhin gesehen und mich angerufen, als du bei Amelie warst. Du weißt, wie sie über alle Grotersumer denkt.«

»Jonas ist aber keiner aus Grotersum«, widerspreche ich und kann kaum glauben, dass ausgerechnet Irmel mich Thorsten gegenüber in die Pfanne haut. Sind denn auf einmal alle verrückt geworden?

»Wer mit einem Grotersumer gemeinsame Sache macht, ist einer von denen, ob es dir passt oder nicht.«

»Nur weil ich eine wunderschöne Nacht mit Jonas am Strand verbracht habe, in der, ganz nebenbei, nichts weiter passiert ist, bin ich also eine Grotersumerin, oder wie darf ich das verstehen? Jonas kommt aus Hamburg und nicht von hier. Geht diese Fehde nicht allmählich ein bisschen zu weit? Das ist doch völlig absurd.«

»Ich möchte nur nicht erleben, dass noch eine Hansen sich wegen eines Grotersumers ins Unglück stürzt«, blafft Thorsten.

»Was soll denn das heißen?«, frage ich alarmiert.

»Eigentlich wollte ich sagen, dass ich nicht möchte, dass eine Hansen sich mit einem aus Grotersum einlässt oder mit einem, der von dort entsandt wurde«, korrigiert Thorsten sich. »Hab mich versprochen, so was kann ja schon mal vorkommen, nicht wahr?«

Noch eine Hansen, die sich ins Unglück stürzt …

Für mich klingt das nicht so, als hätte Thorsten sich versprochen. Es war ihm ernst, also glaube ich, dass er schwindelt, wenn er jetzt behauptet, er hätte sich vertan.

»Könnt ihr beiden eure Unterhaltung auf ein andermal verschieben?«, fragt Rantje und öffnet die Tür, vor der schon einige Urlauber warten. »Ich würde mal sagen, ihr beschnackt das Ganze später bei einem guten Glas und konzentriert euch jetzt erst mal auf das, was hier zu tun ist. Also los, ran an die Arbeit.«

»Soll ich gehen oder bleiben?«, frage ich Thorsten, der sich daraufhin seinem Computer zuwendet und »Dann bleib halt« knurrt, ohne mich eines Blickes zu würdigen.

In der Mittagspause verlasse ich das Büro fluchtartig, weil ich mit Jonas sprechen und in Erfahrung bringen möchte, wie es jetzt weitergeht. Die bloße Vorstellung, er könnte Lütteby verlassen, weil er hier weder erwünscht ist noch es etwas für ihn zu tun gibt, macht mich völlig verrückt.

In meiner momentanen Stimmung könnte ich Thorsten für seine Dickschädeligkeit würgen, denn er hat offenbar weder

Interesse daran, sich ein objektives Bild von den vermeintlichen Verflechtungen zwischen Jonas und Falk zu machen, noch daran, mir zu vertrauen.

Obwohl ich es telefonisch und per Textnachricht bei Jonas versuche, habe ich keinerlei Erfolg. Merkwürdig!

Ich beruhige mich mit der Vorstellung, dass er sich in seinem Zimmer aufs Ohr gelegt hat und das Handy nicht hört. Schließlich haben wir beide heute Nacht kaum ein Auge zugetan, weil wir zu sehr damit beschäftigt waren, zu reden, uns zu küssen und einander so nahe zu sein, wie es geht, wenn man noch nicht völlig intim wird.

Statt wie sonst einen kleinen Abstecher in meine Wohnung zu machen, spaziere ich in Richtung des Flüsschens Lillebek und esse auf dem Weg meine Brioche, die ich vorhin natürlich nicht angerührt habe. Thorstens Worte gehen mir nicht aus dem Kopf, und ich frage mich, wen er wohl gemeint haben mag.

Henrikje? Meine Mutter? Oder meine Urgroßmutter Beeke?

Als ich am Ufer entlangspaziere und die Stand-up-Paddler beobachte, die auf ihren Brettern balancieren, die Enten sehe, die paarweise oder in kleinen Grüppchen im Wasser umherplanschen und immer wieder mit dem Kopf im Wasser gründeln, denke ich an die vielen schönen Dinge, die ich so gern mit Jonas unternehmen würde: eine ausgedehnte Radtour in die Umgebung, einen Ausflug zum Schloss vor Husum, einen Spaziergang auf dem Deich, eine Wattwanderung, eine gemeinsame Nacht in ... ja, wo eigentlich?

Jonas' Zimmer in der Pension ist bestimmt nicht sonderlich romantisch, aber es käme mir auch seltsam vor, ihn mit in meine Wohnung zu nehmen, zumal ich noch gar nicht weiß, wann ich wieder zu Henrikje zurückkehren werde. Natürlich hat Jonas recht, wenn er sagt, dass sie bestimmt furchtbar unter unseren Differenzen leidet, aber sie kennt mich auch gut genug, um zu wissen, dass ich jetzt Zeit brauche, um Abstand zu gewinnen.

Lieben heißt einander loslassen können, hat sie mir immer gesagt, wenn ich um Olaf getrauert habe und nicht begreifen konnte, dass er mich vor sechs Jahren ohne jegliche Vorwarnung aus seinem Leben radiert hat.

Als mein Handy piepst, bin ich wie elektrisiert, ich hoffe inständig auf eine Nachricht von Jonas. Doch es ist Sinje, die vorschlägt, dass Amelie, sie und ich bei ihr im Garten grillen. Ach ja, die arme Amelie. Die habe ich bei dem ganzen Wirrwarr um Jonas und Thorsten völlig vergessen. Ich hoffe, dass uns gemeinsam etwas einfällt, wie wir ihr unter die Arme greifen können, denn Lütteby ohne Amelie und ihr Café ist schier unvorstellbar. Obwohl ich in zehn Minuten wieder zurück im Büro sein muss, führt mich mein Weg wie durch Zauberhand zur Pension *Nordseeglück*, in der Jonas logiert.

Der Name ist deutlich schöner als der Siebzigerjahrebau mit der rau verputzten Fassade und den dunklen Holzornamenten, die ein wenig an Fachwerk erinnern. Die Spitzengardinen an den Fenstern sollen bestimmt heimelig wirken, genau wie die übertriebene Deko am Eingang, doch ist beides viel zu bieder und überladen.

Links neben der Tür steht eine Schubkarre mit einem Strohballen und kunterbunten Plastikblumen. Daran lehnt ein Schild mit der Aufschrift *Eile braucht Weile*.

Rechts daneben thront ein Wagenrad auf einem Stuhl. Die Speichen sind mit Efeu umrankt, ebenfalls aus Plastik. An der dunkelbraunen Tür aus massivem Eichenholz hängen maritime Symbole aus Holz, ein Anker, ein Leuchtturm und eine Möwe.

Bevor ich darüber nachdenken kann, was ich tue, stehe ich auch schon an der Rezeption und drücke auf die Klingel, weil weit und breit keiner zu sehen ist.

Die Tür zum winzigen Büro öffnet sich, heraus schlurft die alte Anna. »Moin, Linchen, lange nicht gesehen, außer in der Kirche. Was machst du denn hier?«, fragt sie und schaut mich aus müden, getrübten Augen an. Sie trägt einen Kittel, karierte Hauspantoffeln und ein goldenes Kreuz an einer Halskette.

»Ich müsste was für meinen Chef abgeben«, erwidere ich, weil mir gerade nichts Besseres einfällt. »Ist Jonas Carstensen da?«

»Tut mir leid, min Deern, aber der ist schon weg. 'n büschn früher als vereinbart, aber er hat trotzdem die volle Miete bezahlt.« Das Herz klopft mir bis zum Hals, meine Knie zittern. Jonas ist fort und hat sich vorher nicht bei mir gemeldet.

»Oh, das ist eine … Überraschung«, stammle ich, während die Gedanken in meinem Kopf umherwirbeln.

Habe ich mich etwa doch in Jonas getäuscht?

Ist ihm etwas passiert?

Hat er sein Handy verloren?

»Die Mannslüüd machen doch immer, was sie wollen, oder nicht?«, fragt Anna, doch ihre Worte klingen eher nach einer resignierten Feststellung als nach einer Frage.

Ich sage: »Das stimmt allerdings«, und verabschiede mich.

Jetzt muss ich dringend zurück, sonst komme ich viel zu spät.

Auf dem Weg zum Marktplatz schreibe ich eine weitere Nachricht an Jonas: »Habe gerade erfahren, dass du abgereist bist. Ist alles okay bei dir?«

Mit einem mulmigen Gefühl im Bauch schicke ich den Text ab.

Was, wenn ich nichts mehr von ihm höre und alles, was in den letzten Tagen passiert ist, nichts weiter war als eine wunderschöne Illusion?

Büke-Brennen
VOR ACHTUNDVIERZIG JAHREN

Das Mädchen war nach dem Einbruch im Eis schwer krank gewesen, nun aber gottlob auf dem Weg der Besserung.

Dennoch erlaubte seine besorgte Mutter nicht, dass es am alljährlichen Büke-Brennen teilnahm, ein Fest, auf das die Kleine sich sehr gefreut hatte. »Du hattest sehr hohes Fieber und musst dich noch ein Weilchen schonen«, hatte ihre Mutter gesagt und ihr sorgenvoll übers Haar gestrichen. »Das Büke-Feuer wärmt zwar, wenn man dicht dransteht, aber ansonsten ist es zu kalt, und du könntest einen Rückfall erleiden. Ich bleibe dieses Jahr auch daheim, und wir machen es uns einfach hier im Haus gemütlich.«

Doch weder die Aussicht auf heiße Schokolade mit Zimt noch auf den Brettspieleabend am Kamin konnten über die große Enttäuschung hinweghelfen, die das Mädchen verspürte.

Die Magie des nordfriesischen Winterfests war einzigartig, und bis zum 21. Februar des darauffolgenden Jahres dauerte es noch eine Ewigkeit. Dann war sie neun Jahre alt, und wer wusste schon, was bis dahin noch alles geschehen würde …?

Ich schleiche mich heimlich davon, dachte das Mädchen und schmiedete einen Plan. Es würde einfach behaupten, dass es müde sei, sich nicht wohlfühle und deshalb lieber ins Bett gekuschelt Märchenkassetten hören wollte. Wenn die Mutter dann später in das Buch vertieft war, das sie gerade las, würde das Mädchen einfach aus dem ersten Stock hinab auf das Kopfsteinpflaster springen.

Als sie das Fenster öffnete, um die Sprunghöhe abzumessen, schwankte die Kleine einen winzigen Augenblick in ihrem Entschluss.

Doch dann dachte sie an den mutigen Sprung, den Ronja Räubertochter über die Kluft zwischen den beiden Hälften der Mattisburg gewagt hatte, eine tiefe Schlucht, die sie den Höllenschlund nannte. Sie hatte diese Mutprobe bestanden, weil Birk Borkasohn ihr vorgemacht hatte, unerschrocken zu sein und nicht zu lange zu überlegen, bevor die Angstgespenster mit ihren gierigen Armen nach einem griffen. Die Gedanken des Mädchens spazierten zu dem Jungen aus Grotersum, der ihr bei dem verhängnisvollen Einbruch ins Eis das Leben gerettet hatte. Sie hatte ihn seit diesem Tag Anfang Februar nicht mehr wiedergesehen, weil sie so lange und so schwer krank gewesen war, dass ihre Mutter das Schlimmste befürchtet hatte.

Ob er wohl beim Büke-Fest sein würde?

Die Kleine hatte in den vergangenen Wochen oft an ihn gedacht, denn es gab ja sonst nicht viel anderes zu tun.

Nett war er gewesen, schön und beherzt.

Er hatte keinen Moment lang gezögert, ihr den rettenden Ast zuzuwerfen und sie ans Ufer zu ziehen, obwohl er damit Gefahr gelaufen war, selbst im Eis einzubrechen.

So einen Jungen, dachte das Mädchen, möchte man gern zum Bruder haben. Und man möchte ihn gern sehen, weil man ihn sonst zu sehr vermisst.

Als es zu dämmern begann, erklärte sie, dass sie keinen Appetit habe und gleich ins Bett gehen würde.

Ihre Mutter schaute sie besorgt an, fühlte, ob die Stirn heiß war, und ging in die Küche, um Teewasser aufzusetzen.

Das Mädchen verabscheute die bitter schmeckenden Kräuter, welche die Mutter im Gespensterwald sammelte, trocknete und später zu einem Gebräu mischte.

Der Anblick des Tees erinnerte sie an den Teppich aus giftgrünen Wasserlinsen auf dem Waldsee, von den Kindern Entengrütze genannt.

Nachdem die Kleine das Gebräu artig getrunken hatte, legte die Mutter die Märchenkassette in den Rekorder, sagte ihrer Tochter Gute Nacht und schloss sanft die Tür.

Das Mädchen wartete eine Weile, bis es sicher sein konnte, dass die Mutter nicht wieder ins Zimmer kommen würde.

Die Kleine zog ihren Wintermantel an, setzte die Pudelmütze auf, schlang sich den bunten Wollschal um den Hals und öffnete das Fenster.

Im schummrigen Dämmerlicht wirkte das Kopfsteinpflaster noch ein bisschen weiter entfernt als vorhin am Tag. Nun war es zu dunkel, um die Entfernung richtig abzuschätzen.

Das Herz der Kleinen begann zu pochen, einerseits vor Aufregung, andererseits vor Sorge, sie könne falsch aufkommen und sich dabei verletzen.

Kalte Nordseeluft strömte herein, doch es war zum Glück trocken geblieben. Regen war der größte Feind des Büke-Feuers, für das die Bewohner der kleinen Stadt monatelang Holz gesammelt und am Deich zu einer Pyramide gestapelt hatten. Den Mittelpunkt des Feuers bildete eine Strohpuppe, die aussah wie die Vogelscheuchen auf den Feldern rund um Lütteby.

Wenn diese Feuer fing, so sagte man, sei der Winter vorbei, und der ersehnte Frühling konnte endlich Einzug halten. Die bis zum Himmel lodernden Flammen vertrieben die Wintergeister, welche den Menschen im hohen Norden in den langen, kalten und dunklen Monaten das Leben schwer machten. Ein Freund ihrer Mutter hatte der Kleinen einmal hinter vorgehaltener Hand erzählt, in den alten Zeiten sei es üblich gewesen, dass die Frauen Leichensäcke zum Büke-Feuer brachten. Sie wussten, dass es bei diesen Festen nicht selten zu großem Streit zwischen den Bewohnern Lüttebys und Grotersums kam, der zuweilen tödlich endete. Dann hielten Trauer und Wut Einzug, und die alten Wunden brachen wieder auf.

Die Väter und Söhne, die an diesem Abend am Leben blieben, stachen nämlich in See, um Wale zu fangen und damit das Geld zu verdienen, das seit der Katastrophe der zweiten Groten Mandränke in Nordfriesland so knapp geworden war.

Das helle Feuer am Ufer sicherte den tapferen Männern noch eine geraume Weile das Geleit auf den gefährlichen Wellenbergen des Wintermeers, bis die Mannschaft schließlich ihr Schicksal in die Hand Gottes und der rauen Nordsee geben musste, ob sie wollte oder nicht.

Die Kleine verstand nicht alles, was der alte Mann ihr erzählt hatte, doch es berührte sie zutiefst, zu wissen, dass die Fehde zwischen den beiden Ortschaften mindestens so alt war wie das Meer und der Himmel.

Doch wenn Männer aufs offene, wilde Meer hinausfuhren, um ihre Familien ernähren zu können, wenn Menschen Ängste überwanden, um Dinge von großer Bedeutung zu tun, dann konnte und musste sie das auch.

Vielleicht gelang es ihr ja, ein wenig dazu beizutragen, dass der alte Streit zwischen Lütteby und Grotersum beigelegt wurde.

Man musste doch nur zeigen, dass es auch anders ging.

Dass man gut Freund mit jemandem sein konnte, der womöglich anders dachte und fühlte als man selbst.

Nur so konnte die Welt dieser wunderbare, bunte Ort sein, den sie so gern bereisen wollte, wenn sie groß genug war.

Während sie sprang, schloss sie die Augen und öffnete sie erst wieder, als ihre Füße den harten Steinboden berührten.

Zum Glück war alles gut gegangen.

Das war sicher ein Zeichen dafür, dass der liebe Gott guthieß, was sie vorhatte.

Nach einem längeren Marsch über den Koog zum Deich näherte sie sich dem Feuer und sah ihn schon von Weitem, als hätte er auf sie gewartet.

»Da bist du ja endlich, Ronja Räubertochter«, sagte er, lächelte und nahm ihre Hand in die seine.

- 12 -

Zurück im Büro, halte ich es kaum aus, mit Thorsten in einem Raum zu sein.

So gern ich ihn mag, so wütend bin ich jetzt auf ihn.

Jonas ist spurlos verschwunden, und das alles nur, weil Thorsten ihn hochkant rausgeworfen und beschuldigt hat, Lütteby schaden zu wollen. Vielleicht sollte ich ihn mal an den Satz »Im Zweifel für den Angeklagten«, auch bekannt als Unschuldsvermutung, erinnern. Doch ich habe weder Zeit, mit Thorsten zu sprechen, noch, ständig auf mein Handy zu starren, denn die Urlauber nehmen uns heute regelrecht in Beschlag.

»Was kann man hier eigentlich abends unternehmen?«, fragt eine Touristin und blättert derweil im Veranstaltungskalender der Region. Rantje wirft mir einen Blick zu, der sagt: »Gute Frage, das wüsste ich auch gern«, und rollt mit den Augen.

In Lütteby werden die Bürgersteige nun mal ziemlich früh hochgeklappt, das ist bei uns von jeher gemütliche Tradition.

»Sie können sich in Norderende einen Vortrag übers Wattenmeer anhören«, sage ich. »In Grotersum ins Kino gehen und später einen Drink in der Bar des Granat-Hotels nehmen«, fahre ich fort und überlege, was mir sonst noch so einfällt. »Natürlich kann man auch ganz hervorragend auf der Terrasse unseres Italieners *Dal Trullo* speisen, mit Blick auf die Lillebek, und später einen Spaziergang am Meer machen mit dem schönsten Sonnenuntergang am Horizont, den Sie sich vorstellen können.«

In diesem Augenblick taucht das Bild von Jonas in meinem Kopf auf, wie er gestern Abend in Richtung der in der Nordsee versinkenden Sonne geschwommen ist.

Wieso, verdammt noch mal, meldet er sich nicht?

»Das kling so weit ganz nett«, sagt die Urlauberin, neben der ein junges Mädchen steht und demonstrativ eine genervte Miene zur Schau trägt. »Aber haben Sie denn hier nirgendwo eine Diskothek oder …?«

»Das heißt Klub«, korrigiert die Tochter sie. »Und wie kommst du überhaupt auf die Idee, dass es hier so was geben könnte? Hier ist doch weit und breit nichts außer ein paar Kühen, Feldern und einem Leuchtturm, den man noch nicht mal besteigen kann. Das ist so dermaßen öde, dass sich sogar die Schafe zu Tode langweilen.«

»Aber genau deshalb sind wir ja hier«, mischt sich nun der Vater ins Gespräch, der bislang die Preistafel der beiden konkurrierenden Fahrradverleihe studiert hat. »Wir wollten einfach mal runterkommen, eins mit der Natur sein, im Wald und am Meer spazieren gehen und uns darüber freuen, dass wir vier zusammen ein paar Tage Ferien machen können.«

»Das Internet ist hier aber voll lahm«, mault nun der etwa neunjährige Junge, der offenbar genauso wenig Freude an diesem Familienurlaub hat wie seine ältere Schwester.

»Und das ist auch gut so«, sagt die Mutter ungerührt und steckt den Veranstaltungskalender in ihre Handtasche. »Du musst es auch mal aushalten, nicht den ganzen Tag Minecraft zu spielen, Lenny. Reservieren Sie uns bitte für heute Abend einen Tisch bei diesem Italiener?«

Ich greife nach dem Gästeservice-Telefon und drücke die Kurzwahltaste, als mir einfällt, dass mein Vorschlag einen winzigen, aber entscheidenden Haken hat. »Tut mir leid, aber das *Dal Trullo* hat montags Ruhetag. Soll ich für morgen …?«

»Ruhetag, mitten in der Saison. Wo gibt's denn so was?« Nun ist auch der Vater sichtlich empört. »Kennt man in diesem Ort den Begriff Kundenorientierung nicht?«

Obwohl ich heute noch schlechter als sonst auf Falk van Hove zu sprechen bin, gibt ein kleiner Teil in mir dem Bürgermeister recht, wenn er darauf drängt, dass es am Marktplatz auch abends noch Leben und reizvolle Angebote für Urlauber und uns Lüttebyer geben sollte.

»Ich reserviere Ihnen gern einen Tisch in einem der Restaurants in Grotersum. Zur Auswahl stehen italienisch, asiatisch, griechisch, Burger …« Im Nu entbrennt eine Diskussion innerhalb der Familie, am Ende siegen Lenny und sein Heißhunger auf Burger und Pommes mit Trüffelmayonnaise.

Nachdem alle vier von dannen gezogen sind und wir die Tür für Besucher schließen, sagt Rantje: »Hätte dieser Glücklich-mach-Schuppen neben dem Lädchen schon geöffnet, wäre jeder aus dieser Familie auf seine Kosten gekommen, insofern wird das neue Restaurant garantiert ein Hit.«

»Also, da setze ich bestimmt keinen Fuß rein«, brummelt Thorsten. »Zu viel süßliches Gesülze und dämliche Sprüche auf irgendwelchen Sperrholzbrettern. Viel zu viel Essensmischmasch, das braucht kein Mensch.«

»Doch, das brauchen viele Menschen, das ist nun mal die Bedürfnislage von heute«, halte ich dagegen, weil mir Thorstens ablehnende Haltung gegenüber Neuerungen zunehmend auf die Nerven geht. Wie gut, dass er nicht weiß, auf wie vielen Social-Media-Plattformen Lütteby mittlerweile sehr erfolgreich vertreten ist. Morgen habe ich sogar einen Termin mit zwei norddeutschen Bloggerinnen, die auf die Berichterstattung über nordfriesische Urlaubsorte spezialisiert sind und sich *Küstendeerns* nennen.

»Na, da hat die Gehirnwäsche von diesem Schnöselfuzzi ja schon bestens funktioniert«, schießt Thorsten zurück. »Kaum zu glauben, wie schnell du dein Fähnchen in seinen Wind hängst. Ist dir das denn gar nicht peinlich?« Mir rauscht augenblicklich das Blut in den Ohren, ich könnte platzen vor Wut. Wieso redet Thorsten in so einem Tonfall mit mir?

Warum unterstellt er mir, dass ich blind vor Liebe bin und auf einmal meine Ideale verrate?

Dieser Mann kennt und liebt mich, seit ich als Kleinkind auf seinem Schoß gesessen und in seinem Garten zugeschaut habe, wie die Eichhörnchen im Herbst Nüsse für den Winter sammeln und wie begeistert die Vögel die Futterstelle angenommen haben, die wir gemeinsam gebaut haben. Später hat er mir Nachhilfe in Mathe gegeben, die erste Wattwanderung mit mir unternommen und mir erklärt, wie der geheimnisvolle Seenebel entsteht, der von einer Minute auf die andere alles verhüllt.

»Mir ist nichts peinlich, denn ich habe keine Veranlassung dazu«, entgegne ich, verwundert darüber, dass ich diesen Mann, der für mich immer wie ein Großvater war, nun am liebsten zum Mond schießen würde. »Ich weiß, es ist nicht immer einfach zu akzeptieren, dass Dinge sich ändern und wir uns immer wieder anpassen müssen. Aber Lütteby sollte aus seinem Dornröschenschlaf erwachen, bevor es zu spät ist, und das weißt du ganz genau. Schließlich hast du sogar selbst dem Vorschlag, ein Werbevideo zu drehen, zugestimmt und dafür ein recht üppiges Budget freigegeben.«

»Diesen bescheuerten Videodreh habe ich abgesagt.«

»Wie bitte?« Kaum zu glauben, dass Thorsten mit triumphierendem Lächeln dasitzt und sich nun offenbar auch noch Beifall dafür erhofft, dass er eine Vereinbarung gebrochen hat, an der so viel hängt, nicht zuletzt eine eigene Musikkomposition, der Auftrag für den Fotografen Björn und den Produzenten des Videos.

»Das ist jetzt nicht dein Ernst, oder?« Rantje sieht aus, als stünde sie kurz vor einer Explosion. »Ich sitze Tag und Nacht an der Komposition des Songs und freue mich wie Bolle darauf, dass er irgendwann online geht. Und dann kommst du daher und schmeißt einfach alles über den Haufen, woran wir in den letzten Wochen gearbeitet haben? Weißt du, was? Seit Jonas mir das Gefühl gegeben hat, dass er mich ernst nimmt und es ihm wichtig ist, dass ich hier arbeite, und zudem mein Talent erkannt hat, habe ich keinen einzigen Tag mehr im Büro gefehlt. Im Gegenteil: Ich habe viele Überstunden gemacht, weil ich gemeinsam mit dem Produzenten am Skript für das Video gearbeitet habe. Wir planen sogar einen kleinen Liveauftritt zum Start des Werbefilms, ich überlege, weitere Songs zu kom…«

»Ich weiß, dass der Kerl dir Honig ums Maul geschmiert und dir eingeredet hat, dass du lieber deine Karriere als Sängerin vorantreiben sollst, anstatt in diesem ollen Büro zu verschimmeln«, sagt Thorsten. »Hast du mal darüber nachgedacht, dass das reine Taktik war? Zum einen arbeitest du, wie du selbst gerade gesagt hast, deutlich fleißiger und schwänzt nicht mehr, wenn du am Abend zuvor aufgetreten oder mit deinen Bandkollegen versackt bist. Und zum anderen hat er dir durch die Blume klargemacht, dass du bald Leine ziehen solltest, um Sängerin zu werden. Was glaubst du wohl, wer dann deinen Job übernimmt? Ganz sicher jemand, den van Hove höchstpersönlich ausgesucht hat.«

»Halt, stopp!«, rufe ich wutentbrannt. »Wenn du sauer auf mich bist oder dich verraten fühlst, dann ist das eine Sache. Aber rede Rantje nicht ein, dass sie manipuliert wurde, damit sie ihr Volontariat abbricht und Platz für einen Spitzel von Falk van Hove schafft, denn das ist paranoid. Rantje ist eine verdammt talentierte Singer-Songwriterin mit einer fantastischen Stimme. Der Song ist sicher wunderschön geworden, und ich freue mich schon auf den Tag, an dem sie ihn uns präsentiert.«

»Was ich ja nun nicht mehr zu tun brauche«, erwidert Rantje, springt von ihrem Stuhl auf, öffnet die Tür und stürmt aus dem Büro. Abraxas flattert ihr empört krähend hinterher.

»War das jetzt wirklich nötig, Thorsten?«, frage ich und hole tief Luft, um mich selbst zu beruhigen und die Situation zu entschärfen. Ich möchte nicht, dass dieser unsinnige Streit weiter eskaliert, nur weil der eine den anderen provoziert und Dinge sagt, die er gar nicht so meint und später ohnehin bereut. »Du hast Rantje ganz schön wehgetan, weißt du das? Sie hat sich in letzter Zeit so engagiert ins Zeug gelegt, kreative Ideen entwickelt und viele gute Vorschläge gemacht. Ich bin mir hundertprozentig sicher, dass der Song für das Video mindestens so gelungen ist wie der Poetry-Slam von Mona Harry. Ich habe dir doch erklärt, dass Jonas in diese ganze Sache eher zufällig reingeschlittert ist und mitnichten plant, irgendjemanden aus seinem Job zu verdrängen oder Falk van Hove bei seinen intriganten Plänen zu unterstützen. Wenn du dir die Mails durchliest, die Rantje auf den Stick gezogen hat, wirst du zugeben müssen, dass nichts davon wirklich brisant war. Falk hat ihm zu einer Zeit ein Angebot unterbreitet, in der Jonas über eine berufliche Veränderung nachgedacht hat, und daher kam der Vorschlag, hier auszuhelfen, für ihn gerade recht. Im Übrigen hat er jede Menge auf dem Kasten und sieht die Dinge hier aus einem weniger eingefahrenen Blickwinkel.«

»Bist du jetzt fertig mit deiner Verteidigungsrede? Du hättest Anwältin werden sollen«, knurrt Thorsten, und ich nicke.

Ja, ich bin fertig, sowohl mit dem Versuch einer versöhnlichen Ansprache als auch mit den Nerven. Es hat in der Touristeninformation noch nie wirklich Stress zwischen uns gegeben, das Arbeitsklima war immer gut, bis auf kleine Zankereien, die jedoch normal sind, wenn man so viel aufeinanderhockt und mal viel und dann mal wieder fast gar nichts zu tun hat.

»Du kannst so viel Süßholz raspeln, wie du willst, ich misstraue dem Lackaffen. Gut, dass er weg ist und hier bald endlich wieder Frieden einkehrt. Ich hoffe für dich und für uns alle, dass er einen Job im Ausland annimmt, damit er dir nicht länger den Kopf verdrehen kann und dir irgendwann wehtut. Die Geschichte mit Olaf hat dich völlig aus den Latschen gehauen, ich lasse nicht zu, dass so etwas noch mal passiert.«

In dem Moment, als Thorsten dies sagt, werde ich innerlich wieder weich. Er liebt mich und macht sich Sorgen, das ist wirklich rührend. Dennoch ist er meiner Ansicht nach auf dem Holzweg, und von dem muss ich ihn unbedingt abbringen. Gerade als ich sagen will, dass er noch mal über die Sache mit dem Videodreh nachdenken sollte, klopft Federico an die Glastür.

»Moin, na, was gibt's?«, frage ich, als ich ihm öffne, weil er eine Flasche Salentino-Wein in der Hand hält.

»Ein Wunder ist geschehen, *cara*«, sagt er und schwenkt demonstrativ den apulischen Wein. »Jemand hat mir achttausend Euro auf das Restaurantkonto überwiesen. Im Betreff steht Pizzaofen.«

»Ach, sag bloß«, Thorsten schaut mindestens so verdattert drein, wie ich es bin. »Aber wieso brauchst du den eigentlich? Du hast doch diese Panzerotti oder wie die Dinger heißen.«

»Ich benötige einen Steinofen, damit ich gegenüber dem neuen Restaurant konkurrenzfähig bleibe«, erwidert Federico und zaubert einen Korkenzieher aus der Tasche. Erst dann fällt ihm offenbar auf, dass Thorsten normalerweise gar nicht hier wäre. »Der liebe Gott hat wieder Wunder geschehen lassen. Erst die Spende für den Ofen, und nun hat er dich auch noch frühzeitig geheilt, sonst wärst du ja noch in der Reha in Sankt Peter-Ording, nicht wahr?«

»So wird's wohl gewesen sein«, murmelt Thorsten und reibt sich die Augen. »Tja. Wunder gibt's, die gibt's gar nicht.«

- 13 -

Unterwegs zum Treffen mit Amelie und Sinje versuche ich ein weiteres Mal, Jonas zu erreichen, doch wieder ohne Erfolg.

Ich bin so sehr in Gedanken über die möglichen Gründe für sein Abtauchen versunken, dass ich beinahe in Michaela hineinlaufe, die gerade Ware zu ihren Kundinnen bringt.

Besonders die älteren Damen Lüttebys, die nicht mehr so gut zu Fuß sind, schätzen diesen persönlichen Service sehr. Michaela bietet ihnen gezielt verschiedene Outfits an, die bequem daheim anprobiert werden können, und nimmt den Rest wieder mit in ihre Boutique.

»Geht's dir gut?«, fragt sie und schaut mich so besorgt an, als wüsste sie etwas, was ich nicht weiß.

»So weit ganz gut, und dir? Ist dein Magen wieder in Ordnung?«

Michaela strahlt und zeigt ihre hellen, großen Zähne.

Früher war sie bestimmt eine sehr hübsche Frau, eigentlich würde ich gern mal Fotos von ihr als Teenager sehen. Als ich jünger war, habe ich sie nicht oft zu Gesicht bekommen, denn da hat sie die Modeabteilung des Grotersumer Kaufhauses geleitet und war viel beschäftigt. Doch ich erinnere mich vage, dass sie damals blond war und deutlich schlanker.

»Die Teemischungen von Henrikje sind einfach die allerbeste Medizin«, sagt sie. »Was würden wir nur ohne sie machen? Weißt du, wann sie das Lädchen wieder öffnet? Wie ich hörte, bist du zurzeit in der Touristeninformation unabkömmlich, und Henrikje ist vollauf damit beschäftigt, Anka auf die Beine zu helfen. Die Ärmste ist völlig mit den Nerven runter, weil Helmut in seinem Testament verfügt hat, dass er auf See bestattet werden möchte.«

»Auf See?«, frage ich und habe sofort Bilder von roten Rosen im Kopf, die bei solchen Anlässen auf den Wellenkämmen des Meeres schwimmen oder an den Strand gespült werden. Manchmal legen Trauernde auch ganze Gebinde oder Kränze ans Ufer, irgendwann verstreut der Wind die Blütenblätter in alle Himmelsrichtungen. »Aber dann kann er ja später gar nicht mehr Seite an Seite mit Anka liegen und … neben dem kleinen Mats.«

»Ich finde das auch seltsam und natürlich furchtbar für Anka«, sagt Michaela seufzend. »Trotzdem sollte man den Letzten Willen eines Menschen akzeptieren, egal, wie schwer es einem fällt. So, jetzt muss ich aber weiter, meine Hübsche, die nächste Kundin wartet auf mich. Was hast du denn heute Abend Schönes vor? Bist du auf dem Weg zu Sinje?«

»Genau. Wir wollen nachher mit Amelie grillen.«

»Ein Mädelsabend, wie schön. Dann habt Spaß, und amüsiert euch für mich mit.« Irre ich mich, oder schwingt ein Hauch von Wehmut in Michaelas Worten mit?

Auf dem Weg zum Pastorat versuche ich mich auf den Anlass des Treffens zu konzentrieren. Wie könnte man Amelie helfen und gleichzeitig auch den Urlauberwünschen gerecht werden?

Der heutige Tag hat mal wieder deutlich gezeigt, dass die Feriengäste zwar die Ruhe in unserem kleinen Städtchen lieben, sich aber dennoch etwas Abendunterhaltung wünschen.

»Lina, isch bin 'ier 'inter dir«, höre ich Amelie rufen und bleibe stehen, damit sie mich einholen kann.

»Du meine Güte, was schleppst du denn da alles mit?«, frage ich mit Blick auf den Korb in Amelies Arm. »Sehe ich da etwa Crémant und eine Aprikosentarte? Was gibt's denn zu feiern?«

»Noch nichts, aber hoffentlich später«, erwidert sie.

Ich finde es immer wieder amüsant, dass ich im Laufe des Gesprächs mit ihr gar nicht mehr bemerke, dass sie das »h« verschluckt und aus dem »ch« ein »sch« wird. Irgendwie scheint mein Gehirn ihren charmanten französischen Akzent ganz von allein umzutexten. »Selbst wenn uns nichts einfällt, können wir immerhin feiern, dass wir uns zum allerersten Mal zu dritt treffen.«

»Wie, zum ersten Mal?«, frage ich verblüfft. »Wir sehen uns doch ständig vor dem Lädchen, bei dir im Café und auf Festen. Obwohl … wenn ich darüber nachdenke, stimmt es. Wir haben uns tatsächlich noch nie gezielt verabredet. Warst du überhaupt schon einmal im Pastorat?« Amelie schüttelt den Kopf.

»Na, dann wird's aber allerhöchste Zeit. Ich kann gar nicht fassen, wie das passieren konnte. Auf die Idee hätten wir doch schon viel früher kommen können.« Erst jetzt fällt mir auf, dass ich keinen blassen Schimmer davon habe, wie Amelie ihre Abende verbringt und mit wem sie befreundet ist.

»Schön, dass ihr da seid«, ruft Sinje schon von Weitem und öffnet die Pforte zu ihrem Gärtchen, das aussieht, als hätte Gärtner Fiete Ingwersen sich hier schon länger nicht mehr blicken lassen, oder Sinje lässt der Natur ganz bewusst freien Lauf. Das Gras steht hoch, voller Löwenzahn, Kornblumen, Getreide und Schafgarbe, einfach wundervoll natürlich.

Auch die Buchsbaum- und Kirschlorbeerhecken sind nicht akribisch zurechtgestutzt und sehen allein schon deshalb viel weniger streng aus als sonst.

»Immer rein in die gute Stube, schön, euch beide zu sehen.«

Sinje umarmt zuerst mich und dann Amelie. Dann stutzt sie plötzlich. »Sag mal, kann es sein, dass du noch nie hier warst?« Amelie nickt.

»Na, dann wird's aber allerhöchste Zeit.«

»Genau das hat Lina eben auch gesagt, und zwar wortwörtlich«, erwidert Amelie schmunzelnd und reicht Sinje den Korb mit ihren Mitbringseln.

»Eisgekühlter Crémant, wie köstlich«, sagt Sinje. »Den sollten wir gleich köpfen, dann sprudeln die Ideen schneller. Mesdemoiselles, macht es euch gemütlich, ich hole inzwischen Gläser und etwas zu knabbern, damit mir ja keiner vom Fleisch fällt, bevor es mit dem Grillen losgeht.«

Amelie sieht sich um und nimmt jede noch so kleine Kleinigkeit in Augenschein. Sinje hat zwar ein erklärtes Faible für Gartenzubehör aller Art, doch leider keinen besonders grünen Daumen. »Sollte man den Lavendel nicht besser einpflanzen?«, fragt Amelie mit Blick auf die vielen Töpfe, die Sinje neulich auf dem Blumenmarkt, der einmal im Monat auf dem Marktplatz stattfindet, gekauft und noch nicht in der Erde verbuddelt hat. »Und diese wunderschönen pinkfarbenen Lichtnelken wirken ganz schön schlapp.« Sie nimmt einen der Blumentöpfe hoch und begutachtet die Unterseite. »Oje, da sind ja gar keine Löcher drin, also kann das Wasser nicht abfließen, und es bildet sich Staunässe«, sagt sie fachmännisch.

»Staunässe? Welche Staunässe? Dazu hätte ich die Dinger erst mal gießen müssen, was ich leider vergessen habe«, kommt es ungerührt von Sinje, die drei Sektflöten vom Flohmarkt auf den runden Holztisch stellt, dessen ehemals hellblauer Anstrich so stark abgeblättert ist, dass der trostlose Anblick noch nicht mal mehr als Shabby Chic durchgeht. Ihr Garten war früher deutlich besser in Schuss, genau wie ihre Möbel. Der Sonnenschirm hat Stockflecken, weil er wahrscheinlich viel zu lange im feuchten Keller des Pastorats gelegen hat, die vier Korbstühle sehen aus, als würden sie bald durchbrechen. Nur Sinjes bunt gemusterte Hängematte schaukelt so einladend zwischen zwei Buchen im Wind, dass ich mich am liebsten sofort reinlegen, in den Himmel schauen und einfach an gar nichts denken würde.

Vor allem nicht an Jonas, denn der Gedanke an sein Verschwinden macht mich irre. Bitte nicht noch jemand, der mir etwas bedeutet und sich dann plötzlich in Luft auflöst.

»Hast du denn gar keinen Gefallen an Gartenarbeit?«, fragt Amelie, die natürlich nichts von meinen Sorgen und Nöten ahnt. »Ich würde mich schon über einen winzigen Balkon freuen, den ich hübsch bepflanzen kann. Gerade im Sommer sind ein Garten, eine Terrasse und jeder noch so kleine Balkon wie ein weiteres Zimmer.« Ein wenig betrübt denke ich an Amelies winzige, bescheidene Wohnung in einem der weniger schönen Bauten Lüttebys.

»Das stimmt, deine Wohnung ist ziemlich beengt«, sagt Sinje und runzelt die Stirn. »Das konnte ich ja letztens sehen, als wir für Lina ein Kleid aus deinem Schrank ausgesucht haben. Wenn du magst, kannst du bei gutem Wetter gern hierherkommen und es dir gemütlich machen. Meine Gartenpforte steht dir immer offen.«

»Ehrlich?« Amelies Augenfarbe changiert wieder leicht in Richtung Violett, was den Eindruck, sie sei in Wahrheit eine Fee, verstärkt. »Ich könnte mich als Dankeschön um deine Blumen kümmern. Den Rasen und die Hecken versorgt für gewöhnlich Fiete, soweit ich weiß.«

»Das sollte kein Deal auf Gegenseitigkeit sein, ich möchte dir einfach gern eine Freude machen.«

»Aber ich liebe Blumen und Pflanzen, und ich finde kaum etwas schöner, als in der Erde herumzubuddeln, außer backen natürlich. Ich vermisse den Garten meiner Eltern in Frankreich und all die Köstlichkeiten, die wir dort angebaut und geerntet haben. Auch die Konfitüren, Gelees und Chutneys, die aus dem frischen Obst und Gemüse gezaubert wurden.« Amelie seufzt, und ich würde sie am liebsten in den Arm nehmen, weil ich den Eindruck habe, dass sie nicht ganz so glücklich ist, wie ich stets geglaubt habe.

»Und trotzdem möchtest du nicht wieder zurück, sondern in Lütteby bleiben«, sagt Sinje, entkorkt den Crémant und schenkt uns ein. »Lina erzählte mir, dass van Hove dir Stress macht und du mit der Miete drei Monate im Rückstand bist. Versteh mich jetzt bitte nicht falsch, aber was genau gefällt dir so sehr an Lütteby, dass du trotz aller Probleme unbedingt hierblieben möchtest? Mal ganz abgesehen davon, dass wir dich niemals gehen lassen würden, zumindest nicht kampflos.«

»Genau diese Antwort ist einer der Gründe«, sagt Amelie lächelnd. »Ich liebe die Gemeinschaft hier und die Menschen. Sie sind den Nordfranzosen ähnlich und somit vertraut. Ich mag den Marktplatz, er erinnert mich an unseren. Außerdem finde ich es wundervoll, nach einem anstrengenden Tag am Meer spazieren zu gehen, mir den Wind um die Nase wehen und den Kopf freipusten zu lassen.«

»Aber das kannst du auf der Île d'Oléron auch«, gebe ich zu bedenken.

»Das stimmt. Doch dort bin ich *La petite*, die Tochter des fantastischen Bäckermeisters Antoine Bernard. Wenn ich zurückkäme, müsste ich die Boulangerie meiner Eltern übernehmen, aber mein Herz schlägt nun mal für die Patisserie und nicht fürs Brotbacken, sonst hätte ich längst Brotwaren in meinem Sortiment. Ich habe die Ausbildung zur Konditorin in Hamburg nicht ohne Grund gemacht.«

Meine Gedanken schweifen zum ersten Teamtreffen mit Jonas und Rantje bei *Chez Amelie*. Da hatte er verwundert nach dem Grund gefragt, warum es bei Amelie keinen einzigen Laib Brot gibt und man, um frisches zu kaufen, nach Grotersum zur *Hundertjährigen Linde* fahren muss.

»Was ist denn mit deinen Geschwistern?«, fragt Sinje und verteilt Pistazien, geröstete Erdnüsse und gesalzene Mandeln auf drei Schüsselchen. »Kann sich nicht einer von denen aufs Brotbacken spezialisieren, und du erweiterst das Sortiment um deine fantastischen Tartes, Eclairs und Macarons?«

Amelie winkt ab. »Non, das gibt nur Stress. Wie gesagt, meine Geschwister sind alle älter, ich bin mit fünfundzwanzig das Küken und werde es immer bleiben. Sosehr ich meine Familie auch liebe, sie raubt mir manchmal den letzten Nerv. Jeder weiß alles von jedem, und jeder mischt sich bei jedem ein. Ihr beide seid Einzelkinder und könnt vermutlich gar nicht nachvollziehen, wie es ist, wenn man sich als Kind das Zimmer mit der älteren Schwester teilen und deren Sachen auftragen muss und die Brüder Auskunft darüber haben wollen, mit welchem Jungen man sich trifft und wieso. Man ist so gut wie nie allein, hat kaum die Möglichkeit, sich mal aus allem rauszuziehen, wenn man das Bedürfnis dazu hat, weil sonst immer irgendjemand beleidigt ist.«

Eine große Familie kann also auch Nachteile haben, denke ich, die von jeher genau von diesem Trubel, dieser Gemeinschaft und Nähe geträumt hat. Doch vielleicht habe ich das alles auch zu sehr romantisiert, weil ich so gern eine Schwester oder einen Bruder gehabt hätte.

»Dann lasst uns darauf trinken, dass Amelie hierbleibt und wir eine Lösung für ihr finanzielles Dilemma finden«, sagt Sinje und erhebt das Glas. »Dieser grässliche van Hove kann uns doch nicht allen das Leben schwer machen. Ich finde, wir sollten uns etwas einfallen lassen, das zwar vordergründig seinen Wünschen entspricht, aber ihn in der Konsequenz so richtig schön ärgert. Schaut euch doch mal hier um, das Pastorat und alles, was dazugehört, müsste dringend saniert werden. Der Gemeinde fehlt das nötige Geld, weil immer mehr Menschen aus der Kirche austreten, also müsste meiner Ansicht nach der Herr Bürgermeister ein bisschen was lockermachen, damit es hier so hübsch und adrett aussieht, wie man es von einem Pastorat erwartet. Doch stattdessen schnappt er mir die Villa vor der Nase weg und investiert das fehlende Geld lieber in ein blödes Golfhotel.«

»An was hast du denn gedacht? An einen Stripklub, ein Casino oder illegale Pokerspielrunden?«, fragt Amelie grinsend.

»Gute Idee! Dass ich da nicht selbst drauf gekommen bin«, sagt Sinje mit einem abenteuerlustigen Funkeln in den Augen. »Oder wie wäre es mit einer Shishabar? Ich wette, van Hove kriegt allein schon vom Dampf der Wasserpfeifen einen Anfall. Der Mann geht doch zum Lachen in den Keller, falls er überhaupt schon mal in seinem Leben gelacht hat. Los, Lina, mach auch 'nen Vorschlag. Du bist hier, um zu denken, und nicht nur, um uns alle Pistazien vor der Nase wegzufuttern. Ich habe schon extra keine Chips gekauft, damit auch für uns etwas übrig bleibt.«

Ich erzähle von der Familie, der ich heute Nachmittag Vorschläge für abendliche Unternehmungen gemacht habe, und ende mit: »Kein Wunder, dass die vor Langeweile fast vom Stuhl gekippt sind, in dieser Hinsicht ist Lütteby leider wirklich gnadenlos verschlafen.«

Sinje seufzt und isst drei Handvoll Erdnüsse, offenbar hat sie nach wie vor keine Lust auf die *Brautkleid-Schinderei*, wie sie neulich ihr Vorhaben, bis zur Hochzeit mit Gunnar drei Kilo leichter werden zu wollen, betitelt hat.

»Aber jetzt mal im Ernst«, sage ich. »Könnte man nicht abends eine Art Weinbistro aus dem Café machen, mit wechselnden Ausstellungen und Liveevents wie kleinen Konzerten, Lesungen, Kabarett oder Poetry-Slam? Von mir aus könnte man auch Motto-Spieleabende veranstalten oder besondere Filme zeigen.«

»Das klingt wie aus deiner Lieblingsserie *Gilmore Girls*«, sagt Sinje schmunzelnd. »Und wer sucht den Film aus? Stadtrat

Taylor Doose aus Stars Hollow? Nein, im Ernst, ich will dich nur aufziehen. Die Richtung finde ich super, denn sie ist charmant und passt zu Lütteby.«

»Aber dürfte man so etwas überhaupt machen?«, fragt Amelie. »Ich meine, gibt's da nicht irgendwelche Bestimmungen? Ihr Deutschen seid doch wahre Weltmeister in Vorschriften und Regeln, die einem das Leben unnötig schwer machen. Und wer soll das alles organisieren? Ich habe keinerlei Kontakte zu Künstlern außer zu Rantje. Außerdem bräuchte man eine Bühne und müsste so einiges umbauen.«

»Für den Umbau würde mir schon jemand einfallen, das wäre also kein Problem«, sagt Sinje mit leuchtenden Augen.

Sie braucht den Namen von *jemand* gar nicht auszusprechen, denn ich weiß genau, dass sie Sven Kroogmann meint.

In diesem Moment klingelt mein Handy, und mein Herz gerät aus dem Takt.

Der Anruf ist von Jonas.

- 14 -

Ist es okay, wenn ich mal kurz telefoniere?«

Sinje und Amelie nicken, also verziehe ich mich ans hintere Ende des Gartens, damit ich ungestört sprechen kann.

»Geht's dir gut?«, fragt Jonas. »Bitte entschuldige, dass ich mich erst jetzt melde. Hoffentlich hast du dir meinetwegen keine Gedanken oder gar Sorgen gemacht.« Ich schmelze dahin, weil ich das Timbre seiner warmen Stimme so mag. Es klingt nach heißem Kakao und einem wohligen Schaumbad. »Also, ich hoffe natürlich schon, dass du heute an mich gedacht hast, genau wie ich an dich, aber … Ach, du weißt sicher, was ich meine, nicht wahr?«

»Wo bist du denn?«, frage ich, darum bemüht, meine Aufregung zu unterdrücken. Jonas macht mich einfach nervös, dagegen kann ich nichts tun. Es kribbelt wohlig an meinem ganzen Körper, und ich friere ein bisschen, obwohl es mit fast zwanzig Grad angenehm warm ist. Ich kann mich nicht daran erinnern, jemals Olaf gegenüber so empfunden zu haben, dieses Gefühl ist echtes Neuland für mich. Wieso war das eigentlich nicht so mit Olaf? Er war doch, so dachte ich, meine große Liebe.

»Ich bin bei meinem Freund Oliver in Hamburg, um dort in Ruhe darüber nachzudenken, wie es jetzt weitergeht. Zum Glück hat er ein Gästezimmer, denn ich könnte es gerade nicht ertragen, schon wieder in einem Hotel wohnen zu müssen. Dass Thorsten Näler mich so einfach rausgeworfen hat, hat mich eiskalt erwischt.«

»Tja, wem sagst du das«, erwidere ich, erleichtert darüber, dass Jonas sich endlich meldet und doch ein kleines bisschen näher ist als gedacht.

Die Vorstellung, er könnte auf einmal unerreichbar weit weg sein, hat bis eben ziemlich an mir genagt. Doch es geht in diesem Augenblick nicht um mich, sondern darum, dass Jonas unfair behandelt wurde und nun vor einer beruflichen Herausforderung steht. »Ich finde Thorstens Verhalten auch nicht okay und habe dafür bereits deutliche Worte gefunden. Es gab ziemliche Auseinandersetzungen im Büro, weil er sogar den geplanten Videodreh abgeblasen hat.«

»Was? Das hat er getan? Die arme Rantje, das war bestimmt ein Schock für sie. Sie war doch so gut wie fertig mit dem Song und wollte ihn uns Ende der Woche präsentieren. Das wäre bestimmt alles anders gelaufen, wenn dein Boss mich erst mal mit seinen Bedenken und Befürchtungen konfrontiert hätte, statt vorschnelle Schlüsse zu ziehen und zudem noch seine Gesundheit zu gefährden, indem er sich selbst aus der Reha entlässt. Die Nordfriesen sind manchmal solche Sturschädel, dass es kaum zu glauben ist.«

»Tja, du kennst doch sicher den Spruch *Lewer duar üs Slav*, also *Lieber tot als Sklave,* den ich gar nicht so schlecht finde. Ich mag unseren friesischen Widerspruchsgeist, aber er hat auch Grenzen. Und glaub mir, das habe ich Thorsten auch genau so gesagt.«

»Daran zweifle ich keine Sekunde, denn ich weiß, dass du Feuer und Kampfgeist hast, wenn dir etwas gegen den Strich geht. Und genau das mag ich so an dir. Aber sag, was machst du gerade? Wobei störe ich dich?«

»Ich bin mit Amelie bei Sinje im Garten, wir beratschlagen, wie wir …« Irgendetwas hindert mich plötzlich daran, weiterzusprechen und Jonas von Falks Forderungen bezüglich Amelies

Café zu erzählen. »… welche Hochzeitstorte es werden soll«, fahre ich fort, in der Hoffnung, dass Jonas meine Schwindelei nicht bemerkt. »Sinje heiratet nächstes Jahr.«

»Na, das klingt doch nach einem richtig schönen Mädelsabend. Verkostet ihr auch schon, oder surft ihr erst mal durch alle Hochzeitsblogs, Pinterest und Instagram? Übrigens ist dein heutiger Post megatoll geworden. Das Schild *In Gedanken bin ich barfuß am Strand* macht sich gut vor der Marktplatzkulisse, weil es die Komponenten, die Lütteby auszeichnen, so schön auf den Punkt bringt. Dann geh mal lieber wieder zu den beiden, statt mit mir zu telefonieren. Wir können ja morgen sprechen, wenn es dir besser passt. Grüß deine Freudinnen bitte von mir, wenn du magst, ja?«

Nachdem wir uns voneinander verabschiedet haben, bleibe ich noch eine Weile gedankenverloren am Gartenzaun stehen. Die Luft ist schwer und schwül, unzählige Mücken tanzen um eine Fackel herum, die Sinje abends anzündet, wenn wir bei Dunkelheit im Garten sitzen. Der Wind ist stärker geworden, das Rascheln der Blätter in den Bäumen klingt wie das Tosen eines mächtigen Wasserfalls. Unzählige Pusteblumensamen segeln wie kleine, luftige Gleitschirmchen umher, steigen abwechselnd hoch hinauf und taumeln dann wieder zu Boden. Ich bin in einer merkwürdigen Stimmung, einer Mischung aus leiser Melancholie, unbändiger Freude und der Sorge darum, ob Jonas und ich uns wiedersehen werden. Was, wenn er tatsächlich ein verlockendes Jobangebot aus dem Ausland bekommt?

Was, wenn der Zauber der wenigen Stunden, die wir miteinander verbracht haben, schneller verfliegt als die Samen der Pusteblume bei aufkommendem Wind?

Die Pusteblume gilt wie kaum eine andere Pflanze als Symbol für Vergänglichkeit und das Loslassen. Eine Welle von Wehmut schwappt über mich hinweg, ich muss mich ihr dringend entgegenstellen, schon allein deshalb, weil ich nicht möchte, dass alles, was mit Jonas zusammenhängt, plötzlich so eine große Bedeutung bekommt.

»Irre ich mich, oder zieht mal wieder ein Gewitter auf?«, frage ich, als ich zurück bei Sinje und Amelie bin.

»Kann sein, dahinten braut sich ganz schön was zusammen«, sagt Sinje. »Und ich meine, ich hätte vorhin so etwas wie Donnergrollen gehört. Angekündigt war zwar nichts, aber wir wissen ja alle, dass sich das Wetter nicht immer an die Prognosen irgendwelcher Apps hält.« Wie zur Bestätigung erhellt ein Blitz in weiter Ferne den sich rasend schnell verdunkelnden Himmel.

»Mhhhm, die Blumen duften so schön intensiv«, sagt Amelie und zieht verzückt ihr Näschen kraus. »Vielleicht bilde ich mir das ja nur ein, aber findet ihr nicht auch, dass ein aufziehendes Gewitter Düfte verstärkt?«

»Hat jemand von euch Angst vor Blitz und Donner, oder bleiben wir ganz cool hier sitzen?«, fragt Sinje. »Ich finde es ganz lustig, wenn es ein bisschen im Karton rappelt. Der Sonnenschirm ist doch bestimmt der perfekte Blitzableiter, nicht wahr? Allerdings sollten wir den Grill unter den Überstand des Hausdaches stellen, sonst werden die Würstchen, die Lachspäckchen und der marinierte Schafskäse mit getrockneten Tomaten, Oliven und frischen Kräutern nass.«

»Lachspäckchen?«, fragt Amelie interessiert. »Was ist das? Klingt *très superbe*.«

»Das sind Lachsfilets in einer Gemüsejulienne aus Lauch, Zucchini und gestifelten Karotten, verpackt in weißes Butterbrotpapier. Darauf kommt eine Scheibe Zitrone. Danach wird das Päckchen mit einem Faden verschnürt und ungefähr vierzig Minuten gegrillt. Dann ist die Köstlichkeit fertig.«

Allein schon bei der Beschreibung läuft mir das Wasser im Munde zusammen. Erst jetzt bemerke ich, dass das Schnabulieren der Nüsse meinen unbändigen Hunger nur kurz unterdrückt hat.

»Hast du nicht Lust, in meinem zukünftigen Bistro als Köchin zu arbeiten?«, fragt Amelie. »Die Gäste würden sich die Finger nach deinen Gerichten lecken.«

»In deinem zukünftigen Bistro? Heißt das, du könntest dir prinzipiell vorstellen, das Café abends zu öffnen? Das wäre super«, sagt Sinje erfreut. »Was das Kochen betrifft, muss ich dich aber leider enttäuschen. Auch wenn immer mehr Schäfchen meine Gemeinde verlassen, so bin und bleibe ich doch mit Leib und Seele Pastorin. Doch ich glaube nicht, dass es besonders schwer sein wird, einen geeigneten Koch oder eine Köchin zu finden. Du bräuchtest allerdings jemanden, der sich zudem perfekt mit Weinen auskennt und Spaß daran hat, Gäste zu bewirten, sonst musst du zu viel Personal einstellen.«

»Ich könnte Rantje fragen, ob sie jemanden kennt, der die künstlerische Organisation übernehmen möchte«, schlage ich vor und male mir in Gedanken aus, wie sich *Chez Amelie* abends in eine gemütliche Location verwandelt, in der man guten Wein trinken, toller Musik lauschen, Bilder betrachten und Autoren oder Autorinnen treffen kann, die dort ihr neuestes Werk vorstellen. »Außerdem würde sie sich bestimmt freuen, wenn sie die Möglichkeit hätte, mit ihren eigenen Songs aufzutreten und nicht nur mit der Band. Ich weiß, dass es ihr schon lange nicht mehr genügt, überwiegend Coverversionen zu singen.«

»Das ist eine grandiose Idee«, sagt Amelie mit vor Aufregung geröteten Wangen. »Ich hoffe nur, dass nicht irgendwelche behördlichen Bestimmungen dagegensprechen, und natürlich müsste man genau schauen, wie man das Ganze finanziell aufteilt. Ich wäre dann ja die Vermieterin, oder etwa nicht?«

»Das ist eine Frage für einen guten Steuerberater oder jemanden, der sich auf Gastronomie und Eventlocations spezialisiert hat und Kenntnisse in Betriebswirtschaft hat«, murmele ich und überlege, ob Jonas sich mit solchen Dingen auskennen könnte. Doch auch wenn ich ihn am liebsten anrufen und ihm von dem schönen Projekt erzählen möchte, hält mich eine innere Stimme zurück. Bevor ich ihm irgendetwas verrate, was mit den Plänen der Geschäftsleute von Lütteby zu tun hat, muss ich hundertprozentig sicher sein, dass ich ihm vertrauen kann. Meine Intuition sagt mir zwar, dass ich das kann, aber ich habe immer noch Thorstens warnende Stimme im Ohr und seinen Vorwurf, mein Fähnchen zu schnell in Jonas' Wind zu hängen.

»Trinken wir auf das *Bistro Amelie*«, sagt Sinje und erhebt das Glas. »Ich frage Sven Kroogmann morgen, ob er sich das Café in den nächsten Tagen mal anschauen und einen Kostenvoranschlag für die erforderlichen Umbaumaßnahmen machen kann«, sagt sie.

»Wer ist Sven Kroogmann?« Amelie mustert Sinje interessiert. »Du betonst seinen Namen so, als sei er dir besonders wichtig. Kommt er auch aus Lütteby?«

»Nein, aus Norderende. Er besitzt eine Firma, die auf Denkmalschutz und alte Bauten spezialisiert ist. Er hat sich schon die Spukvilla angeschaut und wird wahrscheinlich den Umbau leiten.«

»Ich war noch nie dort, denn ich habe Angst vor dem umhergeisternden Mädchen. Meint ihr nicht, dass sie irgendwann die Hotelgäste vertreiben wird? Bislang hat es doch keiner, der da gewohnt hat, lange dort ausgehalten.«

»Wahrscheinlich engagiert Falk van Hove einen Exorzisten, der Algea aus dem Dachgeschoss vertreibt«, erwidert Sinje derart ungerührt, dass mir ihr Satz »Ich habe einen Plan bezüglich der Villa, bei dem ich deine Hilfe brauche«, wieder in den Sinn kommt. Ich hatte dieses ganze Villa-Thema völlig vergessen, weil ich zu sehr mit meinen eigenen Problemen beschäftigt war.

»Wann findet noch mal die Zwangsversteigerung statt?«, frage ich.

»Diese Woche Freitag. Aber ich gehe nicht hin, denn van Hove wird den Zuschlag erhalten, weil er so hoch bieten wird. Also kann ich mir für die Zeit auch etwas Netteres vornehmen.«

»Zum Beispiel ein Rendezvous mit Gunnar«, sagt Amelie augenzwinkernd. »Wann wollt ihr eigentlich zum Hochzeitstorten-Testen kommen?«

»Ganz andere Frage, weil wir gerade in vertrauter Runde zusammensitzen. Was ist eigentlich mit dir und *l'amour*, Amelie? Fühlst du dich nicht manchmal ein wenig einsam, oder führst du heimlich ein Doppelleben?« Irre ich mich, oder möchte Sinje mit ihrer Frage von der bevorstehenden Hochzeit ablenken?

»Die Liebe hat gerade keinen Platz in meinem Alltag, und ich suche auch nicht nach ihr«, erwidert Amelie.

»Aber sie könnte dich finden, denn es gibt ziemlich viele Herren, die nicht nur in dein Café kommen, weil du einen grandiosen Café au Lait und leckere Eclairs machst. Du bekommst doch bestimmt häufig eine Handynummer zugesteckt oder eine Einladung zu einem schicken Abendessen. War da noch nie jemand dabei, der dir gefällt? Du kannst doch nicht immer nur arbeiten, ab und zu mal mit uns vor dem Lädchen zusammensitzen und ansonsten … ja, was eigentlich? Was machst du in deiner Freizeit?«

»Ich habe kaum Freizeit«, erwidert Amelie und knabbert Pistazien. Ihrem Satz folgt ein heftiger Donnerschlag, es dauert bestimmt nicht lange, dann beginnt es zu regnen. »Wie ihr wisst, hat das Café jeden Tag geöffnet, ich nehme keinen Urlaub und muss abends den Einkauf, die Buchhaltung, das Backen und alles erledigen, was ich nur hinter den Kulissen machen kann. Eine Aushilfe kann ich mir nicht leisten, aufgeben will ich aber auch nicht. Also nutze ich die wenigen Stunden, in denen ich Zeit für mich habe, um ein gutes Buch zu lesen, Radio zu hören, an meinen Skulpturen zu arbeiten oder am Meer spazieren zu gehen.«

»Warst du denn überhaupt schon mal so richtig verliebt?«, fragt Sinje, die anscheinend nicht glauben will, dass Amelie kein Interesse an einer Beziehung hat. Nun zucken mehrere Blitze am Himmel, dicht gefolgt vom nächsten Donner, das Gewitter kommt immer näher.

»Doch, das war ich«, sagt Amelie so leise, dass ihre Antwort beinahe im Donnerhall untergeht. »Diese unglückliche Liebe war auch ein Grund dafür, dass ich von Frankreich hierhergeflüchtet bin.«

Frühling
VOR ACHTUNDVIERZIG JAHREN

Der Frühling ließ sein blaues, luftiges Band über die Nordsee wehen. Kleine, süße Lämmer wurden geboren und kuschelten sich auf dem Deich an ihre Mamas.

In den Baumwipfeln sangen die Vögel munter ihre Frühlingslieder, das Gras begann zart zu sprießen, erste Knospen verhießen baldigen Blütenzauber.

Das Mädchen mochte diese Jahreszeit, jedoch nicht so sehr wie den nebligen, feuchten Herbst und den eiskalten Winter.

Es wurde ihr manchmal zu viel, wenn die Menschen ausgelassen waren und Sätze sagten wie: »Endlich blüht wieder alles auf, und das Leben beginnt. Ich habe heute so gute Laune, dass ich am liebsten die ganze Welt umarmen möchte.«

Im Frühling und im Sommer, so kam es dem Mädchen vor, hatte niemand Verständnis dafür, wenn dunkle Gedanken sein Gemüt verschleierten und es am liebsten im Bett bleiben würde, auch wenn die Sonne schien.

An solchen Tagen bot die Räuberhöhle, wie das Mädchen die Höhle in der Anhöhe nannte, unter der die Pesttoten begraben waren, den besten Schutz. Während die Mutter der Kleinen dachte, dass ihre Tochter mit dem Nachbarsmädchen im Garten nebenan spielte, genoss sie die Stille und das Dämmerlicht ihres geheimen Rückzugsortes. Sie hatte ihn neulich durch Zufall entdeckt, als sie mit ihrer Mutter im Gespensterwald gewesen war, um Waldmeister zu sammeln. Sie musste dringend mal und schlug sich seitwärts ins Gebüsch, damit niemand sie sehen konnte. Zwischen hohem Farn, Efeu und den Ranken wilder Brombeeren stieß sie auf eine Holztür, dahinter lag die Höhle.

Nach und nach brachte sie Dinge dorthin, die ihr lieb und teuer waren: Bücher, eine Taschenlampe, einen Teddy aus kuschelweichem Plüsch und eine Decke, auf die sie sich setzte, um im Schein der Taschenlampe zu lesen.

Noch hatte ihre Mutter nicht bemerkt, dass Sachen aus dem Kinderzimmer fehlten und dass sie nicht immer dort war, wo sie behauptete zu sein.

Als eines Tages – mitten im laufenden Schuljahr – ein neues Mädchen in ihre Klasse kam, erfasste die Kleine zum ersten Mal das Bedürfnis, die Höhle jemandem zu zeigen. Die »Neue« kam aus einer Stadt namens Düsseldorf, weit entfernt von der Nordsee. Die Menschen aus Nordrhein-Westfalen, so lernte die Kleine, waren ganz anders als die Nordfriesen: gesellig, gesprächig und gut gelaunt. Aus irgendeinem Grund fand die Neue auch Gefallen an ihr, und umgekehrt bestaunte das Mädchen die schönen Kleider, die goldene Lockenpracht und den hübschen Schmollmund der neuen Klassenkameradin.

Die Jungs tuschelten kichernd hinter vorgehaltener Hand, und es dauerte nicht lange, bis kleine Papierflieger in Richtung der Neuen flogen. Auf manche war ein Herz gemalt, auf andere nichts. Die Neue erhielt Einladungen zu Geburtstagsfeiern, zu Festen auf dem Marktplatz von Lütteby und stand so sehr im Mittelpunkt, dass manch eine ihrer Mitschülerinnen neidisch wurde. Nur dem Mädchen ging es nicht so. Es freute sich darüber, dass mit der neuen Schülerin endlich frischer Wind durch das kleine Klassenzimmer wehte, und sie erfuhr, dass es in Düsseldorf einen großen, breiten Fluss namens Rhein gab. Sie erfuhr auch, dass die Kinder dieser Stadt im November dem heiligen Martin, hoch zu Ross, mit hell leuchtenden Lampions folgten, Lieder sangen und zum Dank dafür Süßigkeiten erhielten. Dieses Brauchtum erinnerte sie an das Rummelpottlaufen, das in Nordfriesland zu Silvester gehörte wie das Grünkohlessen zum Biike-Brennen.

Die Welt war so viel größer als Lütteby, und es gab spannende Geschichten über sie zu erzählen und zu hören. Manche ähnelten einander,

andere wiederum waren fremd und eigenartig, doch genau darum äu-
ßerst faszinierend für das Mädchen.

Eines Tages fasste die Kleine sich ein Herz und fragte die neue Klas-
senkameradin, ob sie Lust hätte, sie einmal besuchen zu kommen. Als
diese fröhlich »Ja« sagte und zwei Tage später gemeinsam mit der Klei-
nen die Räuberhöhle betrat, war sie genauso begeistert wie das Mäd-
chen selbst.

»Hier können wir uns vor den Erwachsenen verstecken, Verkleiden spie-
len, tanzen und auf Hexenbesen reiten«, sagte sie, und die Wangen des
Mädchens glühten vor Freude.

Sie hatte noch nie eine richtige, enge Freundin gehabt, weil sie ein biss-
chen anders war als die Mädchen in Lütteby. Doch der Neuen aus dem
Rheinland schien das nichts auszumachen. Ganz im Gegenteil. Als sie
sah, dass das Buch Ronja Räubertochter auf der Lesedecke des Mäd-
chens lag, nahm sie es in die Hand und sagte: »Mein Lieblingsbuch ist
Die kleine Hexe. Ich liebe sie und ihren Raben Abraxas, und wie sie
gemeinsam gegen die Muhme Rumpumpel kämpfen. Hast du schon
mal Walpurgisnacht gefeiert?«

In diesem Moment ertönte von draußen das Kraraaa einer Krähe, und
die Kleine beschloss, sich zwei Besen aus dem Lädchen ihrer Mutter
auszuleihen.

Einen für sie selbst und einen für ihre neue beste Freundin.

- 15 -

*P*uh, ich bin echt reif für die Insel«, stöhnt Sinje, als wir beide am frühen Freitagabend vor dem großen antiken Spiegel in ihrem Schlafzimmer stehen und uns *datefein* machen, wie sie unsere Suche nach passenden Outfits und der perfekten Frisur bezeichnet. Sinje ist schon deutlich weiter, denn ich habe noch nicht entschieden, was ich gleich anziehen werde, und trage den Bademantel, in den ich nach einer ausgiebigen, entspannenden Dusche geschlüpft bin. Wenn ich mit Olaf verabredet war, habe ich mir nie groß Gedanken darüber gemacht, was ich anziehe oder wie ich aussehe. Doch das heutige Treffen mit Jonas erweckt den Ehrgeiz in mir, besonders hübsch sein zu wollen, weil er mich bislang überwiegend in eher praktischen Outfits und sogar im Schlafanzug gesehen hat. Sinje scheint ähnliche Gedanken zu haben, denn auch sie nimmt es heute mit der Verschönerung ernster als üblich. »Diese Woche war echt megaanstrengend, mir schwirrt der Kopf, und ich habe schon besser ausgesehen. Hast du mal gecheckt, wann wir nach Pellworm fahren könnten?«

»Ich fürchte, ich muss dich enttäuschen. In der Touristeninformation herrscht gerade so viel Chaos, dass ich vorläufig sicher nicht freibekomme. Aber ich frage Thorsten, sobald sich die miese Stimmung gelegt und er hoffentlich erkannt hat, dass wir im Büro dringend Verstärkung brauchen.«

»Das klingt zumindest nach einer Perspektive«, sagt Sinje seufzend. »Übrigens finde ich, dass du deine Haare zum Dutt knoten und ein paar Strähnchen raushängen lassen solltest, das ist wild und sexy. Die offenen Haare stehen dir zwar auch gut, wirken aber ein wenig zu brav, wenn du mich fragst.«

Ich mustere mich prüfend, während sie ein Stück zurücktritt und den Rock glatt streicht, der sich wie durch Zauberhand immer wieder ein Stück nach oben schiebt.

»Okay, dann höre ich auf deinen Rat, denn bislang kennt Jonas mich nur mit meinem üblichen Job-Pferdeschwanz und in bequemen Outfits.«

»Du vergisst deinen sensationellen Look auf dem Trachtentanzfest«, erinnert Sinje mich an den Abend des Tages, an dem mir endgültig bewusst geworden ist, dass ich mich Hals über Kopf in Jonas verliebt habe, obwohl ich ihn bei unserer ersten Begegnung arrogant und unsympathisch fand. »Sag mal ehrlich, ist der Rock zu kurz?«

Ich kann mir ein Grinsen nicht verkneifen, denn der *Rock* ist eher ein sehr breiter Gürtel. »Kommt darauf an, was du vorhast, würde ich sagen. Wenn du Sven zeigen möchtest, was für schöne Beine du hast, dann hättest du nichts Besseres auswählen können. Aber dein Outfit schreit: Schau mich an und flirte mit mir! Und ich frage mich, ob das wirklich so schlau ist. Gunnar kommt morgen von der Motorradtour zurück und …«

»… und ich sollte Sven heute Abend besser nicht treffen, ich weiß«, erwidert sie und lässt sich rücklings aufs Bett fallen. Dann strampelt sie wild mit den Beinen, als würde sie Fahrrad fahren oder Bauch-Beine-Po-Gymnastik machen. Dabei schiebt der Rock sich höher und höher.

»Was wird das denn jetzt?«, frage ich kichernd und setze mich neben sie.

»Ich strample gerade das Gefühl weg, das mich überfällt, wenn ich mit Sven in einem Raum bin«, erklärt Sinje und radelt munter weiter. »Es wäre bestimmt besser gewesen, ich hätte ihn gestern nicht zu Amelie begleitet und dabei zugeschaut, wie er

146

das Café im Handumdrehen in etwas verwandelt hat, das unter Garantie hinreißend werden wird, zumindest den Skizzen nach zu urteilen, die er auf dem Netbook entworfen hat. Hast du gesehen, wie schön seine Hände sind? Wie die eines Pianisten oder Malers. Ich kann ihn mir richtig gut vorstellen, wie er in einer italienischen Kirche Fresken restauriert, in schwindelnder Höhe, versteht sich. Apropos: Wird dir eigentlich auch schwindelig, wenn du Jonas siehst?! Ich bin ja blöderweise am Rande einer Ohnmacht, wenn Sven in meiner Nähe ist.«

»Sag mal, wie alt sind wir beide gerade? Dreizehn?«, erwidere ich schmunzelnd. »Ja, ich muss zu meiner Schande gestehen, dass es mir genauso ergeht, es aber zusätzlich noch in meinem Magen grummelt, meine Beine zittern und mein Herz rast.«

»Daher kommt wohl der Ausdruck *krank vor Liebe*«, erwidert Sinje mit einem Stoßseufzer, setzt sich aufrecht hin und streift den Rock ab. »Und damit mich diese Krankheit gar nicht erst umhaut, ziehe ich jetzt brav eine Jeans und Sneaker an und rede mir ein, dass das Abendessen mit Sven rein beruflicher Natur ist. Ich bleibe nur kurz, trinke keinen Tropfen Alkohol, gehe dann früh ins Bettchen und freue mich darauf, dass der Mann, den ich heiraten werde, nach Hause kommt und wir uns morgen Abend sehen.«

Ich spare mir jeden Kommentar, denn wir wissen beide, dass es Sinje ganz schön erwischt hat und Sven offensichtlich auch. Zwischen ihnen hat es gestern dermaßen geknistert und gefunkt, dass ich Angst bekam, die beiden würden einen Stromausfall auslösen. Auch Amelie war nicht entgangen, wie heftig die beiden miteinander flirteten, doch sie hat mich nicht darauf angesprochen, sondern mir lediglich einmal wissend zugezwinkert, als wir uns alle die spontanen Entwürfe von Sven angeschaut haben. Dreh- und Angelpunkt seiner Vorschläge war eine im Boden versenkbare Bühne, ähnlich wie im Theater. Alles in allem schienen sich die erforderlichen Investitionen im machbaren Bereich zu bewegen, insbesondere wenn man Handwerker engagierte, die sich in ihrer Freizeit etwas dazuverdienen wollten, und zudem Freunde, die bei Malerarbeiten und Ähnlichem halfen.

»Wo geht ihr beiden denn eigentlich hin?«, fragt Sinje und zieht sich um. »Und hast du noch vor, dich von deinem Bademantel zu trennen, oder lässt du ihn einfach an?«

»Jonas hat einen Tisch in einem kleinen Landgasthof zwischen Hattstedt und Husum reserviert, wo man auf der Terrasse im Garten sitzen kann. Angeblich hat dort früher schon Theodor Storm getafelt, was Jonas insofern beeindruckt, weil er die Novelle *Der Schimmelreiter* ebenso liebt wie ich. Ich wollte da immer schon mal hin, aber leider bekommt man dort selten einen Tisch, weil das Restaurant meist ausgebucht ist.«

»Und wo übernachtet er? Oder fährt er wieder zurück nach Hamburg? Das wäre ja eine ziemliche Kurverei.«

»Er besucht seinen Onkel und seine Tante, die einen Bauernhof am Hattstedter Koog haben«, sage ich, weil genau dieser Punkt mir auch schon Kopfzerbrechen bereitet hat, als Jonas mich fragte, ob er mich am Freitagabend zum Essen ausführen dürfte.

»Dann kann ich nur hoffen, dass die beiden eine Gästewohnung haben, in der ihr ungestört seid, wenn ihr …«

»So weit wird es nicht kommen«, sage ich, obwohl mir der Gedanke daran, eine weitere Nacht mit Jonas zu verbringen, wohlig-prickelnde Schauer über den ganzen Körper jagt. Ich zähle schon die Sekunden bis zu unserem Wiedersehen und wünschte, ich könnte die Zeiger der Uhr vordrehen. »Denn ich möchte auf gar keinen Fall etwas überstürzen, und zwar nicht, weil ich prüde bin, sondern weil ich es sehr genieße, dass wir viel reden, lachen und einfach entspannt zusammen sein können, ohne dass es vorrangig um Sex geht. Ich war nach der Trennung von Olaf so lange enthaltsam, da kommt es auf ein paar Wochen mehr oder weniger auch nicht mehr an.«

»Stimmt auch wieder«, sagt Sinje und bürstet sich die Haare, sodass sie nach allen Seiten wie elektrisiert abstehen. Dann schaut sie auf die Uhr. »So, die Villa sollte nun hochoffiziell Falk van Hove gehören. Jetzt muss ich ihn nur noch davon überzeugen, Sven den Auftrag für die Umgestaltung zu geben, und dann kann ich dich nach und nach in meinen geradezu teuflischen Plan einweihen, den ich geschmiedet habe, um die Villa zurückzuerobern, aber erst, wenn sie fertig saniert ist. Dafür ist es enorm wichtig, dass ich Sven auf meiner Seite habe, sonst funktioniert das Ganze nicht.«

»Will ich wissen, was du vorhast?«, frage ich ein wenig besorgt darüber, welche wilden Ideen in Sinjes Kopf umherspuken.

Sie schüttelt den Kopf. »Nein, ich glaube nicht. Zumindest noch nicht. Du hast gerade genug Chaos in deinem Leben, ich möchte dich nicht noch zusätzlich verwirren. Wie bist du jetzt eigentlich mit Henrikje verblieben? Du weißt, dass du gern so lange hierbleiben kannst, wie du möchtest, nur kommt Gunnar morgen wieder und …«

»Und ihr beiden braucht Privatsphäre, das weiß ich.« Sinje ist ungern bei Gunnar, da er in einer Einliegerwohnung im Haus seiner Eltern wohnt, und das ist ihr einfach nicht privat genug, was ich gut verstehen kann. »Ich treffe mich morgen am frühen Abend mit ihr bei Anka, dieser Kondolenzbesuch ist mehr als überfällig. Mittlerweile habe ich mich so weit beruhigt, dass ich mir vorstellen kann, wieder in meiner Wohnung zu wohnen. Außerdem habe ich noch so viele Fragen wegen Florence und hoffe, dass Henrikje sie mir beantworten kann.«

»Das klingt doch gut«, sagt Sinje und gibt mir ein Küsschen auf die Wange. »Du wirst sehen, dass es dir viel besser geht, wenn du gemeinsam mit ihr verarbeiten kannst, was euch widerfahren ist, denn ihr trauert beide, das darfst du nicht vergessen. So, jetzt muss ich aber schleunigst los, sonst komme ich zu spät. Also, meine Süße, ich wünsch dir einen gigantisch tollen Abend mit Jonas, vielleicht treffen wir uns ja später noch auf einen Mitternachtstee, um zu quatschen.«

»Pass auf dein Herz auf«, erwidere ich und drücke Sinje ganz fest. Ich mag gar nicht darüber nachdenken, was passiert, wenn sie sich wirklich unsterblich in Sven verliebt und er sich in sie. Für die Menschen in Lütteby sind Gunnar und Sinje ein Traumpaar, und als Pastorin hat Sinje eine Vorbildfunktion. Viele fiebern auf die Hochzeit hin und erhoffen sich zudem, dass die beiden bald Kinder bekommen, denn die Lüttebyer lieben Kinder über alles.

»Ach, und noch etwas«, sage ich, als Sinje schon die Türklinke in der Hand hat. »Schlag Sven auf gar keinen Fall als Bauunternehmer für die Villa vor. Er soll sich selbst bei Falk bewerben, sonst wittert er ganz schnell Lunte. Es wird ihm ohnehin nichts anderes übrig bleiben, als Svens Firma zu engagieren, denn nach allem, was ich über ihn weiß, und nach der Präsentation seiner guten Ideen für Amelies Bistro scheint er einfach prädestiniert für den Auftrag zu sein. Falk van Hove macht keine halben Sachen und arbeitet auch nicht mit Amateuren. Sven soll einfach sagen, dass er von der Zwangsversteigerung gelesen hat, die Villa als Objekt spannend findet, und dann geht alles Weitere ohnehin ganz von allein seinen Gang.«

Sinje dreht sich um und strahlt über das ganze Gesicht. »Danke, meine allerklügste und allerbeste Freundin. Was würde ich nur ohne dich machen? Du hast völlig recht, da hätte ich Trotteline auch mal selbst draufkommen können. Weißt du, was? Jonas kann von Glück sagen, wenn er dich als Freundin bekommt. Eine Bessere wird er in diesem Leben nicht mehr finden.«

- 16 -

Nachdem Sinje zu ihrem Treffen mit Sven aufgebrochen ist, stehe ich im Pastoratsgarten und schaue gedankenverloren in den Himmel, während ich auf Jonas warte, der sich verspätet, weil er im Stau steckt. Offenbar wollen viele Hamburger übers Wochenende an die Nordsee, und ich kann es ihnen nicht verdenken. *Meerweh* heißt diese schwer stillbare Sehnsucht, die so viele erfasst, egal, ob sie an der Küste leben, auf dem Land oder in der Stadt. Das Meer ist ein Kraftquell und die Nordsee die Königin aller Meere, also zieht es viele hierher. Doch auch abseits der Küste ist Schleswig-Holstein ein Bundesland, das an Schönheit seinesgleichen sucht. An sonnigen Tagen wie diesen, wenn der Duft von frisch gemähtem Gras sich mit dem der See vermischt, wenn am blitzblauen Himmel weiße Wattewölkchen schweben, Möwen laut kreischend auf silbernen Schwingen das Wattenmeer, die Marsch und die Geest überfliegen, ist es Glück pur, hier leben zu dürfen. Und ich weiß dieses Privileg sehr zu schätzen, jeden einzelnen Tag.

Die Sonne steht schon schräg und taucht die Gräser und Blumen in ein sanftes, goldenes Licht. Ich beobachte verzückt, wie eine dicke Hummel sich auf eine der traubenartigen gelben Blüten eines Löwenmäulchens setzt und es sich dort gemütlich macht. Es ist so idyllisch, dass es mir schwerfällt zu verstehen, wieso Sinje unbedingt hier wegwill. Man könnte vieles mit einfachen Mitteln verschönern und in Ordnung bringen, wenn man es wollte. Das urige Reetdachhaus ist ein

151

Traum, so manch einer würde sich die Finger danach lecken, hier leben zu dürfen.

Gefällt es ihr im Pastorat wirklich nicht mehr, oder ist der Wunschtraum aus Kindertagen so übermächtig, dass er alles andere in den Schatten stellt und Sinje blind für die Schönheit macht, die direkt vor ihr liegt? Laut der Prophezeiung einer Wahrsagerin vom Jahrmarkt soll sie in der Villa mit jemandem glücklich werden, dessen Name mit der Initiale L beginnt, und ich überlege immer noch, wer damit gemeint sein könnte. Sollte Sven Kroogmann nicht einen zweiten Vornamen haben, der mit L beginnt, ist auch er nicht der Traumprinz, auf den Sinje wartet, seit sie elf Jahre alt ist. Ich wage gar nicht, daran zu denken, was passiert, wenn ihr Plan, sich die Villa zurückzuerobern, scheitert und auch der Mann mit L nicht auftaucht …

Im Gegensatz zu Sinje, die sehr genaue Vorstellungen von ihren Wünschen hat und zielstrebig auf deren Erfüllung hinarbeitet, lebe ich von jeher eher nach der Devise, lediglich kleine, erfüllbare Träume zu träumen. Das völlig Unvorstellbare hat mich nie gereizt, gerade weil es unvorstellbar und damit auch unerreichbar ist. Ich frage mich gerade, in welche »Kategorie« meine Verbindung mit Jonas gehört, wage es aber nicht, diesen Gedanken zu Ende zu denken, um meine Vorfreude nicht zu trüben. Obwohl es mir oft schwerfällt, im viel zitierten Hier und Jetzt zu leben, haben mir die vergangenen Wochen deutlich gezeigt, dass das der einzig gangbare Weg ist.

Die Überraschung des Moments genießen, ihn in sich aufsaugen, ihn spüren und leben ist so wichtig und schafft glückliche, kostbare Erinnerungen, die einem niemand mehr nehmen kann.

In dem Moment, als ein Auto den Weg zum Pastorat entlangfährt und mein Herz wie von selbst einen kleinen Freudensprung macht, klingelt mein Handy.

»Moin, Lina«, sagt der alte Martensen, der sich nach der Pensionierung mit Leidenschaft der Dokumentation der Geschichte Lüttebys und seiner Einwohner widmet. Er ist der ehemalige Schulleiter von Lütteby und hat bereits drei Chroniken über unsere kleine Stadt verfasst. Die Bände tragen den Titel *Lüttebyer Geschichtsblätter,* und ich würde sie mir gern näher anschauen. »Du kannst morgen Nachmittag vorbeikommen, wenn du magst. Ich habe gerade alles zusammengestellt, was ich über die Zeit, in der deine Mutter geboren wurde und hier gelebt hat, gefunden habe. Furchtbar viel ist es nicht, aber vielleicht hilft es dir ja trotzdem. Morgen um fünfzehn Uhr bei Kaffee und Kuchen?«

»Nur, wenn ich den Kuchen mitbringen darf«, erwidere ich, weil der alte Martensen seit einiger Zeit Witwer ist und ganz sicher nicht backen kann.

»Darauf habe ich spekuliert, min Deern«, sagt Martensen, und ich höre förmlich sein augenzwinkerndes Schmunzeln. »Aber bring bitte nichts von dem französischen Kram von Amelie mit, sondern was Ordentliches, ja?«

»Du siehst so glücklich aus«, sagt Jonas, der während meines Telefonats aus dem Auto gestiegen ist und mir einen Kuss gibt, nachdem ich mein Handy in die Handtasche gesteckt habe. »Glücklich und wunderschön. Die Frisur und das Kleid stehen dir super, obwohl ich dich auch sehr gern in Jeans und mit Hoodie mag, denn das bist einfach du.«

Wir bleiben eine Weile eng umschlungen stehen, und es ist mir völlig egal, dass einige Passanten zuerst unverhohlen neugierig gucken und schließlich kopfschüttelnd weitergehen. Vermutlich fragen sie sich, was ich ohne Sinje in dem Garten verloren habe und, natürlich, wer dieser Mann ist, den ich so inniglich küsse, als gäbe es kein Morgen mehr. Mir war gar nicht klar, wie sehr ich Jonas in den vergangenen Tagen vermisst habe.

Jonas scheint ähnlich zu empfinden. »Wir haben uns jetzt ganze vier Tage nicht gesehen«, murmelt er. »Das ist eindeutig zu lang. Aber magst du erst mal erzählen, worüber du dich gerade so gefreut hast?«

»Ich bekomme Einsicht in ältere Fotos und Aufzeichnungen, in denen sich hoffentlich Informationen über meine Mutter finden«, erkläre ich und setze mich auf den Beifahrersitz seines Autos, nachdem Jonas mir die Tür aufgehalten hat. »Mir ist diese Woche klar geworden, dass ich selbst recherchieren und mir ein Bild davon machen möchte, wie meine Mutter war, mit wem sie Zeit verbracht hat und ob sich vielleicht sogar irgendwo ein kleiner Hinweis darauf findet, wer mein Vater sein könnte. Also habe ich den Herausgeber unserer Chroniken gefragt, ob er mir Einblick in sein Archiv gewährt. Ich kann ihn morgen besuchen.«

»Du nimmst also Rücksicht auf Henrikjes Gefühle und ihre Trauer und lässt sie deshalb bei deinen Recherchen außen vor?«, fragt Jonas und biegt auf die Straße in Richtung Husum.

»Teils, teils«, antworte ich vage. »Natürlich will ich keine alten Wunden aufreißen und ihr damit wehtun. Es geht mir aber vor allem darum, nach all den vielen Jahren, in denen ich kaum etwas hinterfragt und vertrauensvoll allem Glauben geschenkt habe, was ich von Henrikje weiß, selbst das Ruder in die Hand zu nehmen. Florence war Henrikjes Tochter, aber eben auch meine Mutter. Ich habe ein Recht darauf, mir ein eigenes Bild von ihr zu machen und nicht nur mit dem winzig kleinen Ausschnitt zu leben, der mir bislang offenbart wurde. Natürlich kann es sein, dass ich scheitere, aber ich will es doch zumindest versuchen.«

»Das kann ich nachvollziehen«, stimmt Jonas zu. »Man fühlt sich immer besser, wenn man die Dinge selbst steuert, zumindest geht es mir so. Dann wünsche ich dir auf alle Fälle jetzt schon mal viel Glück. Ach was, Glück ist das falsche Wort. Ich wünsche dir, dass du bei deiner Suche fündig wirst und alles erfährst, was du brauchst, um die Vergangenheit zu verarbeiten.«

»Danke, ich bin schon ziemlich aufgeregt.«

»Aber hoffentlich nicht zu nervös, um gleich ein köstliches Abendessen zu genießen«, sagt Jonas, den Blick aufmerksam auf die Landstraße gerichtet.

Die Fahrbahn wird links und rechts von Feldern gesäumt, auf denen Getreide, Mais, Raps und Ackerbohnen angebaut werden. Ab und zu kreuzt ein Traktor oder ein Mähdrescher unseren Weg.

Auf der Gegenspur kommen uns schicke Cabriolets entgegen, hin und wieder ein Porsche und viele SUVs.

»Die wollen bestimmt alle nach Sylt«, sagt Jonas.

»Oder nach Föhr«, entgegne ich. »Föhr wird allmählich zum neuen Sylt, insbesondere in der Hochsaison. Hoffentlich bleibt Lütteby so charmant, wie es ist, und wird nicht von irgendwelchen Schickimickis überrannt, die von dem Golfhotel von Falk van Hove angelockt werden, sich dann in unsere Gegend verlieben und alle alten Reetdachhäuser aufkaufen, deren Sanierung sich die Einheimischen nicht leisten können.«

»Steht denn fest, dass er bei der Zwangsversteigerung den Zuschlag bekommen hat?«, fragt Jonas. »Soweit ich mich erinnere, war die doch heute. Hat Sinje für die Gemeinde mitgeboten?«

Ich erzähle, dass sie sich aus dem Bieterverfahren heraushält, verschweige jedoch, dass sie einen Plan entwickelt hat, um die Villa trotzdem zu bekommen. Als mir klar wird, dass ich mittlerweile auf einige Fragen von Jonas nicht ganz wahrheitsgemäß geantwortet habe, wird mir ein wenig mulmig, denn ich schwindle nicht gern und halte nur im äußersten Notfall mit der Wahrheit hinterm Berg.

Natürlich ist es noch viel zu früh, um zu benennen, was aus uns beiden wird. Doch sollte diese gegenseitige Anziehung eines

Tages in einer ernsthaften Beziehung münden, wäre es fatal, wenn ich Jonas so vieles vorenthalte, was mich beschäftigt und die Menschen betrifft, die mir wichtig sind.

Ich nehme es Henrikje übel, dass sie nicht ehrlich zu mir war, und nun mache ich dasselbe mit Jonas. Bei dem Gedanken an dieses Paradoxon kommt mir der Spruch »Der Zweck heiligt die Mittel« in den Sinn. Früher habe ich ihm nie eine besondere Bedeutung beigemessen, doch jetzt komme ich tatsächlich ein wenig ins Schlingern.

»So, da wären wir«, sagt Jonas und fährt auf den leeren Parkplatz eines Friesenhauses, das aus einer Novelle von Theodor Storm stammen könnte. Das Reetdach glänzt im warmen Abendlicht, an der weiß getünchten Fassade ranken dunkelrote Rosen am Spalier entlang.

Der Maueranker über der obersten Fensterreihe verrät, dass das Haus 1872 erbaut wurde und schon viele Generationen beherbergt hat. An der geöffneten, zweigeteilten Klönschnacktür steht eine alte Dame, die uns offenbar erwartet.

»Moin, Jonas, schön, dich zu sehen, und dich natürlich auch, Lina«, sagt sie mit einem offenen Lächeln und gibt mir die Hand. »Ich bin Wiebke. Kommt mit, Piet erwartet euch schon.«

»Sind wir etwa die einzigen Gäste?«, frage ich, als Wiebke uns durch den Gastraum mit dem gemütlichen Kachelofen, den dunklen Dielen und Ölgemälden an der Wand auf die Terrasse führt, die hinter dem Reetdachhaus liegt.

»Wäre das schlimm?«, fragt sie, in ihren Augen blitzt Schalk auf. Ich schätze Wiebke auf Anfang achtzig, sie ist groß, hager und geht so gerade, wie es stolze Nordfriesinnen tun.

»Natürlich nicht«, erwidere ich, wenngleich ein wenig verwundert. »Ganz im Gegenteil.«

»Darf ich vorstellen, das ist mein Mann Piet«, sagt Wiebke, und auch er ist mir auf Anhieb sympathisch. Er ist ebenso groß und schlank wie seine Frau, die Falten und Bräune in seinem Gesicht zeugen vom vielen Draußensein bei Wind und Wetter. Auf seinem Kopf sitzt eine Kapitänsmütze, unter der schneeweiße Strähnen hervorlugen, wohingegen Wiebkes zum Dutt geflochtenen Haare einen warmen Sandton haben. Ihre Frisur gibt Auskunft darüber, dass sie Mitglied einer Trachtengruppe ist, denn in dem kunstvollen Flechtwerk stecken zwei silberne Schmuckstücke in Form von Blüten.

»Willkommen in unserer guten Stuv, die wir bei schönem Wetter gern mal nach draußen verlegen«, sagt Piet und reicht mir seine faltige, mit Altersflecken übersäte Hand. »Und wir wissen ja alle, dass man hier nicht allzu häufig abends im Flatterkleidchen im Freien sitzen kann, ohne sich den Mors abzufrieren.«

Tatsächlich habe ich mich vorhin nach langem Hin und Her für ein Kleid entschieden, auch wenn ich nach wie vor finde, dass Florence darin eine wesentlich bessere Figur macht als ich. Doch Jonas gefällt es, und ich fühle mich ausnahmsweise einmal nicht wie verkleidet. »Was kann ich euch anbieten, Kinners? Einen Köm zum Ankommen?«

»So verlockend das auch klingt, doch da muss ich leider passen«, wehrt Jonas das Angebot ab. »Ich bin neulich ziemlich abgestürzt, als ich einen getrunken habe, und außerdem muss ich später noch Auto fahren. Ich hätte gern ein alkoholfreies Bier, wenn ihr eines gekühlt habt. Und du, Lina?«

»Magst du selbst gemachten Holundersirup mit Weißwein von Föhr?«, fragt Wiebke, und ich nicke erfreut.

»Also los, Piet, dann hol den jungen Leuten bitte was, damit sie nicht verdursten, und vergiss uns Alte nicht.«

Piet tippt sich kurz mit der Hand an die Mütze, als wolle er »Aye, aye, Käpten« sagen, und geht in Richtung Küche.

»Mensch, Jonas, wir haben uns ja ewig nicht gesehen«, sagt Wiebke, schaut zwar vordergründig ihn an, doch ich kann förmlich spüren, wie sie mich aus dem Augenwinkel mustert. »Wie lang ist das jetzt her? Vier Jahre? Fünf?«

»Wohl eher mehr«, erwidert Jonas. »Du weißt ja, wie wenig Zeit Tobias und Heike bei all der Arbeit auf dem Hof bleibt, und ich bin eigentlich fast immer zusammen mit den beiden hierhergekommen. Umso mehr freue ich mich, dass ihr heute extra für Lina und mich das Restaurant wieder geöffnet habt, auch wenn ihr seit drei Jahren offiziell in Pension seid.«

»Oh, das ist ja lieb von Ihnen«, sage ich. »Ich bin natürlich immer mal wieder an Ihrem Gasthof vorbeigefahren, wusste aber, dass es früher schon schwer war, hier einen Tisch zu bekommen, also habe ich es gar nicht erst versucht.«

»Sag mal, kann es sein, dass du eine Hansen aus Lütteby bist?«, fragt Wiebke aus heiterem Himmel und kneift die Augen zusammen. »Ich könnte schwören, dass du mit der guten Henrikje verwandt bist. Du erinnerst mich an sie, als sie ungefähr dreißig war.«

»Das stimmt, Henrikje Hansen ist meine Großmutter«, erwidere ich, verblüfft darüber, dass Wiebke offenbar eine Ähnlichkeit zwischen uns beiden sieht, die mir gar nicht bewusst ist. »Kennen Sie sie gut?«

In diesem Moment kommt Piet zurück und balanciert ein Tablett mit vier randvoll gefüllten Gläsern darauf, die allesamt überschwappen, als er das Servierbrett auf den großen Holztisch in der Mitte der Terrasse stellt. »Kinners, wir sagen doch am besten einfach Du, ja? Alles andere is' doch nur lästiger Tüdelkram.«

»Hättest du die Gläser nicht noch ein bisschen voller machen können?«, stichelt Wiebke, knufft ihren Mann leicht in die Seite und gibt ihm dann einen liebevollen Kuss auf die Wange.

»Ich hatte meine Brille nicht auf, weil du mich nicht daran erinnert hast«, gibt Piet zurück. »Ohne dich, mien Leevst, bin ich verloren, wie du weißt.«

»Oder einfach nur 'n büschn schusselig und bequem«, erwidert Wiebke, öffnet eine Truhe, die am Rand der Terrasse steht, und holt ein Tuch heraus, mit dem sie die Tropfen wegwischt. »So, aber jetzt genug geschnackt. Setzt euch bitte und macht es euch bequem. Wir sind Wiebke und Piet, herzlich willkommen, Lina. Was für ein Zufall, dass du die Enkelin von Henrikje bist, die ich leider viel zu lange nicht mehr gesehen habe. Aber wie das nun mal so ist. Keine von uns kommt noch groß aus ihrem Ort heraus, wir werden ja schließlich alle nicht jünger. Geht's denn deiner Mutter gut, und ist sie immer noch so viel unterwegs? Man hört Gutes über die Karriere, die sie als Gästebetreuerin eines Reiseveranstalters gemacht hat. Sie war ja wohl beinahe überall auf dem Erdball, auch in Ländern, von denen ich gar nicht wusste, dass es sie gibt.«

Mir bleibt beinahe das Herz stehen, und ich verschlucke mich an dem kühlen Weißwein mit Holunder.

Meine Mutter war ebenfalls in der Reisebranche tätig und angeblich erfolgreich?!

Und die ganze Gegend wusste offenbar darüber Bescheid, nur ich nicht?

- 17 -

abe ich was Falsches gesagt?«, fragt Wiebke nach einer Weile des Schweigens, in der nur das Rauschen des Rasensprengers zu hören ist, mit dem die Pflanzen auf dem Nachbargrundstück gewässert werden.

»Ich, ich … ich weiß leider nicht viel über meine Mutter und bin ziemlich überrascht zu erfahren, dass du offenbar viel besser über ihr Leben informiert bist als ich. Sie hat mich nämlich bei Henrikje gelassen, als ich drei Wochen alt war, und dann habe ich nie wieder etwas von ihr gehört.«

»Ach, du meine Güte, wie furchtbar«, erwidert Wiebke bedrückt. »Hätte ich das geahnt, hätte ich selbstverständlich meinen Mund gehalten. Ich wusste natürlich, dass sie aus Lütteby weggegangen ist und dich in die Obhut von Henrikje gegeben hat, dachte aber, dass ihr Kontakt habt und euch ab und zu mal seht.«

Jonas legt zärtlich den Arm um mich, diese Geste wirkt zugleich tröstlich und beschützend. Ich fühle mich gerade so zerbrechlich und verletzlich wie selten zuvor, und es tut gut, ihn in diesem Moment an meiner Seite zu wissen.

»Man muss nicht immer alles glauben, was die Lüüd schnacken«, sagt Piet mit einer Ruhe, um die ich ihn gerade glühend beneide. »Was meinst du genau mit ›man hört Gutes‹, mein Schatz? Hast du diese Informationen von Henrikje selbst?«

Wiebke scheint angestrengt zu überlegen und runzelt die Stirn. »Na ja, nicht direkt. Ich habe hie und da beim Einkaufen auf dem Marktplatz etwas aufgeschnappt und ein bisschen was von Michaela beim Einkaufen im *Modestübchen* gehört.«

»Michaela weiß etwas über meine Mutter?«, frage ich schockiert. »Mit mir hat sie nie auch nur ein einziges Wort über Florence gesprochen.«

»Ich will ja nichts Negatives über Frau Pohl sagen, denn ich finde sie sympathisch«, meldet sich nun Jonas zu Wort. »Aber wir wissen, glaube ich, alle, dass sie manchmal ein bisschen viel redet, wenn der Tag lang ist, und dass sie zudem gern aus einer Mücke einen Elefanten macht. Vielleicht sollten wir jetzt lieber etwas essen und das Thema wechseln, dann hast du Zeit, das alles sacken zu lassen, Lina. Wenn es dir lieber ist, fahre ich dich aber auch gern zurück nach Lütteby.«

Einen winzigen Moment lang erscheint das Angebot verlockend, denn ich würde mich jetzt gern verkriechen und mit mir und meinen widerstreitenden Gefühlen allein sein. Doch das wäre erstens unhöflich unseren reizenden Gastgebern gegenüber und zweitens Unsinn, denn ich habe ja gerade beschlossen, auf eigene Faust zu recherchieren. Und nun bekomme ich, obwohl ich noch gar nicht offiziell mit meiner Suche begonnen habe, weitere Bruchstücke aus dem Leben meiner Mutter serviert.

Doch das Zusammensetzen des Puzzles muss bis morgen warten.

»Ich habe tatsächlich ein kleines bisschen Hunger und würde gern über etwas anderes reden«, sage ich und trinke mein Glas in einem Zug leer. »Lasst uns über euch sprechen und darüber, wie ihr Jonas kennengelernt habt.«

»Na, dann gehe ich jetzt wohl mal in die Küche und zaubere uns etwas. In der Zeit kann Piet ja erzählen«, sagt Wiebke und steht auf. »Du magst doch hoffentlich Fisch, oder, Lina?«

Ich erwidere: »Aber klar doch«, und schon ist Wiebke verschwunden.

»Wir kennen Jonas, seit er ein lütter Bengel war«, erzählt Piet und lächelt breit. »Er kam mit seinem Onkel Tobias und seiner Tante Heike immer hierher, wenn es etwas zu feiern gab, oder allein mit dem Rad, um Kuchen zu holen oder ein Eis. Er hatte meist aufgeschürfte Knie und Stroh in den Haaren oder Dreck aus dem Hühnerstall auf der Wange, wenn er kam, um die Eier zu liefern, die wir in der Küche verarbeitet haben.«

Erstaunt drehe ich mich zu Jonas um. »Du hast im Hühnerstall ausgeholfen?«, frage ich verwundert.

»Ich habe Eier gesammelt, Kühe gemolken, den Stall ausgemistet, Heu gemacht und natürlich auch Schafe geschoren«, sagt Jonas mit stolzer Stimme. Beim Stichwort »Melken« muss ich daran denken, dass er am ersten Tag im Büro nach Hafermilch aus der Barista-Edition für seinen Kaffee verlangt hat wie ein verwöhnter Großstädter.

»Ist das so verwunderlich?«, fragt Piet amüsiert. »Der Junge kommt zwar aus dem noblen Hamburg, hat aber ein Herz für das Landleben und die Natur, wusstest du das etwa nicht?« Weil ich nicht sofort antworte, schiebt Piet ein verwundertes »Sag mal, wie lange kennt ihr beiden euch denn eigentlich?« hinterher.

»Noch nicht mal vier Wochen«, erwidert Jonas. »Ich bin im Mai als Vertretung für den erkrankten Thorsten Näler in die Touristeninformation nach Lütteby gekommen, wo Lina arbeitet.«

Piet schaut uns beide eine ganze Weile lang an und schüttelt irgendwann den Kopf. »Erst so kurz? Ich hätte schwören können, ihr seid schon länger ein Paar.«

»Manchmal passt es eben einfach, und man weiß, dass es für immer ist«, sagt Wiebke und stellt eine Schüssel Gurkensalat auf den Tisch.

Der Duft von frischem Dill, Schnittlauch, Zitrone und Petersilie kitzelt verführerisch in meiner Nase. Doch weit mehr als das köstliche Essen beschäftigen mich die Bemerkungen von Piet und Wiebke. Wie gut, dass ich neben Jonas sitze, sonst hätte mein fragender Blick seinen gesucht, und das wäre ziemlich seltsam geworden. Zumal ich keine Ahnung habe, ob er das Zusammensein mit mir als genauso vertraut empfindet wie ich, und nicht weiß, wie er über die Formulierung »ein Paar« denkt. Sind wir das denn überhaupt?

»Ja, so ist es«, erwidert Piet, steht auf und umarmt seine Frau. »Etwas Besseres, als dir vor sechzig Jahren zu begegnen, hätte mir nie passieren können. Ich sehe dich vor mir, als sei es erst gestern gewesen, als du beim Trachtentanzfest auf dem Marktplatz von Lütteby voller Stolz und Anmut deine Tracht getragen hast. In dem Moment habe ich mich dafür verflucht, dass ich nicht wusste, ob die Symbole deiner Kopfbedeckung bedeuten, dass du schon vergeben bist oder noch frei. Aber das hat sich dann ja zum Glück schnell geklärt.«

»Kommst du aus Lütteby, oder hast du nur an dem Wettbewerb teilgenommen?«, frage ich gespannt.

»Ich bin gebürtige Lüttebyerin«, sagt Wiebke. »Daher kenne ich auch Henrikje. Weil Piet aber aus Grotersum stammt und es zwischen den beiden Ortschaften immer noch diese unselige Fehde gibt, haben wir beide beschlossen, gemeinsam hierherzuziehen und die engstirnigen, abergläubischen Menschen hinter uns zu lassen. Dieses Haus ist schon seit Generationen im Besitz von Piets Vater, also haben wir es übernommen, als er nach Husum gezogen ist. Da ich leidenschaftlich gern koche und Gäste habe, war schnell klar, dass wir einen Landgasthof eröffnen wollen, damit die Menschen aus der Region hier ihre Feste wie Konfirmation, Hochzeit, Taufe oder Geburtstage feiern können. Das war eine äußerst anstrengende, aber auch erfüllende Aufgabe, doch irgendwann muss mal Schluss sein. Umso schöner ist es, wenn wir ab und zu noch nette Gäste bewirten können, aber eben nur in einem kleinen, weniger anstrengenden Rahmen. Schließlich sind wir keine jungen Hüpfer mehr, und unsere Kinder und Enkel halten uns ganz schön auf Trab.«

Ich lasse Wiebkes Worte auf mich wirken und sehe zu, wie sie uns Salat in die hübschen Porzellanschüsseln mit dem für Nordfriesland typischen blau-weißen Muster füllt.

»Hat Henrikje jemals hier gefeiert? Oder meine Mutter?«

»Ja, das hat sie. Sowohl die Taufe von Florence als auch ihre Konfirmation. Eigentlich sollte auch die Feier anlässlich des bestandenen Abiturs bei uns stattfinden, doch dann ist irgendetwas passiert, und Henrikje hat das Fest in letzter Minute abgesagt. Danach haben wir deine Mutter nie wieder gesehen, was uns sehr betrübt hat. Sie war so ein lebendiges, kluges und hübsches Mädchen. Aber sie hatte auch einen Hang zur Schwermut und Düsternis. An ihrer Konfirmation war sie gar nicht gut gelaunt und sagte immer wieder Sachen wie ›Wenn es Gott wirklich gäbe, dann würde er es mir nicht so schwer machen‹. Das tat mir in der Seele weh, denn ich konnte nur schwer mit ansehen, wie sie sich auf einmal in eines der kleinen Zimmer verzog, wo wir die Garderobe aufbewahren, und gar nicht mehr wieder herauskommen wollte. Ich habe sie irgendwann zusammengekauert zwischen Mänteln, Schirmen und Taschen gefunden, und sie hat so sehr geweint, dass es mir beinahe das Herz gebrochen hat.«

»Aber du weißt weder, was der Auslöser für ihre traurige Stimmung war, noch, weshalb die geplante Abiturfeier nicht stattfand?«, murmele ich und versuche, mir einen Reim auf das zu machen, was Wiebke gesagt hat. Dass Florence an ihrer Konfirmation einen depressiven Schub hatte, ist, nach all dem, was ich jetzt über sie weiß, wahrscheinlich. Doch was ist nach dem Abiball passiert? Das Foto, das sie in ihrem Ballkleid zeigt, ist wunderschön, und Florence strahlt darauf, als sei sie die glücklichste junge Frau der Welt.

»Man munkelt, dass sie einen krankhaften Hang zur Schwermut hatte«, erwidert Wiebke leise. »Manch böse Zungen behaupteten aber auch, dass sie sich mit dem Falschen eingelassen und schwanger von ihm geworden war.«

Schwanger vom Falschen ...

Ich bin froh, dass Jonas sanft über den Rücken meiner Hand streicht, die ich mittlerweile zur Faust geballt habe, weil ich so aufgewühlt bin. »Einem aus Grotersum?«, frage ich und habe zugleich die Stimme von Thorsten im Ohr, als er sagte: »Ich möchte nur nicht erleben, dass noch eine Hansen sich wegen eines Grotersumers ins Unglück stürzt.«

»Ja, es soll angeblich einer von dort gewesen sein«, erwidert Wiebke. »Aber ich habe da nie was drauf gegeben, weil mir diese unsinnige Feindschaft immer schon zutiefst zuwider und unverständlich war. Piet und ich sind sehr glücklich miteinander, obwohl wir das der Legende nach eigentlich gar nicht sein könnten. Was für ein Unsinn! Wir leben doch nicht mehr im Mittelalter.«

»Allerdings«, sagt Jonas. »Ich habe ja schon so einiges über die Fehde gehört, als ich in Lütteby anfing, aber ich habe das Ganze nicht wirklich ernst genommen, so wie die legendäre Feindschaft zwischen Düsseldorf und Köln. Doch mittlerweile glaube ich, dass ich mich geirrt und diesen Zwist unterschätzt habe.«

»Aber du weißt nicht, mit wem meine Mutter gern zusammen war, mit wem sie tanzen gegangen ist, schwimmen oder sonst etwas, was man tut, wenn man jung ist?«, frage ich.

»Florence war immer ein wenig eigenbrötlerisch, das fand Henrikje schade, sie hatte aber auch Verständnis dafür. Deine Mutter hat für ihr Leben gern gelesen und später ständig den Schulatlas mit sich herumgetragen, weil sie immer schon reisen wollte. Bei ihrer Konfirmation waren Mitschülerinnen und Mitschüler aus ihrer Klasse da und natürlich auch die anderen Konfirmanden. Ich hatte schon den Eindruck, dass Florence beliebt war, auch wenn die Kinder sie anfangs wegen ihres französischen Namens gehänselt und gefragt haben, ob sie sich für etwas Besseres hält, weil ihr Vater ein Franzose war. Doch das waren, glaube ich, eher Probleme, die sie in der Grundschule hatte. Später wurde sie einfach ›Flo‹ genannt, und alles andere war kein Thema mehr. Erst recht nicht, als sie sich mit Mika befreundet hat, die aus Düsseldorf nach Lütteby gekommen war und mindestens genauso viele Flausen im Kopf hatte wie deine Mutter.«

»Mika?«, frage ich erstaunt.

»Ja, Mika. Michaela Pohl vom *Modestübchen*«, sagt Wiebke. »Sag bloß, du wusstest nicht, dass die beiden gemeinsam durch dick und dünn gegangen sind, bis Florence verschwunden ist?«

»Nein, das wusste ich nicht«, erwidere ich, nahezu tonlos.

So, wie ich offenbar vieles nicht weiß, was meine Familie und die Bewohner Lüttebys betrifft.

- 18 -

*E*s ist schon eine Weile dunkel, als wir uns von Wiebke und Piet verabschieden. Nur wenige Sterne sind zu sehen, der Wind treibt kleine und große Schleierwolken über den Nachthimmel, ein wunderschönes, romantisches Szenario.

Ich fühle mich beseelt und wie berauscht, als der Duft der Heckenrosen auf dem Friesenwall vor dem Haus meine Nase kitzelt und der immer noch warme Wind sanft meine Haut streichelt. Laue Sommerabende wie diese sind wie gemacht, um Nachtfalter mit Glühwürmchen tanzen zu lassen und ausnahmsweise doch von Dingen zu träumen, die unerreichbar zu sein scheinen. Wenn ich jetzt drei Wünsche frei hätte, würde ich das Geheimnis um meine Familie lüften und mit meinen Eltern und Henrikje zusammen sein, Sinje den Traum von der Villa und ihrem Liebesglück erfüllen und mir selbst ein Happy End mit Jonas.

»Alles okay mit dir? Du bist so still«, sagt er, nachdem sich die Klönschnacktür hinter dem sympathischen Ehepaar geschlossen hat. »Soll ich dich gleich zu Sinje bringen, oder möchtest du noch ein wenig reden? Noch etwas essen?«

Ich muss lachen und bin dankbar für seinen Scherz, denn ich bin pappsatt, ziemlich müde und immer noch ein wenig durcheinander von den vielen Geschichten über meine Mutter. Aber ich mag mich auch noch nicht von Jonas trennen, weil ich gern mit ihm allein sein möchte und weiß, dass wir uns die nächsten Tage kaum sehen werden. Außerdem steht seit heute Abend die

Paarfrage im Raum. »O ja, so eine Mitternachtssuppe wäre jetzt genau das Richtige. Ich finde ja, Bratkartoffeln, Scholle, Gurkensalat und zum Nachtisch rote Grütze sind eindeutig zu wenig. Wiebke kann fantastisch kochen und ist eine wirklich herzliche Gastgeberin. Kein Wunder, dass der Gasthof früher ständig ausgebucht war.«

Mein Herz gluckst immer noch vor Freude bei der Erinnerung an den schönen Abend, denn es hat sich gut angefühlt, so selbstverständlich und beinahe familiär mit Jonas, Wiebke und Piet am Tisch zu sitzen, gemeinsam zu essen und über sehr persönliche Dinge zu sprechen. Offenbar war es Jonas wichtig, mich Menschen vorzustellen, die ihn seit seiner Kindheit kennen und mögen, und ich fühle mich beglückt, weil er mich damit ein Stück weit an seiner Welt und seinem Leben teilhaben lässt.

»Wie wäre es mit einem kleinen Verdauungsspaziergang im Mondschein?«

»Gute Idee, ich hätte Lust, noch ein bisschen auf dem Deich umherzuwandern.«

»Also Schäfchen zählen, damit du später besser schlafen kannst«, sagt Jonas und öffnet die Beifahrertür. »Da bin ich doch sofort dabei.« Wir fahren in Richtung Koog, an dessen Ende der etwa neun Meter hohe Deich aufragt, der das Land vor Sturmfluten schützen soll. Während der Fahrt schweigen wir beide, allerdings ist dieses Schweigen nicht unangenehm, sondern eher ein Zeichen inniger Verbundenheit, zumindest empfinde ich es so. Wir parken kurz vor dem Treppenaufgang, das Mondlicht erhellt das hölzerne Gatter, das Schild mit der Aufschrift *Nationalpark Wattenmeer* und die dahinterliegenden Stufen, die zur Krone des schützenden Walls hinaufführen.

»Warst du schon mal im Dunkeln auf dem Deich?«, frage ich, begeistert davon, seit Langem mal wieder um diese Uhrzeit hier spazieren zu gehen.

Früher haben Sinje und ich mit unseren Klassenkameraden im Sommer Mitternachtspicknicks auf dem Deich veranstaltet oder ein Lagerfeuer gemacht, obwohl das natürlich strengstens verboten war. Hier oben zu tanzen, dem Gitarrenspiel von Gunnar zu lauschen und herumzualbern war so befreiend und schön, dass wir gar nicht anders konnten, als immer mal wieder über die Stränge zu schlagen und bis in die frühen Morgenstunden zu feiern.

»Nicht, dass ich wüsste«, erwidert Jonas. »Aber ich finde es super, dass wir beide so viel unterwegs sind, wenn schon alle schlafen. Allerdings könnte einen das auch auf den Gedanken bringen, dass du nicht gern mit mir gesehen werden möchtest.«

»Huch, wirklich?«, frage ich verwundert.

Jonas lacht leise. »Sind es nicht sonst immer die Frauen, die minutiös jede Verabredung, jeden noch so kleinen Wortwechsel und jedes Detail einer Verabredung aufzählen können, selbst wenn dieses Treffen schon Jahre zurückliegt?«

»Kann sein«, erwidere ich schmunzelnd. »Doch ich muss dir bezüglich deiner Spekulation widersprechen, denn ich mache meine Unternehmungen in der Regel nicht davon abhängig, was die Leute sagen.«

»Es sei denn, Thorsten Näler hat seine Finger im Spiel, nicht wahr? Ich wüsste zu gern, was diesen Mann so hart hat werden lassen und wieso er eine derart starke Abneigung gegen Falk van Hove hegt. Natürlich ist Falk kein Sympathiebolzen, aber Thorsten macht aus ihm so etwas wie einen … hm, mir fehlt gerade der richtige Vergleich.«

»Einen Mafiaboss?«, schlage ich vor, während wir in Richtung der hellen Strahlen gehen, die der Leuchtturm von Lütteby über das Marschland am Deich schickt.

»Stimmt genau. Falk van Hove, der Pate von Grotersum, der Lütteby und bald auch Norderende seinem Mafia-Imperium zuführen möchte. Dabei ist Falk lediglich ein cleverer, vorausschauender Geschäftsmann ohne Neigung zu falschen Sentimentalitäten.«

»Wo wir gerade beim Thema Arbeit sind«, sage ich, denn ich muss das, was mir seit Montag Kopfzerbrechen bereitet, endlich ansprechen. »Hattest du schon Zeit, dir Gedanken darüber zu machen, wie es beruflich für dich weitergeht?«

»Zeit hatte ich, aber noch keine überzeugende Idee«, erwidert Jonas und nimmt meine Hand. »Ich habe mich in Hamburg mit einem renommierten Headhunter getroffen und meine Möglichkeiten ausgelotet. Die Arbeit in der Touristeninformation hat mir gezeigt, dass ich es tatsächlich sehr genieße, nicht nur zu lehren, sondern mein theoretisches Wissen auch in der Praxis anzuwenden. Es ist schließlich eine Sache, als Dozent in Luzern darüber zu fantasieren, dass ein anderer Job mir mehr Zufriedenheit und Erfüllung verschaffen könnte, aber eine ganz andere, den Realitätsabgleich zu machen. Insofern bin ich Falk nach wie vor dankbar für den Vorschlag, mich als Vertretung zu holen. Gemeinsam im Team mit Rantje und dir neue Ideen zu entwickeln, mit echten Gästen zu tun zu haben statt nur mit Studenten, war superspannend. Allerdings ist der Spielraum für diese Art Arbeit in Lütteby genauso klein und damit auch beschränkt, wie es der Begriff *lütt* schon sagt. Und das ist leider in der ganzen Region Nordfriesland ähnlich, wie du selbst am besten weißt.«

In dem Moment, als Jonas ausspricht, was ich befürchte, krampft sich mein Herz zusammen, denn dieses Problem löst sich weder von allein in Luft auf, noch lässt es sich einfach wegwischen. Jonas braucht eine weit größere berufliche Spielwiese, als es sie hier gibt, dazu kenne ich ihn mittlerweile gut genug. Er sucht den Erfolg, er will Dinge verändern und auf der Gewinnerstraße fahren.

»Du gehst also wahrscheinlich wieder ins Ausland, nicht wahr?«, frage ich und habe Mühe, das Zittern in meiner Stimme zu unterdrücken. Auch wenn ich vorhin so cool getan habe: Ich könnte nicht nur jede Minute unserer bisherigen Treffen nacherzählen, sondern jede Sekunde, seit Jonas mein Herz geentert hat.

»Nicht, wenn es sich vermeiden lässt«, erwidert er, bleibt stehen und zieht mich fest an sich. »Wir kennen uns noch nicht lange und auch nicht besonders gut. Doch Piet hatte, zumindest was mein Empfinden betrifft, recht damit, uns für ein Paar zu halten, auch wenn ich normalerweise so etwas niemals nach nur wenigen Treffen sagen würde. Doch mit dir ist alles anders, auch wenn ich nicht erklären kann, wieso. Ich weiß auch nicht, wohin der Zukunftsweg uns beide führt, aber ich wünsche mir, dass wir ihn gemeinsam gehen, vorausgesetzt, du möchtest das auch.«

In diesem Augenblick habe ich das Gefühl, dass die Sterne heller funkeln als vorhin und der Mond mir zuzwinkert.

Jonas hat genau das ausgesprochen, was ich fühle, ich hätte es nicht besser formulieren können. Hat der Mann, der anfangs so kühl und sachlich wirkte, etwa tatsächlich so große Gefühle für mich, dass er dauerhaft mit mir zusammen sein möchte?

War das etwa eine Liebeserklärung?

Ich bin unfähig zu sprechen, weil ich vor Freude weinen könnte.

»Du sagst ja gar nichts. Bist du schockiert? Keine Sorge, das war kein Heiratsantrag. Aber du sollst wissen, dass ich mich mit Haut und Haaren in dich verliebt habe, Lina, und dass ich mir gerade überhaupt nicht vorstellen kann, mehrere Flugstunden entfernt von dir zu arbeiten, während du hier in Lütteby bist.«

Meine Antwort sind zärtliche Küsse, für alles andere fehlen mir gerade schlicht die Worte. Wir schmiegen uns aneinander, ich lege meinen Kopf auf Jonas' Schulter, und er hält mich immer noch so fest umarmt, als befürchtete auch er das frühzeitige Ende unseres gemeinsamen Wegs, wenn wir einander loslassen.

»Von hier oben sieht alles so einfach aus«, sage ich irgendwann seufzend, als die Wolken den Mond freigeben und sein Licht das Wattenmeer in einen weißgoldenen Schimmer taucht. »Das liebe ich so sehr an der Nordsee. Ebbe und Flut wechseln sich ab, es schert die Gezeiten nicht, was geschieht, sie lassen das Wasser auflaufen, füllen die Priele und lassen das Watt wieder trockenfallen, wenn es so weit ist. Die Meerestiere passen sich diesem Rhythmus an, die Möwen wissen, wann sie die Strandkrabben fangen können, und die Pflanzen auf den Salzwiesen, wo sie sich am besten ansiedeln, damit der Salzgehalt des Meeres optimal für sie ist. Nur wir Menschen machen es uns so schwer.«

Ich hole tief Luft, weil ich weiß, dass Jonas jetzt sicher nicht hören möchte, was ich über die Natur, die uns umgibt, denke, sondern was ich für ihn empfinde. Doch ich weiß immer noch nicht genau, wie ich meine Gefühle beschreiben soll, ohne dass es übertrieben oder kitschig klingt. Ich habe lange niemandem mehr gesagt, wie viel er mir bedeutet, und mache das gewöhnlich auch nicht nach so kurzer Zeit.

»Wenn ich dich reden höre und sehe, wie sehr du deine Heimat liebst, brauche ich wohl gar nicht erst zu fragen, ob du dir vorstellen kannst, für eine Weile von hier wegzugehen, nicht wahr?«, fragt Jonas leise.

Von hier wegzugehen?!

Mit ihm?!

Ich habe schon einmal der Liebe wegen meine Zelte in Lütteby abgebrochen, und es hat nicht funktioniert. Zudem beginne ich gerade erst mit der Suche nach meiner Mutter, und damit nach meiner familiären Identität und den Wurzeln, die so wichtig sind, um zu wissen, woher man stammt und aus welchem Holz man geschnitzt ist.

»Ich … ich …« Meine Gedanken wirbeln umher und überschlagen sich wie eine hohe Welle.

»Du musst jetzt nicht antworten«, sagt Jonas und schaut in den Nachthimmel. »Ich wollte dich weder unter Druck setzen noch irgendetwas Konkretes mit dir besprechen. Es ist mir aber ein großes Bedürfnis, dir zu sagen, wie ich für dich fühle. Was mich betrifft, hast du alle Zeit der Welt. Finde erst mal deinen Weg, alles Weitere wird sich schon fügen.«

»Ich habe mich auch in dich verliebt«, erwidere ich, weil es nicht mehr dazu zu sagen gibt, denn das ist einfach die Wahrheit. Ein wenig verlegen starre ich auf das Wattenmeer, dessen sandige Muster im sanften Mondlicht aussehen wie Baiser oder der Belag von Streuselkuchen.

Jonas lacht leise auf und sagt: »Du bist wirklich eine waschechte Nordfriesin, Lina. Ich kann wahrscheinlich froh sein, dass du nicht gesagt hast: ›Du bist mir nicht ganz unsympathisch‹, nicht wahr?«

»Ja, das kannst du«, erwidere ich lachend und umschließe erneut seine Hand mit meiner. »Wir haben es eben manchmal nicht so mit blumigen Worten, und schon gar nicht, wenn wir tief im Inneren sehr, sehr berührt sind. Doch genau das bin ich, Jonas, das solltest du wissen.«

Nach dem romantischen nächtlichen Mondspaziergang über den Deich liege ich im Bett und kann mal wieder nicht schlafen, obwohl ich todmüde bin. Es ist zwei Uhr morgens, und Sinje ist noch nicht wieder zurück.

Ich schließe die Augen und versuche mir vorzustellen, wie es mit Jonas und mir weitergehen könnte. Doch so sehr ich es mir auch wünsche und so glücklich ich darüber bin, dass wir einander unsere Gefühle gestanden haben, finde ich kein Bild dazu, denn es fehlt der passende Ort zu diesem Bild.

Es fehlt die Heimat, die ich für mein Glück so dringend brauche wie die Luft zum Atmen. Ich wälze mich unruhig von einer

Seite auf die andere, wäge ab und versuche mir einzureden, dass die Situation mit Olaf und mir eine völlig andere war. Ich war damals viel jünger und naiver, ich hatte meine Berufung noch nicht gefunden.

Zudem war ich es nicht gewohnt, in einer Stadt zu leben, die zwar verhältnismäßig grün ist, in der sich bei schönem Wetter aber riesige Menschentrauben am Ufer der Alster und der Elbe entlangschieben. Die Möwen flogen über diese Stadt auf dem Weg zur See hinweg, die Einwohner träumten allesamt von Orten, die für mich in Lütteby greifbar nahe waren. Der Slogan *Leben, wo andere Urlaub machen* kommt mir in den Sinn, und ich lebe an so einem Sehnsuchtsort.

Doch Lütteby ist für mich so unendlich viel mehr als eine zauberhafte kleine Stadt nahe der Nordsee, charmant, beschaulich und liebreizend. Hier bin ich tief verwurzelt, wie es schon Generationen zuvor waren. Henrikje kehrte nach ihrem Aufenthalt aus Paris hierher zurück und ist neben mir wahrlich nicht die Einzige, die dem Ruf der Nordsee folgt, auch wenn zuvor die Verlockungen anderer Städte oder Länder anscheinend übermächtig groß waren.

Lütteby ist mein Seelenort und wird es immer bleiben.

Doch das, was ich für Jonas fühle, ist so unendlich viel mehr, als ich jemals für Olaf empfunden habe, und das möchte ich keinesfalls aufs Spiel setzen.

Sollte ich also den Sprung doch noch wagen, weil die wahre Liebe es immer wert ist?

Sommer

VOR SECHSUNDVIERZIG JAHREN

»Wer als Erster im Wasser ist, hat gewonnen.«

Das Mädchen scherte sich nicht um die Kleidung, sondern flitzte los. Nur die Schuhe zog es aus, denn das Meer und Schuhe vertrugen sich ihrer Ansicht nach nicht, auch wenn sie einen guten Schutz boten. Die spitzen Steinchen und scharfkantigen Muscheln konnten einem nämlich böse die Fußsohlen aufschlitzen, wenn man nicht aufpasste. Wie oft hatte ihre Mutter solche Wunden mit Heilkräutertinkturen versorgt, damit sie sich nicht entzündeten.

»Ich bin schneller als der Blitz«, rief der Junge, überholte sie und lief, ebenfalls barfuß, ins Wasser, das an diesem Tag spiegelglatt in der Julisonne schimmerte.

Die Farben der Nordsee, das wusste die Kleine, sagten viel über die Wetterlage aus. War das Meer bräunlich, so zeigte die See ihr mürrisches, aufgewühltes Gesicht, und man nahm sich besser in Acht vor ihrer gefährlichen Strömung und den tiefen Prielen. Lag sie wie ein Spiegel vor einem, schillerte es eher grünlich. Nur an den flachen Stellen, an denen weißer Puderzuckersand den Hauptbestandteil des Meeresbodens bildete, ab und zu ein wenig bläulich. Doch hier, an diesem wilden Ufer, war der Sand grobkörnig und gelblich. Am Spülsaum schlangen sich dunkelgrüne Algen wie Kletten um Muschelschalen, die kaputten Häuser der Wellhornschnecken und Treibgut, das die Kleine so gern sammelte, weil sie die Kunstwerke der Natur liebte und in ihrer Höhle ausstellte, als sei diese eine Galerie. Die Besucher dieser Galerie waren exquisit und handverlesen.

Nur ihre neue Freundin durfte herein und seit einigen Tagen auch der

177

Junge, der ihr das Leben gerettet hatte, als sie im Eis des Waldsees eingebrochen war.

»Beeil dich, Ronja, sonst verlierst du die Wette«, rief der Junge, den sie im Stillen immer noch Birk Borkasohn nannte, und winkte, als eine hohe Welle machtvoll über ihm zusammenschlug. Doch er tauchte aus dem Wellenberg hervor wie ein Meergott, nichts und niemand schien ihm etwas anhaben zu können. Die Räuberhöhle hatte ihm auf Anhieb gefallen, als sie ihn vor wenigen Tagen in ihr Reich eingeladen hatte. Natürlich wusste er genau wie sie, dass Ronja und Birk einen ganzen Sommer in einer solchen Höhle gelebt hatten, weit entfernt von ihren Familien und dem fürchterlichen Streit, der dazu geführt hatte, dass sie bis aufs Blut verfeindet waren.

Im Sommer sind die Dinge tatsächlich manchmal ein bisschen leichter, dachte die Kleine, als sie auf einem Wellenkamm ritt, der sie näher zu ihrem Schutzengel trug.

Aber man kann auch tief fallen, wenn die Endlichkeit dieser schönen Jahreszeit einem Angst einjagt und das Leben so schwer wird wie ein Sack Kartoffeln.

Ehe sie sichs versah, fiel sie vom Wellenkamm ins Wellental und konnte inmitten des aufspritzenden Wassers auf einmal den Jungen nicht mehr sehen.

Ich würde es nicht ertragen, wenn das Leben uns einmal trennen würde, dachte sie und blinzelte das Salzwasser weg, das ihre Augen reizte. Doch es war nicht nur die Nordsee, die ihre Augen feucht machte, sondern eine dunkle Ahnung, die ihr Tränen der Verzweiflung ins Gemüt und tief ins Herz trieb.

- 19 -

Obwohl ich nur eine Woche lang bei Sinje im Pastorat gewohnt habe, kommt es mir vor, als sei eine Ewigkeit vergangen, in der ich weder Henrikjes Haus noch sie selbst zu Gesicht bekommen habe.

Kann man sich in nur wenigen Tagen so verändern?, frage ich mich, als ich die Haustür des Giebelhäuschens am Marktplatz öffne, die, wie immer, unverschlossen ist.

Im Flur schlägt mir der wohlig vertraute Duft von Holz, Kräutern und Kindheit entgegen. Ich bleibe einen kurzen Moment stehen, atme tief ein und mache mir bewusst, dass ich im Begriff bin, wieder nach Hause zurückzukehren. Nach Hause zu den vielen ungelösten Rätseln, geheimnisvollen Geschichten und den Fotografien meiner Mutter, von der ich nicht weiß, ob sie noch lebt. Obwohl ein Teil von mir sich freut, wieder in meiner vertrauten Umgebung zu sein, mit all den Dingen, die ich liebe, fühlt es sich dennoch merkwürdig an. Beinahe schwerfällig gehe ich die zwei Etagen nach oben und zögere einen Augenblick, bevor ich die Türklinke nach unten drücke. Im Haus ist es still, keine Ahnung, wie lange Henrikje nicht mehr hier war und ob sie das Lädchen während der gesamten Woche überhaupt geöffnet hatte. Ich bin zwar nach der Arbeit im Büro daran vorbeigegangen, habe es aber vermieden, einen Blick auf das Haus zu werfen, denn ich wollte nicht durch Zufall auf Henrikje treffen oder von irgendjemandem in ein Gespräch darüber verwickelt werden, weshalb ich diese Woche nicht im Lädchen ausgeholfen habe.

Im Flur spürt man sofort, dass der Frühsommer diesmal ungewöhnlich warm ist, die kleine Wohnung unter dem Dach hat sich ordentlich aufgeheizt. Hoffentlich haben meine Zimmerpflanzen die Hitze überlebt.

Als ich das Wohnzimmer betrete, erkenne ich auf Anhieb, dass Henrikje mich erwartet hat: In der bauchigen Suppenterrine aus elfenbeinfarbenem Porzellan hat sie Dutzende von kurz geschnittenen Päonien dekoriert. Die gefüllten Blütenblätter der traumschönen Pfingstrosen sehen aus wie ein roséfarbenes Kissen, ihr süßlicher Duft erfüllt den Raum.

Auf den Fensterbänken liegen frische Lavendelsträuße, die Mücken fernhalten, das Gemüt beruhigen und für eine ausgewogene Raumluft sorgen sollen. Da es noch zu früh für die Lavendelblüte in Henrikjes Garten ist, hat sie die kleinen Sträuße bestimmt bei Violetta im Blumenladen besorgt.

Ich öffne die beiden Fenster und schaue von oben auf den Marktplatz. Der heutige Bauernmarkt ist schon lange vorbei, auch die Läden haben mittlerweile geschlossen.

Nun ist kaum noch jemand unterwegs außer den Urlaubern, die der Stadtführerin Greta fasziniert an den Lippen hängen, sich mit der Zeitung Luft zufächeln, Fragen stellen und Fotos schießen. Ich freue mich über den Zuspruch, den diese Stadtspaziergänge haben. Auch die von mir initiierte Nachtführung, die Greta seit Kurzem einmal wöchentlich anbietet, ist ein voller Erfolg. Ich sehe Ahmet, der in Richtung Apotheke geht und dann ein kleines Pläuschchen mit Kai hält, der herausgekommen ist und dem Besitzer des Kiosks eine Medikamentenpackung überreicht. Wahrscheinlich hat er heute Notdienst, oder er macht im Hinterzimmer seine Buchhaltung.

Äußerlich betrachtet ist dies ein gewöhnlicher Samstagnachmittag in Lütteby, doch in mir drin suche ich nach der typischen Lina, ihrer vertrauten Welt, ihren Gedanken und Gefühlen. Die

Lina, die von oben auf den Platz schaut, der Dreh- und Angelpunkt für alles ist, was in diesem kleinen Städtchen geschieht, scheint kaum mehr zu existieren.

In den vergangenen Wochen habe ich mich verliebt und habe erfahren, dass meine Mutter lange Zeit in Kontakt mit Henrikje stand, aber seit drei Jahren verschollen ist. Mein Ersatzopa Helmut ist verstorben, Sinje ist anscheinend im Begriff, eine Affäre zu beginnen, Thorsten hat Jonas aus dem Job gekegelt und Amelie steht mit ihrem Café vor großen Problemen.

Als ich in die Küche gehe, um ein Glas Wasser zu trinken, sehe ich, dass Henrikje den Kühlschrank mit Leckereien gefüllt hat, die ich besonders gern mag: meine Lieblingskäsesorten vom Bauernmarkt, frischer Krabbensalat aus dem Fischgeschäft von Gunnars Eltern, Milch von Bauer Sander und vieles mehr.

Meine Zimmerpflanzen sind gegossen, und Henrikje hat sogar mein Bett frisch bezogen, auf das ich mich erschöpft sinken lasse, nachdem ich das Wasser mit einigen Eiswürfeln und zwei Scheiben Zitrone getrunken habe.

Ich liege auf dem Rücken und starre auf die Dachbalken, die dem Raum einen urigen Charme verleihen. Bis zum Abendessen bei Anka habe ich noch eine Stunde Zeit, um mich zu sammeln, meinen Seesack auszupacken und mich frisch zu machen.

Am liebsten würde ich jetzt ein Stündchen schlummern, denn auch die letzte Nacht war wieder kurz.

Doch ich kann mich nicht entspannen, weil die Aufnahmen, die ich vorhin beim Nachmittagskaffee mit dem alten Martensen gesehen und mit dem Handy abfotografiert habe, in meinem Kopf genauso präsent sind, als hätte ich sie selbst gemacht.

In der Chronik des Herausgebers der *Lüttebyer Geschichtsblätter* fanden sich alte Klassenfotos aus dem Jahrgang von Florence.

Sie zeigen sie direkt neben Michaela, die damals aussah wie die junge Brigitte Bardot. Michaela trägt ein Armband, das zu dem Ring von Florence passt, den ich jetzt trage, und zu der Kette, die ich in der Höhle gefunden habe. Flo und Mika, wie die Freundinnen damals genannt wurden, waren eindeutig die Klassenschönheiten, die eine blond, kurvig, mit aufgeworfenen Schmolllippen und tiefem Ausschnitt. Die andere von der Anmutung her eher Typ Audrey Hepburn in dem Film *Ein süßer Fratz*. Florence' Haare waren damals dunkel getönt, sie trug den frechen Pony ziemlich kurz und wirkte in ihrer Röhrenjeans und dem dunkelblauen Rollkragenpullover sehr viel schlanker als die kurvige Michaela. Auch sie hatte – genau wie ich – ein Faible für die Pferdeschwanzfrisur, die das Gesicht deutlich schmaler wirken lässt. Für den Abiball entschied sich meine Mutter offenbar wieder für ihre natürliche Haarfarbe, den rötlich goldenen Ton, den auch meine Haare haben, und war nicht mehr ganz so zierlich wie auf den Bildern, die Monate zuvor anlässlich einer Schulfeier gemacht worden waren. Sie muss damals schon schwanger mit mir gewesen sein, das wird mir erst jetzt klar. Auch wenn ich die gerahmte Fotografie, die im Schlafzimmer steht, in meiner ersten Wut umgedreht habe, stehe ich nun auf und nehme sie vom Regalbrett, um sie mit den Handybildern zu vergleichen.

Tatsächlich hat Florence auf der Aufnahme am Tag des Abiballs deutlich mehr Oberweite und ein wesentlich fülligeres Gesicht. Obwohl sie glücklich strahlt, sieht man bei genauerer Betrachtung leichte Schatten unter ihren Augen, die mir vorher gar nicht aufgefallen waren.

Henrikje sagte mal, dass Florence eine glühende Verehrerin von Audrey Hepburn war und demzufolge auch des Modeschöpfers Hubert de Givenchy, der der Schauspielerin mit den Rehaugen den unverwechselbaren Look verpasste. Aufgrund ihrer psychischen Disposition kann ich mir gut vorstellen, dass sie Audrey wahrscheinlich am meisten in dem Film *Frühstück bei Tiffany* gemocht und sich mit ihr identifiziert hat. Hauptfigur Holly Golightly aus Truman Capotes Novelle ist trotz ihrer vordergründigen Fröhlichkeit und der Freude an Partys in Wahrheit eine einsame, verlorene Seele mit depressiven Zügen und gefangen in tiefer Traurigkeit.

Ich scrolle erneut durch die Bilder, auf der Suche nach einem Hinweis auf meinen Vater. Doch egal, in welcher Konstellation Florence auf ihnen zu sehen ist, ich habe bei keinem Foto den Eindruck, dass sie jemanden besonders intensiv ansieht, besonders nahe bei einem Jungen steht oder irgendwer darauf zu erkennen ist, dem ich ähnlich sehe. Auffällig ist lediglich die Zugehörigkeit zu Michaela, offenbar waren die beiden genauso eng befreundet wie Sinje und ich.

Wie spreche ich Michaela am besten auf Florence an?, frage ich mich, als ich schließlich unter der Dusche stehe, um wieder einen klaren Kopf zu bekommen. Heute Abend muss ich für Anka da sein und versuchen, ihr ein wenig Trost zu spenden, und darf nicht darüber grübeln, was die Zukunft bringt oder was in der Vergangenheit vorgefallen ist.

Jonas ist immer noch zu Besuch bei seinem Onkel und fährt morgen früh wieder zurück nach Hamburg für zwei Vorstellungsgespräche, die der Headhunter arrangiert hat, obwohl Sonntag ein eher ungewöhnlicher Tag für derartige Vorhaben ist. Auf alle Fälle ist noch absolut unklar, wann wir uns das nächste Mal sehen. Wenn es meine Zeit erlaubt, besuche ich ihn vielleicht in Hamburg, aber auch das steht noch nicht fest. Doch sosehr ich mich nach ihm sehne, wenn er nicht bei mir ist, so sehr steht bei mir gerade der Wunsch, meine Familiengeschichte besser kennenzulernen und zu verstehen, im Vordergrund.

Ich werde das Gefühl nicht los, dass ich nicht frei für eine Beziehung bin, egal, ob privater oder beruflicher Natur, solange ich das Rätsel um das Verschwinden meiner Mutter und die Identität meines Vaters nicht gelöst beziehungsweise geklärt habe. *Das Alte muss weichen, damit das Neue Platz hat*, denke ich, während das kühle Wasser aus der Dusche meinen Körper hinabrinnt. Der Satz *Wenn das Leben dir Zitronen gibt, mach Limonade draus* kommt mir in den Sinn, weil mein Duschgel so wunderbar nach Bergamotte duftet. Irgendwie haben diese Postkartensprüche oft mehr inhaltliche Substanz, als man auf den ersten Blick vermutet.

Viele der sogenannten Weisheiten, die Florence gesammelt hat, waren ähnlich bekannt, aber dennoch wunderschön, und sie sind mir stets ein Trost, wenn ich traurig bin oder nicht mehr weiterweiß.

Nachdem ich mich abgetrocknet, eingecremt und angezogen habe, checke ich noch mal den Insta-Account von Lütteby.

Mist, ich habe völlig vergessen, heute etwas zu posten, obwohl gerade am Wochenende viele Follower online sind. Während ich überlege, was zu diesem sonnigen Samstagabend passen könnte, scrolle ich durch den Verlauf der Accounts, die Rantje und ich abonniert haben. Dabei bleibt mein Blick auf einem Profil mit dem Titel »Rettungsanker – meine persönlichen Glücksmomente« hängen, online gestellt von jemandem, der Menschen in der Krise oder bei Depressionen Tipps gibt. Ich habe ihn abonniert, ohne wirklich darauf zu achten, wer dahintersteckt, weil diejenige auch mit unserem Account interagiert. Doch ich sehe erst jetzt, dass er voller wunderschöner Fotos vom Meer und Zitaten zum Thema »Positives Denken« ist.

Wie elektrisiert lege ich das Handy beiseite, hole die Textsammlung meiner Mutter aus der Schublade meines Nachttischchens und blättere die Seiten, die mir so vertraut sind, durch. Mit einem Mal weiß ich, wieso Florence all diese »Glücksmomente« gesammelt hat. Sie waren gar nicht für mich bestimmt, sondern kleine Hilfsmittel gegen ihre Schwermut.

Diese »Anleitung zum Glücklichsein« sollte ihr helfen, mental wieder auf die Beine zu kommen, wenn sie glaubte, den Boden unter den Füßen zu verlieren …

- 20 -

*D*er Weg zu Ankas Haus führt mich am Ufer der Lillebek entlang zum Rand der Ortschaft.

Helmut und Anka hatten die alte Friesenkate von Helmuts Eltern geerbt und sie gemeinsam liebevoll restauriert, obgleich die Arbeit in der Bäckerei ihnen kaum freie Zeit ließ.

Doch beide gehörten zu der Generation der unermüdlich Fleißigen, denen es wichtig war, die Dinge am Laufen zu halten, Wohlstand zu schaffen, aber auch ein gewisses Maß an Ordnung und Überschaubarkeit, um zufrieden und glücklich zu sein. Dass das Leben eigene Wege geht und sich nicht von den Planungen der Menschen beeindrucken lässt, mussten sie auf tragische Weise an einem Sommertag vor vielen Jahren erfahren.

Noch heute zucke ich zusammen, wenn ich über die Kreuzung fahre, welche die Ortschaften Lütteby und Grotersum verbindet.

Und noch heute stehen frische Blumen in einer Vase und Grablichter vor dem schlichten Holzkreuz, das wie ein Mahnmal für die Feindschaft zwischen beiden Orten wirkt.

Bevor ich bei den Enzmanns klingle, atme ich ein paarmal tief durch und betrachte die Fassade des Hauses, in dem ich als Kind so häufig zu Besuch war, gemeinsam mit Anka gebacken und Lieder gesungen habe. Dies ist der Ort, an dem Helmut mich nach den Namen der Vögel fragte, die im Sommer in der tiefen Schale badeten oder tranken, welche im Garten stand, oder sich im Winter Futter aus dem Häuschen oder von den Knödeln holten, die Anka selbst herstellte, statt sie fertig zu kaufen.

Im Gegensatz zu den lieblichen, weiß getünchten Reetdachkaten der Region ist Ankas Haus aus dunklem Backstein.

Die Fenster sind weiß, und Helmut hat hellblaue Läden angebracht, damit die Sonne die Zimmer zur Südseite nicht zu sehr erhitzt und die dunkelblauen, von Henrikje genähten Gardinen nicht ausbleicht. Über der Türklingel hängt ein selbst getöpfertes Namensschild mit den Worten: Hier wohnen Anka, Helmut, Mats und Wolle.

»Moin, Lina, traust du dich nicht rein?« Vor mir steht Anka, die mich schon hat kommen sehen. Noch bevor ich antworten kann, taucht Henrikje hinter ihrer Freundin auf, die in den letzten Tagen scheinbar geschrumpft ist. Aber vielleicht ist es auch nur die Haltung der Trauernden, von irgendwoher muss der Begriff »gramgebeugt« ja kommen.

Ich erwidere: »Doch, doch«, obwohl mir der Schrecken darüber, dass Anka das Türschild immer noch nicht ausgetauscht hat, in den Knochen sitzt. »Lass dich drücken.« Ich umarme die Frau, die ich beinahe genauso sehr liebe wie Henrikje, und wünschte, ich könnte ihr ein wenig von dem Schmerz abnehmen, den sie nach Helmuts unerwartetem Tod aushalten muss.

»Schön, dich zu sehen, Linchen«, sagt meine Großmutter, steht jedoch abwartend da, ganz so, als wolle sie mich nicht bedrängen, sondern es mir überlassen, wie ich unser Wiedersehen gestalte. Ein kurzer Blick in ihre wunderschönen grünen Augen genügt, und ich falle ihr um den Hals. In diesem Moment wird mir klar, dass eine Woche ohne sie eine Woche ohne den wichtigsten Menschen in meinem Leben ist. Ich mag mir gar nicht ausmalen, wie es wäre, wenn auch sie eines Tages …

Dann fällt mir ein, dass ich völlig vergessen habe, ein Geschenk oder zumindest einen Blumenstrauß mitzubringen.

Doch welches Präsent könnte darüber hinwegtrösten, dass

man das Liebste verloren hat? Ich werde mir etwas anderes einfallen lassen, um Anka zu zeigen, wie sehr ich mit ihr fühle.

Obwohl es immer noch warm und sonnig ist, gleicht das Haus einem Spukschloss. Die Fensterläden sind geschlossen, die Tür zum Garten ist lediglich angelehnt. Henrikje scheint meine Gedanken zu lesen, denn sie erklärt ungefragt, dass Anka starken Heuschnupfen hat und deshalb nicht nach draußen möchte. »Ich habe hier drin für uns gedeckt, ich hoffe, das ist für dich in Ordnung, Lina.«

»Aber natürlich«, erwidere ich und nehme auf dem angebotenen Stuhl gegenüber der ausladenden Bauernkommode Platz, auf der gerahmte Fotografien von Helmut und Mats sowie aufgeklappte Kondolenzkarten stehen.

»Hast du schon gehört, dass Helmut sich eine Seebestattung wünscht?«, fragt Anka mit Tränen in den Augen, während Henrikje uns dreien Eistee einschenkt. Ich nicke, anstatt zu verraten, dass Michaela mir natürlich schon alles darüber erzählt hat und ich auch von Sinje davon weiß, schließlich organisiert sie den seelsorgerischen Teil der Trauerfeier. »Ich kann das immer noch nicht fassen«, schluchzt Anka. Henrikje streichelt ihr behutsam über den Arm. »Das ist so, als würde er ein zweites Mal sterben oder als wollte er nicht im Tode mit uns vereint sein. Wo soll ich denn dann um ihn trauern? Und wo soll der Leichenschmaus stattfinden? Die vielen Menschen, die Helmut geliebt haben und von ihm Abschied nehmen wollen, passen doch nicht alle auf so einen kleinen Kutter. Es sei denn, wir chartern diese *Diva*, oder wie das Kreuzfahrtschiff mit dem Gesicht vorne drauf heißt.« Obwohl die Stimmung abgrundtief traurig ist, muss ich schmunzeln. »Du meinst die *Aida*, nicht wahr?«, frage ich.

»Oder so«, sagt Anka, niest mehrmals und putzt sich dann die Nase. »Ist es denn zu fassen, dass Helmut sich zeitlebens geweigert hat, mit mir auf Kreuzfahrt zu gehen, aber mich jetzt dazu zwingt, seine Asche vom Schiff aus über der Nordsee zu verstreuen? Würde er noch leben, würde ich ihm ganz schön den Marsch blasen, das könnt ihr mir glauben. Er kann von Glück sagen, dass er gerade in der Kühlkammer liegt und auf seine Verbrennung wartet.«

Im ersten Moment bin ich entsetzt, doch dann fällt mir ein, dass Anka noch nie ein Blatt vor den Mund genommen hat und oftmals nicht sehr zimperlich in ihrer Wortwahl ist. »Anders kriegst du die Kunden nicht in den Griff«, hatte sie mir mal erklärt, als ich sie fragte, wieso sie in der Bäckerei auch so einen rüden Ton anschlug. Ich kann mich noch daran erinnern, dass ich als Kind verwirrt war, weil Anka mir im Umgang mit ihren Kunden ungewohnt unfreundlich erschien. »Die trödeln doch sonst drei Stunden im Laden herum und überlegen, ob sie statt der Schrippen doch lieber Laugenbrötchen wollen oder ein Vollkornbrot. Nee, Kinners, nee. Dafür stehe ich nicht um drei Uhr morgens auf.«

»Wo würdest du denn die Trauerfeier abhalten, wenn …?«

»Wenn alles nach Plan laufen würde? Bei Federico, wo sonst. Helmut hat das Essen dort geliebt und natürlich den kleinen Nino.«

Als sie den Namen von Lorussos Sohn nennt, wird ihre Stimme wieder brüchig. Meine Augen wandern zu der Fotografie des weißblonden Jungen in Ninos Alter.

Das Foto zeigt ihn, wie er mit seinem geliebten Hund Wolle im Garten Fußball spielt, und ist Ausdruck purer Lebensfreude.

»Aber was spricht denn dagegen? Federico und Amelie haben schon zugesagt, sich um das Essen und die Getränke zu kümmern.«

»Ich möchte aber eine große Trauerfeier«, beharrt Anka auf ihrem Wunsch. »Ich will, dass alle die Chance haben, Helmut Tschüss zu sagen, und das geht nun mal nicht auf diesem lütten Seebestattungskahn. Da passen gerade mal zehn Leute drauf.«

Mein Gehirn rattert auf Hochtouren auf der Suche nach einer Lösung. Gäbe es schon den von Sinje angedachten Friedwald, könnte man die Feier dort veranstalten. Doch erstens besteht diese Möglichkeit nicht, und zweitens war Helmut immer ein Mann der Nordsee. Den Gespensterwald hatte er stets gemieden, so gut es ging, auch wenn man dort viele Vögel beobachten konnte, die im Forst leben und nicht am Meer.

»Wie wäre es mit einem Picknick am Strand?«, schlage ich vor. »Wir könnten ein großes Foto von Helmut aufstellen und überall Decken und Kissen hinlegen, für diejenigen, denen es nichts ausmacht, auf dem Boden zu sitzen. Alle anderen bekommen Klappstühle und kleine Tische dazu. Außerdem dekorieren wir den Strand mit Windlichtern, das sieht bestimmt wunderschön aus, wenn es dunkel ist. Das Büfett kommt auf Tapeziertische, die Getränke kühlen wir im Wasser.« Ich sehe mit Freude, dass Ankas Augen mit einem Mal zu leuchten beginnen. Henrikje lächelt und sagt: »Das ist eine ganz wunderbare Idee.«

»Und was machen wir, wenn es regnet oder stürmt? Oder beides?«, fragt Anka, und das Leuchten erlischt wieder. »Dieses konstant schöne Wetter ist ja ziemlich außergewöhnlich.«

»Das weiß ich noch nicht, aber da fällt mir bestimmt noch etwas ein. Rantje hat übrigens angeboten, für die passende Musik zu sorgen und auch etwas zu singen.«

»Und Violetta kümmert sich um den Blumenschmuck. Matti ist schon ganz aufgeregt, weil sie Rosenblätter vom Schiff aus auf der See verstreuen wird.« Ich erinnere mich an den Abend des Trachtentanzfestes und daran, wie Jonas, Violetta und Mathilda gemeinsam getanzt haben, weil Vio Jonas attraktiv fand und mit ihm flirten wollte. Matti hatte aufgrund eines Missverständnisses geglaubt, ich würde heiraten, und freute sich schon darauf, Blumenmädchen zu werden. Dass sie stattdessen Trauerblumen würde streuen müssen, hatte da natürlich noch niemand geahnt.

Die Zeit mit den Menschen, die man liebt, kann lang, aber auch unerwartet kurz sein, denke ich betrübt, und natürlich kommt mir dabei Jonas' Frage, ob ich mir vorstellen könnte, für eine Weile gemeinsam mit ihm von Lütteby wegzugehen, in den Sinn. Womöglich sollte ich mich diesem Gedanken öffnen, statt Sorge zu haben, dass sich die Geschichte des Scheiterns wie mit Olaf wiederholt. Doch wenn ich mir Henrikje und Anka so anschaue, die seit Kindertagen beste Freundinnen sind und nicht ewig leben werden, kann ich mir nicht vorstellen, sie zu verlassen, genau wie mir ein Leben ohne Sinje undenkbar erscheint. Dieser emotionale Zwiespalt schnürt mir die Luft ab, ich muss dringend hier raus.

»Ist es okay, wenn ich mal kurz in den Garten gehe?«, frage ich, und Anka nickt zustimmend. Ich öffne die angelehnte Tür, und ein Schwall Wärme schlägt mir entgegen. Da ich schon länger nicht mehr hier war, nehme ich jedes Detail in Augenschein und habe sofort Bilder von Helmut im Kopf, der sich liebend gern im Garten aufgehalten und manchmal sogar nachts dort geschlafen hat. Mein Blick fällt auf die Schaukel im Kirschbaum, auf der ich als Kind stundenlang gesessen und gelesen oder darauf gewartet habe, dass Anka oder Helmut mir Anschwung gaben, solange ich selbst noch zu klein dafür war. Ihre Seile sind ausgefranst, die Farbe des Holzes ist leicht abgeblättert. Ob sie mich noch hält?

Ich ziehe meine Schuhe aus und gehe barfuß über den von der Sonne gewärmten Rasen, der sich anfühlt wie Samt. In den Beeten summen Bienen, schwarz glänzende Käfer krabbeln an den Stängeln der Dahlien und Cosmeen hoch, eine Libelle fliegt über den kleinen Gartenteich, auf dem die ersten Seerosen ihre blassrosa Blüten entfalten. Die Luft riecht nach frisch gemähtem Rasen, Tomaten und Kräutern, die Anka selbst anbaut. Auf dem gedrechselten Tisch am Teich steht ein roter Keramikkrug mit weißen Punkten, den ich Anka mal geschenkt habe, als ich meine Töpferphase hatte. Im Krug hat Anka weiße Dahlien, Margeriten, Nelken, Phlox und pinkfarbene Zinnien dekoriert, aber auch Zweige von Salbei und Rosmarin dazugesteckt, die aromatisch duften. Ich umgreife mit beiden Händen die Seile der Schaukel und setze mich so behutsam wie möglich darauf. Es ist erstaunlich, wie nah am Boden sie mir heute erscheint, wohingegen ich als Kind das Gefühl hatte, ich bräuchte eine Leiter, um es auf das Brett zu schaffen, das Helmut knallrot lackiert hatte. Ich stemme mich mit beiden Füßen ab und beginne sanft zu schaukeln. Das Laub im Kirschbaum über mir raschelt, und ich befürchte einen Moment, dass ich gleich etwas kaputt mache, das schon so viele Jahre fester Bestandteil dieses kleinen Paradieses ist. Doch meine Befürchtung bewahrheitet sich nicht, Helmut hat niemals halbe Sachen gemacht, schon gar nicht, wenn es um die Sicherheit von Kindern ging. Umso mehr schmerzte es ihn, dass er – trotz aller Vorsichtsmaßnahmen – nicht hatte verhindern können, dass sein kleiner Sohn Mats vor vielen, vielen Jahren an der großen Kreuzung von einem Lastwagen erfasst wurde und noch am Unfallort verstarb, gemeinsam mit seinem geliebten Hund Wolle.

Den Fahrer traf keinerlei Schuld, er stand genauso unter Schock wie Anka, Helmut, Henrikje und ganz Lütteby.

Dass der Unglücksfahrer aus Grotersum stammte, vertiefte die feindlichen Gräben zwischen den beiden Ortschaften jedoch. Und dass er mit dem Lkw ausgerechnet für die Familie van Hove unterwegs war, verschlimmerte alles unendlich.

Von diesem Tag an grüßte keiner aus Lütteby einen aus Grotersum mehr, so erzählte man mir, ganz so, als trüge die gesamte Ortschaft Schuld an diesem tragischen Unglück.

Schuld verjährt nicht, murmelten die Einwohner von Lütteby, als der kleine Mats, beweint von zahllosen Anwesenden, zu Grabe getragen wurde.

Und sie sorgten mit den dauerhaft brennenden Lichtern und Blumen an der Unglücksstelle dafür, dass diese Schuld auf ewig im Gedächtnis all derer blieb, die glaubten, dass es nach all den vielen Jahren doch an der Zeit wäre, endlich zu verzeihen und zu vergeben …

- 21 -

m Sonntagmorgen bauscht der Wind die Gardinen auf, während ich noch im Bett liege, über die Organisation der Trauerfeier von Helmut nachdenke und mir Notizen mache. Es ist schön, wieder daheim zu sein und damit in der Nähe von Henrikje, die mir unendlich lieb und teuer ist. Allmählich bin ich bereit, ihre Fehler zu verzeihen, die sie letztendlich aus Liebe zu mir gemacht hat. Aber machen wir nicht alle mal Fehler und treffen falsche Entscheidungen, in dem Glauben, das Richtige zu tun?

»Guten Morgen, allerliebste Großmama«, sage ich, als ich eine halbe Stunde später unten bei Henrikje bin, die mich nach dem Gottesdienst am Esstisch mit der obligatorischen Kanne Sonntagstee erwartet.

»Guten Morgen, meine allerliebste Enkeltochter«, erwidert sie meinen Gruß, und ein feines Lächeln umspielt ihre Lippen. »Na, wie war die erste Nacht in deinem eigenen Bett? Es war ja ganz schön stürmisch.« In der Tat ist das schöne Sommerwetter innerhalb von wenigen Stunden einem trüben Tag gewichen, der schon auf den Herbst hindeutet. Graue Regenwolken hängen schwer über Lütteby, die Temperatur ist auf kühle dreizehn Grad gesunken.

Für die Natur ist dies eine Wohltat, sie kann aufatmen, sich erfrischen und zur Ruhe kommen, doch es liegt ein Hauch von Melancholie über allem, als wollte Petrus uns daran erinnern, dass Helmut nicht mehr unter uns weilt.

»Es war herrlich. Danke noch mal für die schönen Blumen, die Leckereien im Kühlschrank und das Bettbeziehen«, erwidere ich und zünde das Teelicht im Stövchen an. Dann folge ich Henrikje, die in die offene Küche gegangen ist, aus der mir der verlockende Duft von Gebratenem entgegenschlägt. »Sosehr ich es liebe, viel Zeit mit Sinje zu verbringen, so wichtig sind mir aber auch mein Bett und meine eigenen vier Wände. Außerdem ist es schön, wieder hier bei dir zu sein. Ich habe dich ziemlich vermisst, weißt du das?«

»Das freut mich«, sagt Henrikje, die gerade eine Eierspeise in der gusseisernen Pfanne zubereitet. Nur ein leises Zittern in ihrer Stimme verrät, dass sie zutiefst berührt ist. »Du hast mir auch sehr gefehlt. Deshalb gibt es zur Feier des Tages ein besonders großes Frühstück. Ich habe vor der Messe extra nur einen Apfel gegessen, damit ich noch genug Platz im Bauch habe.«

»Ich werde ab morgen wieder im Lädchen arbeiten«, verkünde ich und verspüre auf einmal Heißhunger auf den Räucherlachs mit Meerrettich und die frisch aufgebackenen Brötchen, die appetitlich duftend im Brotkorb liegen, bedeckt von einer Leinenserviette, die ich mal bestickt habe. »Soll ich uns Orangen auspressen und Schnittlauch fürs Rührei schneiden?«

Henrikje nickt, konzentriert auf die Zubereitung des typisch norddeutschen Frühstücks. »Schön, dass du wieder mit an Bord bist«, sagt sie. »Aber nicht, weil ich deine Hilfe brauche, sondern weil ich dich gut genug kenne, um zu wissen, dass du ein Stück weit mehr mit den Dingen im Reinen bist, als du es noch vor einer Woche warst, sonst würdest du dich weiter zurückziehen. Ich freue mich, wenn du mich daran teilhaben lässt, wie es dir geht und wie du mittlerweile über alles denkst, aber es ist auch in Ordnung, wenn wir nicht darüber sprechen. Alles hat seine Zeit, und ich dränge dich zu gar nichts. Das Einzige, was ich wirklich gern wüsste, ist, wie es mit Jonas läuft. Tut mir leid, aber was das betrifft, kann ich meine Neugier tatsächlich nicht im Zaum halten. Die Spatzen pfeifen von den Dächern, dass Thorsten ihn rausgeworfen und er Lütteby verlassen hat, aber auch, dass ihr euch getroffen habt und sogar bei Wiebke und Piet zum Essen wart.«

»Mann, Mann, Mann, ich kann mich nur wiederholen: Hier bleibt aber auch rein gar nichts geheim«, sage ich schmunzelnd, fülle den frisch gepressten Saft in zwei hohe Gläser und dekoriere sie mit frischer Minze und kleinen Rosmarinzweigen. »Dass irgendjemand Jonas und mich am Strand oder in Lütteby gesehen hat, kann ich mir ja noch erklären, aber wer hat dir von der Einladung bei Wiebke erzählt, von der ich gar nicht wusste, dass du sie kennst? Hast du einen Privatdetektiv angeheuert, der mich beschattet?«

Henrikje lacht und verteilt das goldgelbe Rührei mit den Krabben, die sie erst zum Schluss in die Pfanne getan hat, und mahlt frischen Pfeffer darüber, während ich den Schnittlauch drüberstreue. Es tut gut, so selbstverständlich gemeinsam mit ihr das Sonntagsfrühstück zuzubereiten, wie wir es schon immer machen, seitdem ich denken kann und alt genug bin, um in der Küche mitzuhelfen.

»Von dem unrühmlichen Rausschmiss des armen Jonas weiß ich direkt von Thorsten. Ich habe ihm schon meine Meinung darüber gegeigt, wie du dir wahrscheinlich vorstellen kannst, genau wie über seine waghalsige Selbstentlassung aus der Reha-Klinik. Wollen wir mal hoffen, dass das alles gut geht. Von eurem familiären Essen im Gasthof habe ich direkt durch Wiebke erfahren, die mich am Samstag angerufen und gefragt hat, ob wir gemeinsam auf den Markt gehen wollen, weil wir uns schon so lange nicht mehr gesehen haben. Nach dem Einkaufen haben wir einen Eiskaffee bei Amelie getrunken, die mir wiederum von eurer Idee erzählt hat, das Café abends als Bistro zu nutzen. Sie war so gerührt davon, wie sehr Sinje und du euch für sie einsetzt, und ist jetzt Feuer und Flamme für die Idee, erst recht, seit ein sympathischer Bauexperte namens Sven erste Entwürfe erstellt hat. Ich muss schon sagen, Linchen, ich habe den Eindruck, dass deine vergangene Woche Stoff und Aufregung für mindestens vier geboten hat, oder täusche ich mich da?«

»Nein, da täuschst du dich ganz bestimmt nicht«, erwidere ich. »Seit diesem verhängnisvollen Abend am Freitag vor einer Woche überschlagen sich die Ereignisse, und ich weiß kaum, was ich zuerst denken oder fühlen soll.«

Daher suche ich auch in meinem Innersten nach einer Antwort auf Henrikjes Frage, denn meine Gefühle für Jonas sind noch so frisch und neu, und das macht mich auf eine gewisse Art verletzlich. Doch ich weiß, dass ich gar nicht anders kann, als ihr anzuvertrauen, welches Wunder sich gerade in meinem Leben ereignet.

Als ich von dem nächtlichen Spaziergang zum Leuchtturm erzähle, bei dem ich Jonas unvermutet getroffen habe, bricht der Bann. Ich höre nicht mehr auf, von seiner Klugheit, seinem Witz und seiner Einfühlsamkeit zu schwärmen und zu schmachten. »Stell dir vor, er macht sich sogar Gedanken darüber, ob die Bauern nicht die Heuballen künftig statt in Plastik in ein anderes, nachhaltigeres Material hüllen können. Er ist gar nicht der verwöhnte, blasierte Großstädter, für den ich ihn anfangs gehalten habe«, ist nur eine von zahllosen Beobachtungen, mit denen er mein Herz erobert hat.

»Keiner, der Berührungsängste mit Tieren oder der Natur hat, würde Kühe per Hand melken oder Schafe scheren«, sagt Henrikje, die meinen Schwärmereien aufmerksam lauscht. »Dass er ein netter Kerl ist, war mir schon in dem Moment klar, als er bei eurer ersten Begegnung im Lädchen diese dicke Spinne aus deinem Haar geholt und sie liebevoll draußen in einen der

Blumentöpfe gesetzt hat. Und er ist sehr erschrocken, als der arme Vogel im Gewitter gegen die Scheibe der Stuv geflogen und gestorben ist, als wir uns hier gemeinsam mit Sinje getroffen haben, erinnerst du dich noch?«

Ach, stimmt, das hatte ich ja völlig vergessen. »Wie es scheint, passt ihr wunderbar zusammen, und ich wünsche euch sehr, dass ihr mit der räumlichen Distanz klarkommt, die euch ganz sicher erwartet, so wie ich die Sache sehe.«

Dieser heikle Punkt stoppt sofort meinen euphorischen Redefluss. Ich kann und möchte ihr auf gar keinen Fall von Jonas' Frage erzählen, ob ich mir vorstellen könnte, Lütteby für eine Weile zu verlassen, und davon, dass ich tatsächlich darüber nachdenke, auch wenn ich momentan noch unsicher bin, diesen großen Schritt zu wagen. Vor allem, und das ist nach wie vor ein weiterer Dreh- und Angelpunkt meiner Bedenken, nach einer so kurzen gemeinsamen Zeit.

»Kannst du mir erklären, wieso dieser Mann mich so dermaßen umgehauen hat, obwohl ich ihn anfangs nicht mochte und immer noch an der Trennung von Olaf zu knapsen hatte?«, frage ich, weil ich weiß, dass Henrikje mich gut genug kennt, um mir diese Frage zu beantworten.

Sie isst eine Weile schweigend ihr Brötchen und nimmt ab und zu eine Gabel von dem köstlichen Rührei mit Krabben. Ihre gute Menschenkenntnis und die Liebe zu mir waren mir schon so häufig wertvolle Ratgeber. Sie ist wahrscheinlich die Einzige, die mir erklären kann, was gerade mit mir geschieht und mich so durcheinanderbringt. Ihre Meinung ist mir unglaublich wichtig, und ich wünsche mir eine Art … Segen von ihr.

»Deine Liebe zu Olaf war die erste, leicht kindlich geprägte Liebe, die meiner Ansicht nach vor allem darauf basierte, dass du große Sehnsucht nach einer heilen Familie hast«, sagt Henrikje nach einer Weile. »Ihr wolltet ursprünglich beide Kinder, kamt sozusagen aus demselben Stall, hattet ähnliche Wertvorstellungen, und es war irgendwie … nun ja, praktisch und auch ein Stück weit logisch.« Die Art, wie sie meine Beziehung zu Olaf beschreibt, klingt ziemlich nüchtern und wenig romantisch, aber vermutlich hat sie recht. Deshalb war ich wohl in der Beziehung mit ihm auch nie so außer Rand und Band, sondern erst, nachdem er mich verlassen hatte. »Die Geschichte mit Jonas ist aufregender, ihr habt beide zum Teil einen gegensätzlichen Hintergrund, aber auch viele Gemeinsamkeiten. Als er auftauchte, hast du erkannt, dass du mit Olaf abschließen musst, weil du sonst nie frei für einen neuen Lebensabschnitt sein wirst. Die Begegnung mit ihm steht, wenn du so willst, auf einer erwachseneren Stufe, aber auch auf einer herausfordernden. Allein schon deshalb, weil du, das ist zumindest mein Eindruck, zum ersten Mal in deinem Leben wirklich liebst. Diese Art von Liebe macht natürlich Angst, denn sie ist unerklärlich, unergründlich und manchmal auch unheimlich. Doch meiner Meinung nach lohnt es sich, dich auf sie einzulassen. Auch wenn ihr euch erst so kurz kennt und du dich fragst, wieso du dich so zu ihm hingezogen fühlst und ihm vertraust, obgleich Thorstens negative Haltung ihm gegenüber und seine Anschuldigungen dich ganz bestimmt zusätzlich verunsichern.«

»Glaubst du an Liebe auf den ersten Blick?«, stelle ich die Frage, die ich unlängst mit Sinje diskutiert und dabei selbst versucht habe, diesen viel zitierten Mythos zu entkräften.

»Ich glaube an die Magie und eine Art von Bestimmung, die zwei Menschen zusammenführt, und du kennst doch meinen Leitspruch zu diesem Thema: Die Liebe tanzt barfuß am Strand«, erwidert Henrikje, und ich frage mich, ob sie so für Opa Lucien empfunden hat, als sie ihm in Paris begegnete. »Und ich glaube an dich, Linchen. Wenn dieser Mann trotz aller scheinbar widrigen Umstände dein Herz erobert hat, dann hat das seinen

Grund. Also lass dich auf diese Gefühle ein, genieß das schwebende Tänzeln der Emotionen, dieses Bangen und Hoffen, die Leidenschaft und alles, was die Liebe mit sich bringt. Es gibt nichts Schöneres, und du hast es verdient, glücklich zu sein. Also sei mutig und pack dieses Glück beim Schopf. Ich freue mich sehr für dich, dass es nun endlich so greifbar nahe ist.«

»Da ist noch etwas, worüber ich unbedingt mit dir sprechen muss und was mir auf dem Herzen liegt«, sage ich. »Ich habe erfahren, dass Michaela und Florence beste Freundinnen waren, dabei hat Michaela mir gegenüber noch nie eine Silbe darüber verloren, obwohl sie so eine Quasselstrippe ist, und du auch nicht. Wieso hast du mir nie davon erzählt, dass die beiden befreundet waren?«

Henrikje scheint um Worte zu ringen und sagt erst einmal eine Weile lang gar nichts.

»Keine Sorge, ich bin dir nicht mehr böse wegen all der Geheimniskrämerei, das haben wir ja schon hinter uns gelassen. Aber ich wüsste gern mehr über die Freundschaft der beiden und war deshalb gestern beim alten Martensen und habe aus den Archivbildern Aufnahmen von Mama und Mika, wie sie damals genannt wurde, abfotografiert.«

»Du suchst also mittlerweile auf eigene Faust nach Informationen über deine Mutter?«, fragt Henrikje und wirkt mit einem Mal betrübt. »Machst du das, weil du mir nicht mehr vertraust oder weil du mich nicht an Florence erinnern willst?«

»Ich vertraue dir, aber du verstehst sicher, dass ich sehr erstaunt war, als Wiebke mir signalisiert hat, dass viele aus Lütteby deutlich mehr über Florence wissen als ich. Ich war neugierig und hoffte, mir anlässlich dieses Besuchs einen eigenen Eindruck von den Dingen verschaffen zu können, vielleicht sogar Fotos zu sehen, die ich noch nicht kenne.«

»Und hast du welche gefunden?«

»Ja, habe ich. Sie sind allesamt wunderschön. Auf dem einen trägt Florence ein Armband, passend zu dem Ring, den du mir neulich geschenkt hast, und ich habe in der Höhle eine Kette mit einem Amethystmedaillon entdeckt, die ebenfalls aus dieser Schmucklinie zu stammen scheint.«

»Ein Medaillon?« Henrikje war gerade im Begriff, uns beiden Tee einzuschenken, und hält nun in der Bewegung inne.

»Ja, eine silberne Kette mit einem Medaillon, in dem ein zusammengefalteter Papierschnipsel war mit den Initialen R und B, eingefasst in ein Herz. Weißt du etwas darüber?«

Obwohl ich mir eigentlich vorgenommen hatte, so wenig wie möglich mit ihr über meine Entdeckungen und Nachforschungen zu sprechen, mache ich gerade das Gegenteil.

»R und B …« Henrikje scheint sich die beiden Buchstaben auf der Zunge zergehen zu lassen und vergisst dabei den Tee. »Nein, nichts Konkretes. Ich weiß nur, dass deine Mutter für das Kinderbuch *Ronja Räubertochter* von Astrid Lindgren geschwärmt hat und Ronja ihre große Heldin war. Deshalb hat sie die Höhle am Wald auch die Räuberhöhle genannt, also könnte das R für Ronja stehen. Sie hat sich dort immer wieder mit Michaela getroffen, die beiden haben sich verrückte Geschichten ausgedacht, stundenlang gespielt, gepicknickt und sich verkleidet. Michaela als Hexe, weil sie das Kinderbuch von Ottfried Preußler so mochte, und deine Mutter als Räuberkönigin.«

»*Die kleine Hexe?*«, frage ich und versuche, mich an das Buch zu erinnern, das ich, wie alle Bücher von Preußler, liebe. »Ihr Rabe heißt Abraxas, die Widersacherin Rumpumpel, das passt also nicht zu der Initiale B.«

»Besen, Blocksberg, Backofen, Buttermilch«, murmelt Henrikje und klingt, als würde sie Zaubersprüche aufsagen.

»Blocksberg und Besen verstehe ich, aber was meinst du mit

Backofen und Buttermilch?«, frage ich, ein wenig verwirrt vom Buchstabenrätsel meiner Großmutter.

»Die kleine Hexe liest immer auf der Bank vor dem Backofen in ihrem Hexenbuch, und es fällt Buttermilch vom Himmel, als sie zum ersten Mal Regen zaubern möchte.«

»Wow, du bist ja ganz schön textsicher«, lobe ich Henrikje und denke über ihre Theorien nach. »Da der Blocksberg im Zusammenhang mit der Walpurgisnacht so wichtig war, könnte ich mir gut vorstellen, dass das B für Blocksberg steht und das Medaillon ein Symbol der Freundschaft zwischen Florence und Michaela war. Die Frage ist allerdings, wieso Michaela nur das Armband trägt, aber nicht die Kette. Was weißt du denn noch so über ihre Treffen in der Höhle? Fällt dir irgendein Anhaltspunkt ein, der uns weiterbringen könnte?«

»Nun ja, nichts Besonderes, außer dass die beiden häufig dort waren und sich einen großen Spaß aus den Heimlichkeiten gemacht haben. Sie dachten, weder Michaelas Eltern wüssten davon noch ich, und wir ließen die beiden in dem Glauben. Lütteby ist so sicher, da bestand kein Anlass, sich Sorgen zu machen, und wir waren alle glücklich, dass die Mädchen sich so gut verstanden. Michaela war damals mit ihren Eltern aus Düsseldorf hierhergezogen, der Umzug fand mitten im Schuljahr statt, als die beiden neun Jahre alt waren. Florence war sehr froh, weil Michaela ganz anders war als ihre Klassenkameradinnen und einen Hauch vom Duft der großen, weiten Welt mitbrachte.«

»Ich kann mir Michaela gar nicht als junges Mädchen vorstellen, obwohl ich ja jetzt weiß, wie sie damals aussah«, murmele ich und zücke mein Handy. »Hier, schau mal, kennst du diese Fotos? Da sieht sie aus wie die junge Brigitte Bardot. Außerdem erkennt man da schon ihr Faible für Mode, dieses Kleid sieht nicht aus, als stamme es aus Lütteby oder der Modeabteilung des Kaufhauses von Grotersum, die sie geleitet hat.«

Henrikje setzt ihre Lesebrille auf, die immer auf dem Esstisch liegt, weil sie dort die Tageszeitung und Magazine durchstöbert und in ihrem aktuellen Lieblingsbuch schmökert. »Du hast recht«, ruft sie aus und schmunzelt. »Meine Güte, wie die Zeit verfliegt. Ja, ich kenne die Bilder, und ich mag sie sehr. Man sieht, dass die beiden genauso eng miteinander befreundet waren wie du und Sinje oder Anka und ich. Sie kleben förmlich aneinander, und die eine hat die Körpersprache der anderen übernommen.«

»Weiß Michaela mehr über Mamas Verschwinden, oder wurde sie davon genauso überrascht wie du?«, frage ich mit einem flauen Gefühl im Magen, denn ich habe ein wenig Angst vor der Antwort.

»Sie war genauso geschockt, als Florence ohne Vorwarnung verschwand, und hat, so glaube ich, immer noch daran zu knapsen. Das ist sicher auch der Grund dafür, dass sie die Freundschaft zwischen den beiden dir gegenüber nie erwähnt hat. Danach war für sie nichts mehr wie zuvor. Sie hatte ursprünglich vorgehabt, Model zu werden, doch dann wurde sie von Heißhungerattacken geplagt und nahm zu. Sie stellte sich bei mehreren Agenturen vor, und alle sagten ihr, dass sie das Potenzial dazu hätte, aber dringend abnehmen müsse. Michaela bat mich damals, ihr Kräuter oder Teemischungen zu empfehlen, die den Appetit dämpften, doch es half alles nichts, sie nahm immer weiter zu. Ich nehme an, dass sie mit dem Essen ihre Trauer darüber kompensieren wollte, dass sie ihre beste Freundin verloren hatte. In dieser Zeit trennten sich auch ihre Eltern, die Mutter zog wieder zurück nach Düsseldorf, und ihr Vater verließ drei Jahre später Lütteby, um mit seiner neuen Freundin eine Familie in Kiel zu gründen. Michaela war so traurig und frustriert, dass ich ihr irgendwann vorschlug, selbst Kleidung zu designen, also bewarb sie sich bei den einschlägigen Modeschulen, wurde jedoch leider abgelehnt. Weil sie Kleidung aber immer noch über alles liebte, machte sie in Grotersum die Ausbildung zur Einzelhandelskauffrau, arbeitete sich nach Abschluss der Prüfung nach oben und leitete schließlich die Modeabteilung, Einkäufe in Mailand und auf anderen internationalen Modemessen inklusive.«

»Und als sie dazu keine Lust mehr hatte, eröffnete sie ihr eigenes Geschäft.«

»Ganz genau«, sagt Henrikje. »Sie hat auf alle Fälle ihre Erfüllung gefunden und ist, was das betrifft, sicher zufrieden mit ihrem Leben. Doch manchmal denke ich, dass sie ziemlich einsam sein muss, schließlich ist sie unverheiratet und hat keine Familie, ganz im Gegensatz zu ihren ehemaligen Schulkameraden.«

»Vielleicht tratscht sie deshalb so gern, denn auf diese Weise hält sie die Verbindung zu vielen hier, wenn natürlich nicht immer nur zum Vorteil aller«, mutmaße ich voller Mitgefühl für Michaela, und Henrikje nickt zustimmend.

»Hast du ihr eigentlich jemals von den Karten erzählt, die Florence dir geschickt hat? Und weißt du, ob Mama sich bei Michaela gemeldet hat?«

»Ja, sie weiß davon, denn ich wollte sie nicht in dem Glauben lassen, Florence sei etwas zugestoßen. Deine Mutter hat sich ab und zu auch bei Michaela gemeldet, wie ich von ihr weiß, allerdings nicht ganz so häufig. Durch ihre sporadische Post wissen wir beide, dass sie Karriere bei einem Reiseveranstalter gemacht hat und auf diese Weise rund um den Erdball gejettet ist, genauso, wie sie es sich schon als Kind erträumt hatte.«

»Und wieso hast du mit Michaela über all dies gesprochen, aber nicht mit mir?«

»Weil Michaela alt genug war und du noch klein … es tut mir leid, dass wir uns in dieser Frage nach wie vor im Kreis drehen, aber ich kann die Dinge und meine Entscheidungen leider nicht ungeschehen machen, sosehr ich mir jetzt auch wünsche, ich hätte mich damals anders entschieden. Ich wollte dich um jeden Preis vor Kummer bewahren.«

»Und wann hat Michaela zum letzten Mal etwas von Florence gehört?«, frage ich mit bangem Herzen.

»Genau vor drei Jahren. Also zu dem Zeitpunkt, als auch ich ein letztes … Lebenszeichen von ihr erhalten habe.«

- 22 -

Nach dem ausgiebigen Brunch gehe ich hinauf in meine Wohnung, um allein zu sein und sacken zu lassen, was Henrikje gesagt hat. Es ist immer noch nicht ganz einfach für mich, zu akzeptieren, dass einige Menschen etwas über Florence wussten, was mir stets vorenthalten wurde.

Und es ist furchtbar zu erfahren, dass auch Michaela zuletzt vor drei Jahren von Florence gehört hat, denn diese Tatsache weckt die schlimmsten Vorahnungen in mir. Doch ich darf mich jetzt nicht irgendwelchen Horrorvorstellungen hingeben, denn das ändert nichts an der Tatsache, dass ich zurzeit nicht viel anderes machen kann, als die Dinge zu akzeptieren, wie sie sind. Florence möchte offenbar nicht gefunden werden, und ich kann nichts weiter tun, als darauf zu vertrauen, dass alles so kommt, wie es kommen muss. Und dass es meiner Mutter gut geht.

Da ich mich am besten innerlich sortieren kann, wenn ich aufräume, putze oder dekoriere, beschließe ich, den verregneten Tag dafür zu nutzen, etwas Schönes aus den Strandfunden zu basteln, die ich in einer Holzkiste aufbewahre. Vielleicht sogar einen Bilderrahmen für das Foto von Helmut, das wir bei der Trauerfeier am Meer aufstellen werden. Als ich die Truhe öffne, wird mir klar, wie wenig Zeit ich mir in den vergangenen vier Wochen dafür nehmen konnte, meinem liebsten Hobby neben dem Lesen nachzugehen. Ich setze mich auf den Holzfußboden, der die Wärme der vergangenen Tage immer noch in sich gespeichert hat, und beginne mein Sammelsurium zu sichten: Bunte Steine reihen sich an wunderschöne Federn in verschiedenen Größen, kleine und große Wellhornschneckenhäuser, Treibholzstücke, Austernschalen in unterschiedlichen Größen und Farben, Herzmuscheln und vom salzigen Meerwasser getrübte Scherben, die aussehen wie Milchglas. Besonders angetan haben es mir die kugelförmigen Fruchtkörper des dunklen Knotentangs, denn sie erinnern mich an große schwarze Perlen. Als Kinder haben Sinje und ich uns Ohrringe daraus gebastelt, später auch Ketten und Armbänder.

Ich lasse meine Augen über die wunderschönen Geschenke schweifen, die die Nordsee aufmerksamen Strandläufern macht, und überlege, welche Farben am besten zu Helmut passen würden.

Ich könnte bräunliche Baltische Plattmuscheln mit Treibholz und Knotentang kombinieren und mit dunklen Trogmuscheln und den braunen Stachelpolypen ergänzen. Sie haben die Form eines Wellhornschneckenhauses, werden von Einsiedlerkrebsen bewohnt und tragen ein stacheliges Kleid. Ich könnte aber auch in der Farbskala des Meeres bleiben und bläuliche sowie weiße Meeresschätze wählen, um die Erinnerung an Helmut zum Leuchten zu bringen. In Gedanken an diesen wunderbaren Mann versunken, fische ich Kammmuscheln aus meinem Fundus, weiße Herzmuscheln und Turmschneckenhäuser, die zu den seltenen Gästen am Spülsaum der Nordsee gehören und daher eine echte Kostbarkeit sind. Ihre schlanke, gedrechselte Form ist wie geschaffen für Ketten, insbesondere in Kombination mit den kugeligen Raubschneckenhäusern, die viel niedlicher aussehen, als ihr Name es vermuten lässt. Während ich die verschiedenen Meeresschmuckstücke aneinanderreihe und überlege, wie groß der Rahmen sein müsste, forme ich ein Herz aus bläulich weißen, roséfarben schimmernden und beigen Herzmuscheln, die ich ganz besonders mag. Und das weniger wegen des Namens, sondern weil sie in ihrer Zusammengehörigkeit an Liebende erinnern.

Ich schiebe die Muscheln eine Weile hin und her, setze sie anders zusammen, doch was ich auch tue, sie werden immer zu dem Herzen, das nun Jonas gehört. Im Geiste höre ich wieder *Golden Slumbers*, den Song der Beatles, den Florence mir als Baby vorgesungen hat und den ich nun auf immer und ewig mit Jonas verbinden werde, weil er dabei war, als mir die Melodie beim Spaziergang zum Leuchtturm wieder eingefallen ist, und er das Lied auch gut kennt. Mal schauen. Kann ich den Song streamen oder auf YouTube hören? Ich gebe den Songtitel plus den Begriff Video im Suchfeld meines Tablets ein. Tatsächlich haben neben den Beatles viele Stars den Titel gecovert, doch mich interessiert natürlich das Original. Wieso bin ich nicht schon viel früher darauf gekommen, es mir anzuhören?

Der Beginn des Songs, in dem es um verlorene Heimat geht, verankert sich tief in mir. Vor dem Hintergrund der seelischen Erkrankung meiner Mutter klingen die Melodie und die Textzeile nicht mehr nur nach einem beruhigenden, sanften Schlaflied, sondern auch nach der traurigen Suche nach innerer und äußerer Heimat. Ich spüre die Zerrissenheit von Florence beinahe körperlich. Wahrscheinlich hat sie Lütteby genauso geliebt, wie ich es tue, doch es zog sie auch in die Ferne, weil sie hier nicht glücklich sein konnte oder durfte.

Wer war dieser Mann aus Grotersum, mit dem sie sich eingelassen hat und der aller Wahrscheinlichkeit nach mein Vater ist?

Ist sie vielleicht gar nicht freiwillig von hier weggegangen, sondern musste Lütteby verlassen, weil … weil sie ein Kind vom *Feind* bekommen hatte? In Shakespeare'schen Dramen würde keine der beiden Familien ein Kind dulden, das einer Liebesnacht der Sprösslinge dieser Kontrahenten entsprungen war.

Hat etwa damals jemand meine Mutter unter Druck gesetzt? Jemand, der nicht wollte, dass das Blut der Hansens sich mit dem der anderen Familie vermischt?

Du hast zu viele Filme gesehen, Lina, tadle ich mich selbst. Die Zeiten haben sich geändert, man wird nicht gleich aus der Stadt gejagt oder flüchtet selbst, nur weil man ein uneheliches Kind bekommt. Immerhin hat meine Mutter die Schwangerschaft offenbar nicht geheim gehalten und mich erst bei Henrikje zurückgelassen, als ich drei Wochen alt war. Verdammt noch mal!

Wie finde ich bloß heraus, wer der Mann ist, dem ich meine Existenz zu verdanken habe? Henrikje weiß es tatsächlich nicht, so viel ist klar. Wenn es jemanden in Grotersum gäbe, der nicht gewollt hätte, dass Florence das Kind eines Grotersumers auf die Welt bringt, dann wüsste Henrikje das wahrscheinlich, oder? Florence hat ihr Geheimnis offenbar sehr gut gehütet, doch niemand kann auf Dauer eine geheime Liebschaft, aus der ein Kind entsprungen ist, komplett für sich behalten. Wenn ich in dieser Lage wäre, wüsste zumindest Sinje Bescheid.

Das ist es! Ich sollte so schnell wie möglich mit Michaela sprechen. Als beste Freundin von Florence muss sie wissen, in wen meine Mutter verliebt war, anders kann ich es mir gar nicht vorstellen.

Wie auf ein magisches Stichwort klingelt mein Handy. »Was machst du gerade? Geht's dir gut?«, fragt Sinje. Ihre Stimme klingt leicht belegt, als sei sie erkältet.

»Geht's dir denn gut?«, frage ich, weil Sinje nur selten anruft, sondern für gewöhnlich Textnachrichten schickt. »Wie war das Wiedersehen mit Gunnar?«

Ich erkundige mich bewusst nicht nach Sven, denn die Tatsache, dass Sinje erst wer weiß wann nachts zurück ins Pastorat gekommen ist und schon weg war, als ich aufgestanden bin, heißt vor allem eins: Sie hat ein Geheimnis. Und das soll sie erst lüften, wenn sie es für richtig hält. Ich weiß selbst sehr genau, dass Dinge oft in einem reifen müssen, ehe man bereit ist, über sie zu sprechen.

»Hast du Lust auf einen Spaziergang?«, fragt Sinje, ohne auf Gunnar einzugehen. »Ich brauche frische Luft und deinen Rat. Das Wetter ist zwar scheußlich, aber so was haut uns Norddeutsche ja nicht um, nicht wahr?«

»Auf gar keinen Fall, wir sind schließlich nicht aus Zucker«, stimme ich ihr zu, obwohl ich momentan lieber hierbleiben und den Bilderrahmen basteln würde. Es tut gut, allein zu sein und in Ruhe nachzudenken. Doch das muss noch ein bisschen warten, denn Sinje braucht mich. »Holst du mich ab, oder treffen wir uns am Strand? Oder wo würdest du gern langlaufen?«

»Könntest du dir vorstellen, mir die Höhle von Florence zu zeigen? Ich glaube, so ein Mix aus Strandspaziergang und Waldbaden wäre jetzt genau das, was ich brauche. Die Person im quietschgelben Friesennerz, die gerade vor deiner Tür steht, bin übrigens ich. Zwar fast ohne Make-up, aber ich hoffe, du erkennst mich trotzdem.« Ich gehe zum Fenster, öffne es und schaue auf den Marktplatz. Und tatsächlich erblicke ich etwas Knallgelbes, wenngleich ich Sinje nicht im Ganzen erkennen kann.

»Gib mir eine Minute, dann bin ich unten«, rufe ich hinaus. »Oder willst du kurz raufkommen?« Sinje tritt aus dem Türrahmen auf den Marktplatz und schüttelt den Kopf. Regentropfen klatschen auf das Kopfsteinpflaster und werden zu kleinen Rinnsalen, die sich munter plätschernd ihren Weg bahnen.

Ich ziehe mir rasch einen Hoodie und die Gummistiefel an, schlüpfe in meinen dunkelblau-weiß geringelten Regenmantel und stecke das Handy und Taschentücher ein. So wie Sinje klingt, braucht sie die vielleicht.

»Hey, was ist passiert?«, frage ich, als ich unten bin und sie umarme.

»Ich hatte einen riesigen Streit mit Gunnar«, erwidert sie. Erst jetzt sehe ich, dass sich ihre Tränen mit Regentropfen mischen und ihre blassen Wangen hinunterrinnen. Ich hake sie bei mir unter, und wir biegen auf den Weg in Richtung Naturstrand ab. »Es ging eigentlich um eine Banalität, nämlich die Anzahl der Hochzeitsgäste, aber irgendwie sind wir dann auf grundsätzliche Themen gekommen, haben uns darüber völlig in die Haare gekriegt, und Gunnar ist schließlich davongestürmt. Er wollte sich lieber ein paar Bier hinter die Binde kippen, anstatt zu versuchen, das Ganze einvernehmlich zu klären oder zumindest einen Kompromiss zu finden«, sagt Sinje, ihre Stimme ist leicht brüchig.

»Das war also euer Abend nach einer Woche, die ihr ohneeinander verbracht habt? Es gab Zeiten, da seid ihr nur im Doppelpack zu haben gewesen, erinnerst du dich noch?«

»Das ist aber schon eine ganze Weile her«, knurrt sie und zieht sich die Kapuze tiefer ins Gesicht, weil gerade einige Gemeindemitglieder an uns vorbeispazieren.

Sie grüßt nur knapp und beschleunigt das Tempo, was ich ihr nicht verdenken kann.

Verständlicherweise soll sie niemand in einem schwachen Zustand sehen, denn immerhin ist Sinje diejenige, die im Bedarfsfall Trost spenden und Zuversicht verströmen soll. »Wenn ich ehrlich bin, habe ich mich nicht so sehr gefreut, Gunnar wiederzusehen, wie man das üblicherweise tut, wenn man plant zu heiraten.«

»Kann es sein, dass der Grund für euren Streit gar nicht die Gästeliste war, sondern Gunnar gespürt hat, dass du dich innerlich von ihm entfernt hast? Unter diesen Umständen wäre es doch absolut verständlich, dass er das Weite sucht. Er ist bestimmt sehr enttäuscht und verletzt.«

Während unseres Gesprächs kommt der Strand in Sichtweite, das Meer ist aufgewühlt und wirkt durch die Abwesenheit des Sonnenlichts eher bräunlich. Der regengraue Horizont vermischt sich mit der Wasserlinie zu einem diffusen, leicht nebligen Bild, auf meinem Gesicht bildet sich ein Film aus Regen, Luftfeuchtigkeit und dem Salzwasser, das der Wind mit sich trägt. Schon bald knirscht der von Kieseln durchsetzte Sand unter unseren Gummistiefeln, der stramme Marsch in Richtung Gespensterwald wird vom Gegenwind erschwert.

»Das ist doch ein Zeichen, nicht wahr?«, sagt Sinje plötzlich. Ihr Blick folgt einer schwarzen Krähe, die Kreise über unseren Köpfen zieht und sich ziemlich nahe heranwagt. Von beutehungrigen Möwen kennt man dieses Verhalten, aber eigentlich nicht von scheuen Rabenvögeln. »Ein Zeichen dafür, dass ich tief im Inneren meines Herzens böse bin, weil ich mich bis über beide Ohren in Sven verliebt und in der Nacht von Freitag auf Samstag mit ihm geschlafen habe. Ganz bestimmt hat Gunnar mir den Betrug an der Nasenspitze angesehen. Und diese Krähe hat sofort erkannt, dass meine Seele genauso rabenschwarz ist wie ihr Gefieder. Wahrscheinlich komme ich in die Hölle, anstatt all das realisieren zu können, was ich für die Gemeinde und Lütteby geplant habe.« Da ist sie wieder, die theatralische Sinje, die genauso gut hätte Schauspielerin werden können. Und weil sie gerade so melodramatisch ist, dauert es ein kleines Weilchen, bis die Kernaussage ihrer Worte zu mir durchgedrungen ist.

»Du warst wirklich mit Sven im Bett?«, frage ich und weiß gar nicht, was ich zuerst denken oder fühlen soll. Zudem kann ich nicht umhin, meine Situation mit der von Sinje zu vergleichen.

Ich kenne Jonas ein kleines bisschen länger, habe sehr viel mit ihm geredet, gemeinsam mit ihm gearbeitet und bin trotz der romantischen, äußerst aufregenden Momente, die wir gemeinsam hatten, nicht in Versuchung gekommen, mit ihm zu schlafen. Die Verlockung war natürlich groß, schließlich ist Jonas anziehend, zärtlich und verdammt sexy. Doch ich möchte die Sache lieber langsam angehen, sie genießen und nichts überstürzen. Manchmal ist es einfach schöner, den Dingen behutsam ihren Lauf zu lassen, sonst beraubt man sich meiner Meinung nach einer ganz besonderen Erfahrung. Doch jeder ist anders – und Sinje eben sehr spontan.

»Ja, und es war gigantisch«, sagt sie und wirbelt mit ihren runden Stiefelspitzen Sand auf. »Du weißt, dass ich das nicht geplant habe, extra wieder in die Jeans geschlüpft bin und den festen Vorsatz hatte, spätestens um zehn brav zu Hause zu sein. Doch es kam wie eine Naturgewalt über uns, gegen die wir einfach machtlos waren. Verstehst du, was ich meine?«

»Es war also schön und fühlt sich im Grunde richtig an, auch wenn du dich gerade zur Strafe in die Hölle begeben möchtest, was totaler Quatsch ist«, erwidere ich und versuche, eine Haltung zu dem zu finden, was ich gerade erfahren habe. Das ist dann wohl der Todesstoß für Sinjes Heiratspläne, und ich habe leider das Gefühl, dass das auch gut so ist.

Tatsächlich sehe ich eine gewisse Parallele zu meiner Geschichte mit Olaf und zu dem, was Henrikje vorhin gesagt hat. Wir kennen beide Olaf und Gunnar aus Schulzeiten und haben uns jeweils in unterschiedliche Richtungen entwickelt.

»Ja, es fühlt sich sogar mehr als richtig an«, ruft Sinje, reckt die Arme in die Luft und springt ein Stückchen hoch. Ich beobachte sie amüsiert, denn so fröhlich und ausgelassen habe ich sie schon lange nicht mehr gesehen, obwohl ihre Augen verheult sind. Doch auch wenn der Weg, der nun vor ihr liegt, ganz bestimmt kein Spaziergang werden wird, freue ich mich riesig für sie. Und ich hoffe sehr, dass auch Gunnar sein Glück findet, wenn er erst mal den Schmerz verdaut und seine Liebe zu Sinje begraben hat. Doch mitten in meine rosaroten Zukunftsvisionen sagt Sinje etwas, was mein optimistisches Szenario mit einem Schlag zum Platzen bringt: »Das Problem ist nur, dass Sven verheiratet ist und eine sechzehnjährige Tochter hat.«

- 23 -

Meine Gedanken überschlagen sich, als mir die Tragweite von Sinjes Worten bewusst wird, und ich höre im Geiste bereits die Anklagen all derer, die sich den Mund über ihre Verfehlung zerreißen:

Eine Pastorin, die ihren Verlobten betrügt.

Eine Pastorin, die sich mit einem verheirateten Mann einlässt, der ein Kind hat.

Eine Pastorin, die eine Ehe zerstört.

Eine solche Pastorin taugt nicht als Vorbild für eine Kirchengemeinde!

»Zu deiner Beruhigung kann ich sagen, dass Sven und seine Frau schon länger getrennt leben und sich scheiden lassen«, erklärt Sinje, »sonst hätte ich mich niemals auf diese Nacht eingelassen. Wahrscheinlich überlegst du schon, wie du mich außer Landes schaffen und vor dem Zorn meiner Schäfchen in Sicherheit bringen kannst, die, wie wir beide wissen, ziemlich hohe Ansprüche an den Moralkodex ihrer spirituellen Führung haben.«

»So ähnlich«, murmele ich. »Aber jetzt mal von den Reaktionen der anderen abgesehen: Seht ihr euch wieder? Wann sprichst du mit Gunnar? Und was willst du ihm sagen?«

»Um das herauszufinden, wollte ich dich treffen«, erwidert Sinje. »Ein Spaziergang mit der besten Freundin am Meer muss einfach Ordnung in meinen wirren Kopf und meine krausen Gedanken bringen, sonst drehe ich durch. Bitte versprich mir, dass wir das gemeinsam hinkriegen.« Sinjes Tonfall ähnelt dem eines kleinen Mädchens, und ich kann nicht anders, als sie in den Arm zu nehmen. Sie würde sich niemals in Sven verlieben, wenn sie sich nicht im Grunde ihres Herzens schon sehr lange von Gunnar entfernt hätte.

»Aber natürlich schaffen wir das«, versuche ich sie zu beruhigen. »Gunnar war deine erste große Liebe, ihr kennt euch seit der Schulzeit und habt euch auseinanderentwickelt. Wenn ich allein daran denke, wie sehr du dich über die Übergriffigkeit seiner Eltern geärgert hast und ich mich darüber, wie sie neulich mit dir auf der Versammlung der Werbegemeinschaft umgesprungen sind. Das sind wahrlich keine guten Voraussetzungen. Doch das Wichtigste erscheint mir momentan, dass du dir selbst darüber im Klaren wirst, ob du Gunnar wirklich nicht mehr liebst oder ob die kleine Episode mit Sven eine Art Torschlusspanik vor der Hochzeit war, auch wenn die natürlich erst in einem Jahr stattfindet.« Den Gedanken daran, was es bedeutet, dass Sinje, die noch nicht bereit ist, eine Familie zu gründen, plötzlich mit einer Tochter im Teeniealter konfrontiert wird, behalte ich erst mal für mich.

»Weißt du, wie es ist, wenn du jemanden anschaust und deine Gefühle für denjenigen nur noch in der Erinnerung existieren?«, fragt Sinje, bleibt stehen und streicht sich eine lose Haarsträhne hinters Ohr. Der Wind wird stärker und stärker, der Regen peitscht uns mittlerweile voller Wucht ins Gesicht. Ich denke nach, aber mir fällt keine vergleichbare Situation ein, bis auf …

»So ging es mir, als ich Olaf gesagt habe, dass ich trotz der langen Trauerphase nichts mehr für ihn empfinde«, erwidere ich leise. Der Gedanke an diese letzte Aussprache schmerzt immer noch ein wenig.

Nicht, weil ich Olaf noch vermisse, sondern weil es traurig ist, wenn Menschen, die einander einmal sehr viel bedeutet haben, sich trennen. Dass so etwas passieren kann, will mir nach wie vor einfach nicht in den Kopf. »Natürlich wusste ich noch sehr genau, wie wir zusammengekommen sind, wie es war, wenn wir uns eine Weile nicht gesehen hatten, oder wie ich mich gefühlt habe, als er mir in Amsterdam den Verlobungsring an den Finger gesteckt hat. Doch all dies wurde bei unserem letzten Treffen zu einer komischen Mischung aus real und irreal, ich kann das gar nicht anders beschreiben. Sein Auftauchen in Lütteby fühlte sich an, als sei er einer anderen Zeitzone entsprungen. Vielleicht seid Gunnar und du ja auch in unterschiedlichen Zeitzonen unterwegs.«

»Und wie finde ich heraus, ob das wirklich so ist?«

Ihre Frage bürdet mir eine enorme Verantwortung auf. Egal, was ich jetzt sage – es wird Konsequenzen haben.

»Was würdest du jemandem raten, der mit einer vergleichbaren Geschichte und den damit verbundenen Zweifeln deine seelsorgerische Unterstützung erbittet?«, frage ich.

Sinje scheint zu überlegen, und ich ziehe meinen Regenparka enger um mich, allmählich wird es scheußlich ungemütlich. Höchste Zeit, dass wir die schützende Höhle aufsuchen.

»Wahrscheinlich würde ich ihm vorschlagen, eine kleine Auszeit zu nehmen, eine Weile allein mit den eigenen Gedanken, Zweifeln, Gefühlen und Hoffnungen zu sein und dann eine Entscheidung zu treffen«, murmelt sie. »Äh, sag mal, wie lange ist es noch bis zur Höhle? Dieser Starkregen nervt allmählich.«

Ich versuche, durch die prasselnden Tropfen hindurch den Weg zu erkennen, was gar nicht so einfach ist. Der Regen erschwert die Sicht, und ich war ja auch erst einmal bei Florence' Versteck, im Gegensatz zu Henrikje, die sich aber anfangs ebenfalls schwergetan hat, den von Pflanzen verdeckten Höhleneingang zu finden. »Ich glaube, es ist nicht mehr weit«, sage ich und ärgere mich darüber, dass ich keine Thermoskanne mit Tee mitgenommen habe, damit wir uns aufwärmen können. »Da vorn, wo das Unterholz beginnt, müsste sie eigentlich sein.« Wir stapfen beide schweigend nebeneinanderher, und ich orientiere mich an der Spur der dichten Brombeerranken, an deren Blättern der Regen hinabrinnt. Einige Früchte sind noch klein und eher blass, andere röten sich bereits, und nur wenige tragen schon die typische violette Färbung. Die hüfthohen Brennnesseln, die hochstehenden Blüten des Sauerampfers und die Farne mit ihren ausladenden grünen Wedeln wirken im Zusammenspiel mit der feuchten Luft wie das undurchdringliche Dickicht eines Urwalds.

»Wow, hier sieht's aus wie am Amazonas«, sagt Sinje und folgt der Schneise, die ich durch die Pflanzen schlage, wobei ich mich darum bemühe, so wenig wie möglich platt zu treten. »Ich habe völlig vergessen, wie wild und ursprünglich es hier ist, weil ich viel zu selten hierherkomme.«

»So, hier ist es«, sage ich, als wir an der Stelle neben der Stieleiche angekommen sind, hinter der sich die Holztür verbirgt. »Willkommen im Refugium meiner Mutter.« Als ich die Höhle betrete, wirkt sie so vertraut, als würde ich sie schon seit Ewigkeiten regelmäßig aufsuchen.

»Mhm, hier riecht es gut, ich hätte gedacht, dass es darin ziemlich muffig wäre«, sagt Sinje und schaut sich suchend um. Ich leuchte mit der Taschenlampenfunktion meines Handys, da dieser Regentag viel zu trüb ist, um ohne Licht auszukommen. »Kannst du dich noch an das Gefühl erinnern, als wir in den Monklembergen auf Föhr waren?« Ich nicke, denn ich weiß genau, was Sinje meint. Den Hügelgräbern bei Süderende wird nachgesagt, sie seien ein Kraftort, wovon Sinje und ich felsenfest überzeugt waren, nachdem wir uns zuerst in die Kirche des Ortes und dann in die wild bewachsene Hügelformation aus der Bronzezeit verliebt hatten, die unglaubliche Ruhe und positive Energie ausstrahlten. »Gehören das Regal und das Bettlager auch Florence?«, fragt Sinje mit weit aufgerissenen Augen. »Und sieh mal: Jemand hat einen Korb voll Essen und sogar eine Flasche Absinth hier abgestellt. Na, wenn das mal kein Zeichen ist. Ich könnte jetzt gut einen Schluck gebrauchen.«

»Dieser jemand war Henrikje«, erkläre ich und zünde eine der Kerzen an. »Bedien dich, wenn du ein klein wenig Glimmer von der grünen Fee brauchst, aber lass bitte noch etwas übrig, sonst kommt Florence womöglich nicht mehr zurück.«

»Sag bloß, Henrikje praktiziert dieses magische Rückholritual nun auch mit ihrer eigenen Tochter?«

Ich nicke, und meine Augen wandern zu dem Schlafsack, in dem Jonas und ich die traumhaft schöne Nacht am Strand unter dem Sternenzelt verbracht haben. In diesem Augenblick vermisse ich ihn so sehr, dass es mir schier die Kehle zuschnürt.

Wie soll das nur werden, wenn er womöglich tatsächlich ins Ausland geht? Wir wollen heute Abend telefonieren, und dann berichtet er mir von seinem Gespräch mit dem Headhunter.

Sinje öffnet die Flasche und nimmt die beiden Gläser aus dem Korb, die ich mit Nordseewasser ausgespült habe, nachdem Jonas und ich daraus getrunken hatten. »Auch einen?« Ich schüttle den Kopf, denn mir steht gerade nicht der Sinn nach Alkohol. »Also dann: Auf uns!«, sagt sie und nimmt einen kräftigen Schluck. »Auf uns, die Liebe, auf richtige Wege und Entscheidungen. Und auf Gunnar, dem ich natürlich niemals wehtun wollte.« Nun ist der Damm gebrochen, und Sinje weint, als könne sie nie wieder damit aufhören. Zwischen den Schluchzern sagt sie: »Das werde ich mir nie verzeihen«, »Wie konnte ich nur?« und »Habe ich nicht auch das Recht, glücklich zu sein?«. Es ist herzzerreißend, sie so aufgewühlt zu erleben. Mittlerweile sitzen wir nebeneinander auf der Matratze, haben unsere Regencapes zum Trocknen auf den Boden gelegt und sind beide in wärmende Decken gehüllt. Die Situation ist nicht weniger emotional, als es die Aussprache war, die ich hier mit Henrikje hatte.

Lädt dieser Ort dazu ein, ganz besonders gefühlig und sentimental zu werden, weil er so wirkt, als sei er aus Raum und Zeit gefallen und auch ein bisschen märchenhaft? Ich halte Sinje in meinen Armen, streichle ihr immer wieder beruhigend über den Kopf und reiche ihr ein Taschentuch nach dem anderen, bis die Packung beinahe leer ist. Irgendwann ist sie erschöpft vom vielen Weinen und richtet sich auf. »Du hast recht. Ich werde mir eine Auszeit nehmen, wegfahren und in Ruhe über alles nachdenken. Gunnar verrate ich am besten nichts von dem wahren Grund meines kleinen Urlaubs, damit ich ihn nicht unnötig beunruhige. Du hast nicht zufällig Lust mitzukommen?« So verführerisch der Gedanke, mit Sinje zu verreisen, nach wie vor ist, es geht nicht. »Tut mir leid, aber wir haben immer noch das Personalproblem in der Touristeninformation, und ich organisiere die Trauerfeier für Helmut am Sonntag, also kann ich gerade unmöglich hier weg. Außerdem ist es bestimmt sinnvoller, wenn du keine Ablenkung hast, sondern wirklich auf deine innere Stimme hörst, meinst du nicht auch?«

Sinje nickt, putzt sich ein weiteres Mal die Nase und trinkt noch einen Schluck Absinth. »Ach, stimmt, die Trauerfeier und die Seebestattung. Dann könnte ich nur zwei Tage weg oder so … wenn überhaupt … Dieser Ort wäre übrigens perfekt, um sich heimlich mit Sven zu treffen«, murmelt sie unvermittelt. »Zu ihm können wir ja nicht, weil seine Tochter sonst sofort Lunte riecht, und zu mir natürlich erst recht nicht.«

»Du willst ihn also nach wie vor sehen«, sage ich seufzend. »Wenn du meinst, dass dich das in deiner Entscheidungsfindung weiterbringt, dann mach das. Dieser Ort ist ein guter Ort für die Liebe, Jonas und ich haben jede Sekunde hier genossen. Ach, übrigens, ich möchte dir etwas zeigen.« Ich gehe zum Regal und nehme den Roman von Françoise Sagan heraus, in dem ich die Kette mit dem Medaillon versteckt habe. Ich blättere durch die Seiten, werde jedoch nicht fündig, sosehr ich mich auch bemühe.

»Was ist los?«, fragt Sinje und sieht mich fragend an.

»Das Medaillon ist weg«, sage ich fassungslos. »Irgendjemand hat es genommen.«

Sommer
VOR ZWEIUNDVIERZIG JAHREN

Das Mädchen und der Junge streiften, wie so oft, gemeinsam durch das Unterholz des Gespensterwaldes. Sie machten es wie Ronja Räubertochter und Birk Borkasohn und genossen die warme, sonnige Jahreszeit in vollen Zügen. Sie schwammen in der Nordsee, sammelten Holz für ein Lagerfeuer und verbrachten so viel Zeit wie möglich in der freien Natur. Der Junge versuchte, Fische zu fangen, doch das Mädchen war traurig darüber, dass ein Fisch zu Tode kommen sollte, nur weil ein Mensch so viel Beute wie möglich machen wollte. »Lass ihn wieder frei«, bat sie den Jungen, der nach schier endlos langen Stunden des Wartens endlich einen Hering am Haken hatte. »Ich habe belegte Brote dabei, und wir können Beeren sammeln, wenn du Hunger hast«, sagte sie mit flehentlicher Stimme.

»Die Menschen essen nun mal Tiere, das war schon immer so«, erwiderte der Junge, offenbar ungerührt. Dies war das erste Mal, dass das Mädchen innerlich ein Stück weit von ihm abrückte. »Ich möchte aber keinen Fisch essen«, erwiderte es wütend. »Und du bekommst heute Abend ganz bestimmt etwas Leckeres daheim. Du brauchst also keine Tiere zu töten.«

Das Mädchen war schon immer tierlieb gewesen und hatte gedacht, dass alle so empfanden. Doch jetzt, im Alter von dreizehn Jahren, erkannte es, dass seine Vorstellung von einer guten, schönen Welt nicht zwangsläufig mit den Vorstellungen anderer übereinstimmte.

»Also gut, weil du es bist«, erwiderte der Junge breit grinsend und ließ den Hering wieder ins Wasser der Nordsee fallen, worin dieser heftig zappelnd untertauchte.

»Du sollst das nicht machen, weil ich es möchte, sondern weil es nicht richtig ist, ein Lebewesen zu töten«, erwiderte das Mädchen, immer noch zutiefst verstört. Gab es etwa eine dunkle Seite an dem Jungen, der ihr vor rund fünf Jahren das Leben gerettet hatte und den es seitdem als Schutzengel und geliebten Bruder bezeichnete?

»Aber die Menschen essen Tiere, seit es die Menschheit gibt«, widersprach der Junge und warf dem Mädchen einen so ernsten, durchdringenden Blick zu, wie es ihn noch nie zuvor bei ihm gesehen hatte. »Der Stärkere unterwirft den Schwächeren, das ist nun mal so, und daran wird sich auch nie etwas ändern.«

»Hat dir dein Vater diesen Unsinn beigebracht?«

Die beiden sprachen nur selten von ihren Familien, davon hielt die ewig währende Fehde zwischen Lütteby und Grotersum sie ab. Sie trafen sich nach wie vor heimlich am Naturstrand, den kein Grotersumer aufsuchte, weil der darüber thronende Gespensterwald angeblich verflucht war und weil unter der künstlich aufgeschütteten Anhöhe die Toten der schwarzen Pest begraben waren.

»Kann sein«, antwortete der Junge und ließ seinen Blick über den Strand schweifen. Hier begann der Weg sich zu krümmen, größere Findlinge umschlossen die Anhöhe und bildeten einen Kreis. »Schau dir mal den Steinkreis an. Er wurde angelegt, um den Grabbezirk einzugrenzen. Hier haben unsere Vorfahren zu Ehren der Toten rituelle Opferhandlungen durchgeführt, alles hatte seine Ordnung und seinen Platz. Wenn man hier gräbt, findet man bestimmt Überreste von Opferfeuern, Feuerschlagsteinen oder Bronzeschwertern. Die Menschen mussten sich schon immer verteidigen, daran hat sich bis heute nichts geändert.«

»Man kann aber auch versuchen, miteinander zu reden«, hielt das Mädchen dagegen. Es war wütend und betrübt zugleich.

In den ersten Jahren nach ihrem Einbruch ins Eis des Waldsees waren die beiden ein Herz und eine Seele gewesen und hatten ihre Zweisamkeit wie einen kostbaren Schatz gehütet. Doch nun waren beide älter, *und es schien, als triebe die Zeit nach und nach einen unsichtbaren Keil zwischen sie. Der Junge sah das Mädchen anders an als früher. Seine Blicke brachten das Mädchen zuweilen in Verlegenheit. Es fühlte sich in seiner Gegenwart nicht mehr so ungezwungen und sicher wie einst. Ihr Körper veränderte sich, sie bekam Rundungen an Stellen, an denen sie dies nicht für möglich gehalten hätte. Die Stimme des Jungen hatte sich ebenfalls gewandelt und war tiefer geworden. Mittlerweile hatte er sogar einen leichten Bartwuchs und war unglaublich in die Höhe geschossen.*

Mit einem Mal kam es ihr seltsam vor, seine Hand zu nehmen, wenn sie durch die Wälder streiften. Diese Berührung war schön und vertraut und zugleich fremd und verstörend. Wenn sie den Jungen ansah, dann war er ihr manchmal fremd. Doch sie ertappte sich auch dabei, dass genau dieses Fremde und vielleicht auch ein wenig Dunkle sie magisch anzog. Denn wie sie es auch drehte und wendete, sie konnte sich ein Leben ohne ihn nicht mehr vorstellen und wünschte sich nur eins: ihm in klaren Sternennächten näher sein zu können, als nur seine Hand zu halten, auch wenn sie nicht wusste, wie man sich näher sein konnte als so …

*D*er Montagmorgen zeigt sich ein wenig freundlicher als der stürmische Regensonntag, dennoch liegt ein nasser Grauschleier über dem Marktplatz, als ich das Fenster öffne, um frische Luft hereinzulassen.

Ich sehe Menschen mit bunten Schirmen über den Platz hasten, bei Regen haben es alle ein bisschen eiliger als bei Sonnenschein. Die Wildblumen in den Beeten rund um den Brunnen sind teilweise umgeknickt, es scheint, als hätte die Mischung aus Sonne und Regen nahezu die gesamte Farbe aus den Blüten gewaschen. Heißer Tee rinnt meine Kehle hinab, als ich gedankenverloren auf das Herzstück Lüttebys schaue und über das Telefonat sinniere, das Jonas und ich am späten Abend geführt haben. Der Headhunter bietet ihm den Job an, von dem Jonas immer schon geträumt hat: den Aufbau einer weltweit operierenden Kette, die auf trendige Glamping-Unterkünfte wie Tiny Houses, Baumhaushotels, Flying Tents, Hausboote und vieles mehr im Sinne eines nachhaltigen Urlaubs spezialisiert ist. Firmensitz ist London, doch der Job bringt es mit sich, dass Jonas rund um den Globus reisen und den Aufbau des Unternehmens, Personalsuche und Überwachung von Baumaßnahmen eingeschlossen, beaufsichtigen und mitgestalten würde.

Unter diesen Umständen hat es keinen Sinn, aus Lütteby fortzuziehen, das wäre der Vorteil. Doch der Nachteil, um nicht zu sagen, der Todesstoß für unsere noch so junge Liebe, wäre die

Tatsache, dass Jonas ständig unterwegs und selbst bei kurzen Zwischenstopps in Deutschland immer auf dem Sprung wäre.

»Lass uns das bitte nicht am Telefon besprechen, sondern am Samstag, wenn ich nach Lütteby komme, ja?«, hatte er mich gebeten, als meine düsteren Gedanken schon das Trennungsszenario heraufbeschworen und ich Mühe hatte, ihm zu diesem grandiosen Jobangebot zu gratulieren. Schließlich weiß ich selbst, wie wichtig es ist, beruflich etwas zu tun, was man liebt. Man kann keine Liebe auf Verzicht von persönlichem Glück aufbauen, so viel ist sicher. Natürlich gönne ich Jonas diese Chance, vor allem, weil der Rauswurf durch Thorsten für ihn demütigend war und einen kleinen Knick in seiner Vita verursacht hat. Aber trotzdem …

»Ja, wir sprechen uns am Samstag«, hatte ich geantwortet und versucht, das Zittern in der Stimme und die Tränen zu unterdrücken, die sich unweigerlich in meine Augenwinkel stahlen. »Ich habe mir etwas ganz Besonderes für unser Treffen einfallen lassen, verrate es aber noch nicht. Hol mich einfach um zwanzig Uhr ab.«

Nachdem ich eine Weile gegen meine trübe Stimmung angekämpft habe, ist es Zeit, ins Büro zu gehen. Als ich Thorsten an seinem Schreibtisch erblicke, wallt erneut Ärger in mir auf. Hätte er nicht so impulsiv und paranoid auf Jonas reagiert, stünde unsere Liebe unter einem weitaus besseren Stern, denn dann hätten Jonas und ich die Zeit, die wir brauchen, um Entscheidungen für unser künftiges Zusammensein zu treffen.

»Moin, Lina, welche Laus ist dir denn über die Leber gelaufen?«, fragt Thorsten. »Oder hat dir der trübe Tag die Laune verhagelt?«

Ich brumme etwas Undefinierbares und gehe als Erstes in unsere winzige Personalküche, um dort tief durchzuatmen, bevor ich Thorsten womöglich den Marsch blase. Zu meiner Überraschung sitzt der weiße Rabe neben der Kaffeemaschine und schaut mich unverwandt an. »Guten Morgen, Abraxas«, begrüße ich das hübsche Tierchen und streichle ihm zärtlich über den Kopf. In dem Moment, als ich sein weiches Federkleid unter meinen Händen spüre, muss ich daran denken, dass Michaelas Lieblingskinderbuch *Die kleine Hexe* war und der Name des Raben darin Abraxas lautete. Ist das Zufall, oder gibt es irgendeine Verbindung zwischen Thorsten und Michaela, über die ich genauso wenig weiß wie offenbar über so vieles. »Sag mal, wie alt werdet ihr Raben eigentlich?«, frage ich Abraxas und streichle ihn weiter, was dieser offensichtlich genießt. »Also nicht, dass du alt aussiehst oder so, aber immer wenn ich dich anschaue, habe ich das Gefühl, dass du gar nicht von dieser Welt bist und somit zeitlos.« Abraxas legt das schneeweiße Köpfchen schief, blickt mich aus tiefbraunen Augen an und gibt einen leisen Laut von sich, der anders klingt als sein sonstiges Kraraaaa. »Weißt du, was? Ich google das jetzt mal, während der Kaffee durchläuft. Möchtest du auch einen oder lieber Wasser?« Bevor ich das Kaffeepulver in den Filtereinsatz fülle, lasse ich Wasser in die Trinkschale des Raben laufen und streue einige seiner Lieblingskörner in eine zweite. Abraxas hüpft von der Arbeitsplatte auf den Boden und tut sich dort an seinem Frühstück gütlich. Während die Maschine blubbernd frischen Kaffee produziert, recherchiere ich das Durchschnittsalter von Rabenvögeln.

»Na, was gibt es Interessantes?«, fragt Thorsten, der plötzlich in der Küche steht und mir über die Schulter schaut. Für gewöhnlich stören mich diese körperliche Nähe und Neugier nicht, denn wir beide sind sonst äußerst vertraut miteinander, doch diesmal fühle ich mich tatsächlich bedrängt. »Ich möchte wissen, wie alt Raben werden«, antworte ich, obgleich ich ihm keinerlei Rechenschaft schuldig bin. Doch ich hoffe, dass ich mit dieser Bemerkung etwas anstoße, das mir bei der Suche nach der

Antwort auf meine zahllosen Fragen weiterhilft. »Wieso hast du ihn eigentlich Abraxas genannt? So heißt der Rabe der kleinen Hexe aus dem Kinderbuch, doch der ist schwarz.« Die Suchmaschine beziffert das Alter der Krähenvögel zwischen zwanzig und in seltenen Ausnahmefällen sogar vierundvierzig Jahren, so viel kann ich auf die Schnelle herausfinden.

»Komisch, dass du mich das vorher noch nie gefragt hast. Wieso ausgerechnet jetzt?«, fragt Thorsten und nimmt zwei Becher aus dem Hängeschrank.

»Weil ich gern wüsste, ob es irgendeine Verbindung zwischen dir, Michaela und Abraxas gibt, von der ihr mir bislang nichts erzählt habt. Ich weiß mittlerweile nämlich, dass Michaela und meine Mutter beste Freundinnen waren, bevor Florence aus Lütteby verschwunden ist.«

Thorsten kratzt sich an seinem Bart, der mittlerweile ganz schön lang geworden ist. Eigenartig, dass Irmel ihn noch nicht dazu aufgefordert hat, ihn zu stutzen. »Na, dann weißt du ja schon 'n büschen mehr als noch vor ein paar Tagen«, erwidert er und schenkt uns beiden frisch gebrühten Kaffee ein. »Und wenn es nach mir geht, könntest du gern noch mehr erfahren. Je weniger Geheimnisse, desto besser, das ist meine Rede seit Jahren. Komm, schnapp dir zwei Teller und Gabeln, und lass uns nach vorn gehen, nicht dass uns ein paar ungeduldige Urlauber noch durchdrehen. Irmel hat mir Stachelbeerkuchen mit Baiser mitgegeben.«

Auch wenn ich es ein bisschen zu früh finde, um Gebäck zu essen, möchte ich natürlich die Gunst der Stunde nutzen, wenn Thorsten offenbar in Plauderlaune ist. Er nimmt den lecker aussehenden Kuchen aus der Tupperschale und verteilt ihn auf die beiden Teller. Die Beeren stammen aus Irmels Garten und werden von ihr gehegt und gepflegt, was man bei jedem Bissen schmeckt.

»Michaela hat Abraxas eines Tages gefunden, als sie mit Florence im Wald war, um dort wie üblich umherzutollen und Dinge zu tun, von denen Erwachsene nichts wissen dürfen. Der weiße Rabe hatte einen gebrochenen Flügel und ein gebrochenes Bein und war noch sehr, sehr jung. Michaela hat sich auf Anhieb in ihn verliebt und sah sich schon im Geiste mit ihm auf der Schulter durch Lütteby ziehen und im Klassenzimmer sitzen. Die beiden brachten das arme Tierchen zu mir, weil sie wussten, dass Geheimnisse bei mir gut aufgehoben sind und ich ein bisschen was von Tieren verstehe. Mithilfe ihres Kräuterwissens ist es Henrikje und mir gelungen, den Vogel zu heilen. Michaela war außer sich vor Freude und nannte ihn Abraxas. Allerdings waren ihre Eltern nicht sonderlich begeistert von dem neuen Haustier, und auch in der Schule hatte man kein Verständnis dafür, dass Michaela einen Vogel mit in den Unterricht brachte. Also fragte sie mich, ob ich ihn bei mir aufnehmen und sie ihn immer besuchen könnte, wenn sie Sehnsucht nach ihm hätte. Natürlich sagte ich Ja, und seitdem gehört Abraxas genauso zu mir wie zu ganz Lütteby.«

»Ich wusste natürlich, dass du damals Abraxas gesund gepflegt hast, aber nicht, dass Michaela ihn gefunden hatte. Das heißt also, er ist ungefähr vierzig Jahre alt?«, frage ich ungläubig.

»Eher älter, denn Michaela und deine Mutter waren etwa zehn Jahre alt, als sie ihn fanden.«

»Das ist ja schier unglaublich«, erwidere ich nachdenklich.

»Tja, dieser Vogel ist in vielerlei Hinsicht ein kleines Wunder«, stimmt Thorsten mir zu und verputzt seinen Kuchen. »Übrigens haben wir beide um elf Uhr ein Vorstellungsgespräch mit einem Bewerber, der uns in der Touristeninformation unterstützen soll«, sagt Thorsten. »Er heißt Lars Baumann und leitete bis vor Kurzem ein Hotel in Husum. Doch jetzt möchte er sich beruflich verändern und hat sich hier beworben. Lars arbeitet aber nur dreißig Stunden, weil seine wahre Liebe dem Schreiben gilt und er plant, Autor zu werden. Bin gespannt, was Rantje und du zu ihm sagt.«

»Was sage ich wozu?«, fragt Rantje, die in genau diesem Moment um die Ecke biegt. Seit der Auseinandersetzung wegen des abgesagten Videodrehs sprechen die beiden nur das Nötigste miteinander, und Rantje vermeidet tunlichst jeden Blickkontakt mit Thorsten, was ich ihr nicht verübeln kann.

»Wir bekommen Unterstützung fürs Büro«, informiere ich sie und schalte meinen Computer ein. Heute gibt es noch so einiges für das Rosenblütenfest zu tun, das am Freitagnachmittag beginnt und am Sonntag endet. Allerdings haben wir schon so viel Routine, dass es in erster Linie darum geht, sicherzustellen, dass auch alles wie geplant läuft. Nur deshalb konnte ich mich für Samstagabend mit Jonas verabreden.

Henrikje hat versprochen, ab 19 Uhr ebenfalls ein Auge auf alles zu haben, und auch Sinje hat mir ihre Unterstützung zugesichert.

Ein wenig besorgt wegen der Wetterlage checke ich die App, doch das sieht leider gar nicht gut aus. Hm, was machen wir, wenn es an diesem Tag genauso schüttet und windet wie gestern? Ich beschließe, diese Sorge erst mal weit von mir zu schieben, denn das Wetter an der Nordsee ist wechselhaft, und bis Sonntag ist es noch eine Weile hin. Während ich E-Mails beantworte und erneut den Ablaufplan für das Fest checke, spazieren meine Gedanken zu Michaela, Florence, Abraxas – und zu dem Medaillon. Natürlich ist es äußerst seltsam, dass es verschwunden ist, denn ich war ganz allein, als ich es im Buch versteckt habe, also kann mich auch keiner beobachtet haben. Andererseits wissen bestimmt einige aus Lütteby von den Höhlen in der Anhöhe, und Florence und Michaela waren sicher nicht die ersten und auch nicht die letzten Kinder oder Teenager, die diesen verwunschenen Ort aufgesucht haben, wenn sie unbeobachtet sein wollten. Da die Urlaubssaison immer mehr an Fahrt aufnimmt, kann es ebenso sein, dass Wanderer auf den versteckten Unterschlupf gestoßen sind und ein bisschen in der Höhle herumgestöbert haben.

Wie wahrscheinlich ist es, dass Fremde einen französischen Roman durchblättern, dabei auf eine Kette stoßen und diese entwenden?, fragt mich erneut eine innere Stimme, die seit gestern versucht, zu mir durchzudringen, die ich jedoch nach Kräften zu ignorieren versuche. Infrage kommen nach den Gesetzen der Logik eigentlich nur Henrikje, Michaela und … meine Mutter …

Einem Impuls folgend, sage ich Thorsten, dass ich kurz etwas besorgen muss, und schon bin ich auf dem Weg zum *Modestübchen*. Ich weiß zwar nicht, was ich sagen soll, aber das findet sich ganz bestimmt, wenn ich erst mal da bin.

»Moin, Lina, brauchst du was zum Anziehen für das Rosenblütenfest?«, fragt Michaela, die aufschaut, als ich ihre Boutique betrete. Zum Glück ist sie allein im Laden.

»Hast du gerade einen Moment Zeit?«, frage ich und bin mit einem Mal derart verunsichert von meiner spontanen Aktion, dass ich am liebsten kehrtmachen und zurück ins Büro marschieren würde.

Michaela lächelt. »Aber sicher, für dich doch immer, meine Hübsche. Geht's dir gut? Ist alles okay mit dir? Du bist ein wenig blass um die Nase.«

»Ja, nein, also … nein.«

»Bist du nervös?« Ich nicke stumm. Diese Angelegenheit ist heikel, und ich möchte auf gar keinen Fall Dinge aufwühlen, die Michaela schmerzen. Ich muss nur an ihre psychischen Probleme nach dem Verschwinden meiner Mutter denken, und schon wird mir schlecht. Nein, ich müsste das anders angehen. Überlegter. Durchdachter. Doch dafür ist es wohl zu spät.

»Möchtest du ein Glas Wasser oder einen Tee? Ich habe mir gerade eine Kanne Ingwer-Lavendel gekocht, der schmeckt ausgesprochen köstlich, und Lavendel beruhigt die Nerven. Setz dich einen Moment, ich bin sofort wieder bei dir.«

Nachdem Michaela in den hinteren Räumen verschwunden ist, lasse ich meinen Blick über das Modegeschäft schweifen, in dem ich nur äußerst selten einkaufe. Ganz so bieder und antiquiert, wie ich es in Erinnerung habe, ist es gar nicht. Natürlich dominiert der Anblick der beiden Plüschsessel mit weinrotem Samtbezug und goldenen Paspeln, doch die Präsentation der einzelnen Kleidungsstücke, die betongrau gestrichene Wand mit den stylishen Schwarz-Weiß-Fotografien in schmalen, silbernen Rahmen ist modisch und für Lüttebyer Verhältnisse fast schon ein wenig kühl. »Hast du kürzlich renoviert?«, frage ich, als Michaela mit einer Tasse Tee und einem kleinen Teller Macarons von Amelie wiederkommt.

»Ja, das habe ich«, erwidert Michaela und setzt sich auf den Sessel gegenüber. »Aber das ist schon ein ganzes Weilchen her. Da kann man mal sehen, wie lange du nicht mehr hier warst.«

»Von wem sind die Fotos?«, frage ich, weil viele von ihnen Paris zeigen. Diese Stadt zieht sich wie ein roter Faden durch die Geschichte Lüttebys, wie mir scheint.

»Die habe ich gemacht, als ich dort war. Ist allerdings sehr lange her. Da war ich Anfang zwanzig und träumte von einer Karriere als Topmodel oder Designerin. Doch wie du weißt, ist aus mir weder eine Laetitia Casta geworden noch eine Coco Chanel.«

»Wieso hast du mir nie erzählt, dass du die beste Freundin von Florence warst?«, rutscht es mir heraus.

Michaelas Blick verdunkelt sich, sie räuspert sich ein paarmal. »Nun hast du es also doch erfahren. Nach all den vielen Jahren … Wieso gerade jetzt und von wem?«

Ich erzähle ihr, dass ich eine lange Aussprache mit Henrikje hatte. Und auch, dass ich nur deshalb auf Spurensuche bin, weil ich zufällig eine Postkarte von Florence aus Paris gefunden habe. Michaela ist zum ersten Mal, seit ich sie kenne, still.

Am Mahlen ihres Unterkiefers erkenne ich, dass meine Worte sie alles andere als kaltlassen. Doch sosehr ich ihr womöglich auch wehtue, meine Entscheidung war richtig. Irgendwann müssen wir ehrlich miteinander sein.

»Und wie fühlst du dich nun mit all dem Wissen?«, fragt sie, als der Zeiger der antiken Standuhr vorrückt. Ich muss los, sonst komme ich zu spät zu dem Vorstellungsgespräch mit Lars Baumann.

»Verwirrt, traurig, belogen, aber auch beschützt. Mich beschäftigen ganz besonders folgende Fragen in diesem Szenario. Wieso meldet sich meine Mutter seit drei Jahren nicht mehr bei Henrikje? Hast du denn etwas von ihr gehört? Und natürlich will ich unbedingt wissen, wer mein Vater ist. Kennst du seinen Namen?«

Michaela schüttelt den Kopf. »Ich kann dir deine Fragen leider auch nicht beantworten. Und ich habe es deiner Mutter immer noch nicht verziehen, dass sie mir nie erzählt hat, von wem sie mit dir schwanger war. So hat sie dich durch ihr Verschwinden nicht nur der Mutter beraubt, sondern auch des Vaters, der dir sicher über so manche Hürde im Leben hinweggeholfen hätte. Wenn ich eine Tochter gehabt hätte, dann hätte ich ihr das niemals angetan.«

Sommer
VOR SECHSUNDDREISSIG JAHREN

Die junge Frau und der junge Mann trafen sich nicht mehr so häufig wie früher, denn das Erwachsenwerden hatte seine eigenen Gesetzmäßigkeiten: Es brachte Gefühle durcheinander, es stellte Anforderungen, es ging darum, ein gutes Abitur zu machen und auf das Leben vorbereitet zu sein, das nach dem Erreichen der Volljährigkeit und des Schulabschlusses auf sie wartete. Beide hatten einen eigenen Freundeskreis und gingen zudem auf unterschiedliche Schulen. Das junge Mädchen und die Neue aus der Klasse waren immer noch unzertrennlich und verbrachten beinahe jede freie Minute zusammen. Sie schmiedeten Reisepläne, kicherten, trösteten sich gegenseitig bei Kummer, erzählten einander von ihren geheimsten Gedanken und Gefühlen.

»Nur das Wichtigste weiß Mika nicht«, murmelte Flo, als sie sich im Spiegel betrachtete und ihre rotblonden Haare bürstete. »Sie weiß nichts von meiner geheimen Liebe und den Treffen in der Höhle. Bin ich eine schlechte beste Freundin, wenn ich etwas so Bedeutsames für mich behalte?« Wie immer endete dieser innere Monolog mit dem Gedanken an die Jahrhunderte währende Fehde zwischen Grotersum und Lütteby. Erst kürzlich war der kleine Sohn der besten Freundin ihrer Mutter überfahren und dabei tödlich verletzt worden.

Seitdem schlugen die Wogen des Hasses zwischen den beiden Ortschaften noch höher und würden nun wohl nie mehr zu glätten sein, denn der Junge aus Lütteby wurde von einem Lkw aus Grotersum erfasst.

Der Legende nach war es Liebespaaren aus den beiden verfeindeten Ortschaften ohnehin nicht vergönnt, ihr Glück zu finden, seit die junge Algea Ketelsen in der alten Kapitänsvilla bei einem geheimen

*Stelldichein mit einem Grotersumer durch einen Brand im Dachge-
schoss ums Leben gekommen war.*

*An nebelgrauen, trüben Tagen glaubte Florence an diese Legende, die
kurz nach der zweiten Groten Mandränke in die Welt gesetzt worden
war. Erst recht, wenn die dunklen Seelengeister sie heimsuchten und es
ihr manchmal schier unmöglich machten, morgens aufzustehen und an
dem Geschehen um sie herum teilzunehmen. An solchen Tagen drück-
te das Leben so schwer auf ihre Brust, dass sie kaum zu atmen ver-
mochte.*

*An hellen, wunderschönen Sommertagen, an denen man weit über die
Felder mit den tiefblau blühenden Kornblumen, dem im Wind wogen-
den Getreide und dem knallroten Klatschmohn schauen konnte, glaubte
sie nicht an diese düstere Prophezeiung.*

*Sie wusste genau, dass es für beinahe alles eine logische Erklärung gab,
darin hatte auch der junge Mann sie bestärkt, mit dem sie heute etwas
ganz Besonderes geplant hatte: Sie würde um Mitternacht mit ihm zur
alten Villa gehen, die von allen nur die Spukvilla genannt wurde, wo
sich angeblich die junge Algea am Fenster zeigte und nach ihrem Geliebten Fokke Ausschau hielt, der nach der Flammennacht in den Tiefen der Nordsee verschwunden und nicht wieder aufgetaucht war. Die
alte Villa, die majestätisch auf der Anhöhe über dem Naturstrand
thronte, war zurzeit gerade wieder nicht bewohnt, weil der letzte Mie-
ter wegen furchterregender Spukerscheinungen Lütteby Hals über Kopf
verlassen hatte.*

*Es würde erfahrungsgemäß eine Weile dauern, bis das allmählich ver-
fallende Haus wieder bewohnt sein würde.*

*»Bist du bereit?«, fragte der junge Mann, der am Fuße der Anhöhe auf
sie wartete. »Dieser Abend ist perfekt für unser Vorhaben. Es ist
Vollmond, die Villa steht leer, also kann uns nichts und niemand
aufhalten.«*

*»Ich bin bereit«, erwiderte Flo und nahm seine Hand. Seit ihrer ers-
ten Begegnung waren die Hände ihr gemeinsames Bindeglied, ihr*

Bollwerk gegen die Realitäten des Alltags und des völlig unterschiedlichen Lebens, welches die beiden mittlerweile führten. Doch zu der zarten, beruhigenden Berührung der Hände waren im Laufe der letzten Monate neue Arten von Liebkosungen hinzugekommen: zärtliche Küsse, flüchtige Berührungen, die ihr wohlige Schauer über den Rücken jagten und sie in große Verwirrung stürzten. Gezielte Berührungen, mit denen beide gegenseitig ihre Körper erkundeten, als seien diese geheime Landkarten.

Die zwei bahnten sich einen Weg durch das Dickicht, kamen an der Höhle vorbei, die für Flo schon lange nicht mehr die Räuberhöhle war, sondern ein Liebesnest, und stiegen weiter nach oben. Der Vollmond wurde von Wolkenschleiern verdunkelt, beide konnten kaum die Hand vor Augen sehen.

Flo umklammerte die Taschenlampe, die sie wohlweislich eingesteckt hatte, war jedoch nicht bereit, sie anzuknipsen. Sie wollte doch mutig erscheinen und stark, so wie es Ronja Räubertochter, die Heldin ihrer Kinderbuchzeit, gewesen war.

Der klagende Ruf eines Käuzchens drang an ihr Ohr, auf dem Boden und im Geäst um sie herum raschelte, knisterte und knackte es gewaltig. Als ein Flügel oder etwas anderes plötzlich ihre Wange streifte, stieß sie einen kurzen Schrei aus.

»Was ist los?«, fragte der junge Mann besorgt und verstärkte seinen Händedruck. »Hast du nun doch Angst?«

»Natürlich nicht«, erwiderte sie und versuchte, ihrer Stimme einen mutigen, entschlossenen Klang zu verleihen. »Ich wurde nur gerade von etwas gestreift, das ist alles.«

»Das war bestimmt eine Fledermaus oder ein Vogel«, erwiderte er. »Kein Grund, besorgt zu sein.«

Ob es die unerwartete Berührung war oder ihre nicht eingestandene Furcht vor der Spukvilla, sie wusste es nicht.

Doch mit einem Mal verließ Flo der Mut, und es schien, als könnten auch ihre Beine sie kein Stück weit mehr tragen.

Sie wollte nicht mehr zu der alten Villa, und sie wollte kein Rendezvous mit den Gespenstern längst vergangener Zeiten, die noch immer ihr Unwesen trieben und Menschen verschreckten, allein durch die Tatsache, dass es so viele Erzählungen über sie gab, denen mit jedem langen, dunklen Winter immer gruseligere Details hinzugefügt wurden.

Es wollte ihr auch nicht in den Kopf, dass das menschliche Miteinander zuweilen so schwer war, dass Menschen einander hassten, einander verletzten und sogar grausame Kriege führten. Die Welt war so ein schöner, großartiger Ort mit Wundern, die ihresgleichen suchten. Ein Tag am Meer, der Duft von frischem Heu, das Zwitschern der ersten Frühlingsvögel, das Wechselspiel der Gezeiten, die im Meer versinkende Sonne ... Wieso waren die Bewohner der Erde nicht unendlich dankbar für diese Schönheit und die Schätze, die das Leben für sie bereithielt?

Wieso trachteten sie neidisch nach dem Hab und Gut des anderen und wollten auf Teufel komm raus ihren Reichtum vergrößern, wenn die größten Schätze doch direkt hier vor ihnen lagen, in diesem Landstrich, der so schön war, dass es ihr manchmal die Sprache verschlug. In diesem Moment erblickte sie einen tanzenden goldenen Punkt ungefähr einen Meter von ihr entfernt. Flo rieb sich die Augen, denn zu diesem Punkt gesellten sich weitere, an unterschiedlichen Stellen und in unterschiedlichen Höhen. Sie schwirrten und tanzten umher wie kleine Feen, näherten sich an und stoben dann wieder auseinander, fein und zart wie Sternenstaub. Flo bekam Gänsehaut und hätte am liebsten geweint, so ergriffen war sie von dem, was sie sah.

»Sind die Glühwürmchen nicht toll?«, flüsterte der junge Mann an ihrer Seite. »Ende Juni beginnt ihre Paarungszeit. Wir haben Glück, Augenzeugen dieses Schauspiels sein zu dürfen. Lass uns noch einen Moment hier stehen bleiben und dieses kleine Wunder genießen.« Flo wurde warm ums Herz, weil sie in seinen Worten den Jungen wiedererkannte, den sie damals Birk Borkasohn genannt hatte. Den Jungen,

der bereit war, zu helfen, der all das, was ihr etwas bedeutete, ebenso sehr liebte und achtete.

»Schau, dahinten, dieses Glühwürmchen bewegt sich nicht, woran liegt das?« Flo betrachtete den glühenden Punkt, der anders als die anderen nicht durch die Lüfte des Gespensterwaldes flirrte, mit Sorge.

»Vielleicht hat er sich in einem Spinnennetz verheddert«, sagte der Junge und ging in Richtung des Glitzerpunktes. Flo wurde traurig ums Herz, denn sie wollte nicht, dass so etwas Schönes und Zauberhaftes einer ekelhaften, dicken Spinne ins Netz ging und das Lebenslicht dieses kleinen Wunders womöglich für immer verlosch, ehe es die Chance hatte, den Paartanz mit seiner Liebsten zu vollführen. »Ich versuche, ihm da rauszuhelfen, aber das wird nicht einfach sein. Doch vielleicht gelingt es mir, das Netz mit diesem Zweig so weit zu durchlöchern, dass das Glühwürmchen sich daraus befreien kann.« Mit angehaltenem Atem stand Flo dicht neben dem jungen Mann und beobachtete seine Bemühungen. Doch der glühende Punkt rührte sich immer noch nicht vom Fleck, war also immer noch gefangen. Flo nahm die Taschenlampe aus dem Rucksack und richtete den Strahl auf das Netz, das man nun gut erkennen konnte. »Ich muss es mit meinen Händen versuchen«, murmelte der Junge, in den sie sich damals sofort verliebt hatte, als ihre Wege sich beim Waldweiher gekreuzt hatten. »Drück mir bitte die Daumen, dass ich nichts zerstöre, obwohl ich doch eigentlich nur helfen will.« Eine ganze Weile lang sah es so aus, als würde es ihm nicht gelingen, den winzig kleinen Leuchtkäfer aus seinem Gefängnis zu befreien. Doch irgendwann erhob sich der glitzernde Punkt, und Flo knipste die Lampe aus. Er bewegte sich zunächst zaghaft, ganz so, als müsse er sich vergewissern, dass er wirklich frei und noch am Leben war. Doch dann fasste er Mut und flog davon in Richtung der tausend anderen Lichter, die nur auf ihn zu warten schienen.

»Danke«, sagte Flo, gab dem jungen Mann einen langen, zärtlichen Kuss und zog ihn mit zu sich auf den Boden. »Lass mich dir nahe sein und dir zeigen, wie viel du mir bedeutest«, murmelte sie. »Wir haben schon so lange gewartet, aber ich weiß jetzt, dass man nicht zu lange warten darf, denn die Liebe ist ein flatterhaftes Ding, man muss sie einfangen, bevor sie für immer verschwindet.«

- 25 -

M ist, Mist, Mist«, fluche ich, als ich am Donnerstagabend
erneut den Wetterbericht checke.

»Immer noch Schietwetter für Sonntag angekündigt?«, fragt
Sinje, mit der ich gerade Stühle im Dörpshus aufgestellt habe,
damit alle, die an der Planung der Trauerfeier für Helmut betei-
ligt sind, einen Sitzplatz bekommen. Wir verknüpfen das Treffen
zudem mit einer Sitzung der Werbegemeinschaft *Unser kleiner
Marktplatz,* die Thorsten außerplanmäßig einberufen hat.

»Das kann doch nicht wahr sein, was machen wir denn jetzt?«

»Um all das zu besprechen, sind wir hier«, erwidert Sinje.
»Nun mach dir mal keinen Kopf, Süße, wir finden schon eine
Lösung. Das haben wir doch immer, nicht wahr?«

»Und du willst dich wirklich ausgerechnet am Sonntagabend
nach der Trauerfeier mit Gunnar aussprechen?«, frage ich, weil
Sinje sich nun doch dazu entschlossen hat, Gunnar in ihre Ge-
fühlsverwirrungen einzuweihen, auch wenn ich das für keine so
gute Idee halte. Immerhin führt dies nur zu unnötigen Verunsi-
cherungen, falls Sinje irgendwann doch erkennt, dass die Sache
mit Sven bloß eine unbedeutende Episode war. Und Gunnar ist
tatsächlich so beschäftigt, dass er erst am Sonntagabend Zeit für
Sinje hat und auch heute nicht bei unserem Treffen dabei sein
wird, genau wie seine Eltern.

»Bonjour, ihr Lieben, ich habe selbst gebackene Quichetört-
chen und Croissants dabei«, sagt Amelie und stellt einen Korb
auf den Holztisch gegenüber den Stuhlreihen.

»Und wir die erste Fuhre der Getränke«, sagt Thorsten, ausnahmsweise mal in Begleitung seiner Frau Irmel, die immer verhärmter aussieht und Sinje und mich lediglich mit einem Kopfnicken begrüßt.

»Und wir die andere Hälfte«, sagt Kai, der zwei große Thermoskannen in der Hand hält. Seine Tochter Laura trägt ein Tablett mit Milch, Kluntjes und Zitronen, Kais Frau Petra ein Backblech, randvoll mit selbst gebackenem Butterkuchen mit Mandel-Aprikosen-Belag, nach dem wir alle uns die Finger lecken. »Mann, Mann, Mann, das hört ja gar nicht mehr auf zu schütten. Kinners, das sind all die Tränen, die die Engel um Helmut weinen, da könnt ihr sagen, was ihr wollt«, murmelt Kai betrübt.

»Da würde ich dir niemals widersprechen«, sagt Henrikje, mit der ich heute den ganzen Tag im Lädchen gearbeitet habe. Es gab viel neue Ware auszupacken, mit Preisschildern zu versehen, und ich habe zudem das Schaufenster mit all dem dekoriert, womit Urlauber sich bei schlechtem Wetter beschäftigen können. Zurzeit scheint alle Welt im Puzzlefieber zu sein, also habe ich einige davon werbewirksam in Szene gesetzt und sie mit Brettspielen ergänzt.

»Schön, euch alle endlich einmal wiederzusehen«, sagt Blumenhändlerin Violetta, deren Onkel der jüngst verstorbene Helmut war. Dunkle Augenringe zeugen davon, wie sehr sie in den vergangenen Wochen getrauert hat, aber auch davon, dass ihr Leben als alleinerziehende Mutter und selbstständige Floristin wahrlich kein Zuckerschlecken ist. Erst recht nicht, weil nicht nur Puzzles zurzeit sehr angesagt sind, sondern auch ewig haltbare Trockensträuße in allen Farben und Formen.

Wenn das so weitergeht, hat sie neulich bei einem spontanen Treffen vor dem Lädchen angekündigt, wird sie ihr Sortiment um andere Waren ergänzen müssen, sonst ist ihre Existenz langfristig gefährdet. Ihre Tochter Matti ruft: »Hallo, Lina«, läuft auf mich zu und springt mir unerwartet und mit voller Wucht auf die Hüfte, was sie zuletzt als kleines Mädchen getan hat. Ich gehe sofort auf die Knie und falle samt Mathilda um.

»Bitte entschuldige, Lina«, sagt Violetta und hilft uns beiden gemeinsam mit Anka vom Boden auf. »Seit Helmuts Tod ist Matti anhänglich wie schon lange nicht mehr. Komm, du Rübe, jeder hier weiß, wie umwerfend du bist, also brauchst du uns das gar nicht extra zu beweisen.«

Matti grinst schief und murmelt: »Tut mir leid«, woraufhin ich sie gerührt in den Arm nehme. Ich kann mir leider allzu gut vorstellen, was der Tod ihres geliebten Großonkels in der zarten Kinderseele ausgelöst hat, zumal sie im Alter von fünf Jahre bereits den Tod ihres Papas verkraften musste. Nach und nach füllt sich das Gemeindehaus mit weiteren Lüttebyern, Ahmet, Michaela und der alte Fiete Ingwersen sind mittlerweile ebenfalls da, und Thorsten setzt sich, um mit dem Schlag eines kleinen Holzhammers auf den Tisch die Versammlung zu eröffnen. Gerade als er loslegen will, huschen Federico, Chiara und Nino herein und setzen sich auf die Stühle neben Kais Familie. Laura signalisiert durch gezielte Missachtung, wie egal Nino ihr scheinbar ist. Ich muss immer noch wegen des Vorfalls beim Gottesdienst schmunzeln, als Nino versucht hat, durch »Füßeln« die Aufmerksamkeit von Kais Tochter zu erregen.

»Der Grund für unsere heutige Versammlung sind streng genommen zwei«, sagt Thorsten, der die vibrierende Spannung im Raum sichtlich genießt. Die hinter ihm an der Wand lehnenden Krücken schmälern seine Autorität nicht im Geringsten. Ganz im Gegenteil: Es zeugt von starkem Willen und Durchsetzungskraft, sich selbst aus der Reha zu entlassen, um die Aufgaben und Verpflichtungen, die seine Position in unserer Gemeinde mit sich bringt, im Interesse Lüttebys wahrzunehmen. »Wir wollen heute alle noch ausstehenden Details von Helmuts Trauerfeier besprechen, aber das sollten wir im zweiten Schritt tun, denn im Prinzip ist diesbezüglich schon fast alles geklärt. Der weitaus dringlichere Punkt ist der, dass Bürgermeister van Hove, wie die meisten von euch sicher wissen, nach der Zwangsversteigerung hochoffizieller Eigentümer der alten Kapitänsvilla ist und damit auch ein Teil des dazugehörigen Waldes in seinen Besitz übergeht. Wie er mir gestern per E-Mail mitteilte, beginnt er schon bald mit der Planung, lässt Gutachten erstellen und sieht sich nach Firmen um, die das Haus in ein Hotel umwandeln, sowie nach jemandem, der einen Golfplatz auf der Anhöhe anlegen soll. Wer ist, genau wie ich, der Meinung, dass wir dieses Vorhaben auf alle Fälle vereiteln müssen?«

Ein Raunen geht durch den Raum, und ich drücke spontan die Hand von Sinje, die natürlich neben mir sitzt und nervös auf ihrem Stuhl hin und her rutscht.

»Ist es denn überhaupt erlaubt, einen Golfplatz auf einer geweihten Stätte wie der Anhöhe zu errichten?«, fragt der alte Fiete Ingwersen, der sich als Gärtner bestens mit der Natur und als einer der älteren Bewohner auch mit der Geschichte unserer kleinen Stadt auskennt. »Die Lüttebyer haben, wie ihr alle wisst, 1350 die Anhöhe zur Bestattung und zu Ehren der Pesttoten angelegt. Ragnar Ketelsen hat damals viel Mühe, Geld und Liebe aufgewendet, um diese Anhöhe zu erschaffen. Seinem Verstand, seinem starken Willen und seinen finanziellen Mitteln ist es zu verdanken, dass wir sowohl eine letzte Ruhestätte für die Pesttoten haben als auch einen wunderschönen Friedhof, direkt über der Nordsee. Er ließ damals den Wattboden entsalzen und mit Humus vermengen, um somit ein Fundament zu schaffen, auf dem später Senf und Gräser ausgesät wurden, um weiteren Humus zu erzeugen. Danach erteilte er den Auftrag, einen Mischwald anzupflanzen, der auch heute noch den stärksten

Stürmen standhält, weil der olle Greewhuger genau wusste, wie wichtig es ist, unterschiedliche Pflanzenarten zu mischen. Von dieser Weitsicht könnten sich manche Bauern aus der Gegend, die die Einschläge immer noch nicht gehört haben, eine gute Scheibe abschneiden.«

Es ist eine Weile still im Raum, offenbar lassen alle Fietes langen Monolog erst mal sacken.

»Rein rechtlich spricht vermutlich nichts dagegen«, meldet sich nun Sinje zu Wort. »Doch aus Sicht einer Pastorin kann ich nur sagen, dass ich den von mir geplanten Friedwald einer Golfanlage deutlich vorziehen würde. Ihr alle wisst, was ich vorhabe, und nun bedroht Falk meine Pläne. Daher bin ich garantiert die Erste, die eine Onlinepetition unterschreibt oder einen Protestmarsch anführt. Lüttebys Tote haben ihre letzte, ungestörte Ruhe verdient, mehr habe ich dazu nicht zu sagen.« Ich denke erneut an Sinjes Plan, den sie mir immer noch nicht verraten hat.

»Kommen wir also zur Abstimmung«, sagt Thorsten und haut erneut mit dem Hammer auf den Tisch, als würde er eine Auktion eröffnen. »Wer ist für das geplante Golfhotel und die Verschandlung des Waldes?« Er blickt suchend in die Runde, doch keine einzige Hand zeigt nach oben. »Dann ist es also beschlossene Sache: Wir treffen uns kommenden Dienstag wieder hier, um einen entsprechenden Schlachtplan zu entwerfen. Der nächste Punkt betrifft die Trauerfeier. Ist alles organisiert? Oder gibt es noch Fragen, irgendwelche Ideen oder Sonstiges?«

»Für Sonntag ist leider Mistwetter angekündigt«, melde ich mich zu Wort, weil ich mich für das Gelingen der Feier verantwortlich fühle, schließlich war das meine Idee. »Das bedeutet, dass wir uns entweder einen Ort suchen müssen, an den wir die Feier verlegen, oder uns etwas anderes einfallen lassen.«

»Wir könnten Planen nähen«, schlägt Irmel vor. »Fast jeder von uns hat eine Nähmaschine daheim. Wenn wir gleich morgen früh damit anfangen und uns gut aufteilen, kriegen wir das hin.«

»Gute Idee«, stimmt Michaela zu, die bislang ungewöhnlich zurückhaltend war. »Ich bestelle gleich wasserabweisenden Stoff beim Händler meines Vertrauens in Husum. Vielleicht habe ich Glück und kann die Ballen sogar noch heute Abend abholen.«

»Und ich kümmere mich um die Stangen, die wir brauchen, um die Stoffbahnen zu spannen«, bietet Fiete an. »In meinem Gärtnerschuppen hat sich so einiges angesammelt, das sicher geeignet ist.«

»Und falls nicht, suchen wir im Wald nach langen, stabilen Ästen«, schlägt Kai vor. »Ich übernehme gern die Koordination des Ganzen, denn mir ist, trotz Nachdenkens, leider nichts Sinnvolles eingefallen, was ich zur Feier für meinen guten Freund Helmut beitragen kann.«

Mein Herz schmilzt dahin vor Rührung, denn so ist Lütteby.

Wir halten zusammen wie Pech und Schwefel, egal, welche Probleme es zu bewältigen gibt.

Thorsten lächelt, auch er scheint sich darüber zu freuen, dass wir alle gemeinsam den Abschied von Helmut so festlich und liebevoll gestalten wollen, wie dieser tolle Mann es verdient hat.

»Und nun komme ich zu Punkt drei auf der Tagesordnung. Ja, es gibt drei«, fährt er schmunzelnd fort. »Ich wollte euch bloß zu Anfang nicht verschrecken, damit ihr nicht alle gleich das Weite sucht. Wer ist dafür, dass Henrikje Hansen für das Bürgermeisteramt kandidiert? Ich finde, es ist allerhöchste Zeit, Falk van Hove zum Teufel zu jagen und das Amt in die Hände eines Menschen zu legen, der aus Lütteby stammt und zudem weiblich ist. Zusammen mit Sinje wäret ihr in meinen Augen das perfekte Duo, um den charmanten Zauber unserer kleinen Stadt zu bewahren und trotzdem behutsam Neuerungen einzuführen.

Frauenpower pur.« Zuerst klatscht Federico Beifall, dann Amelie, und nach und nach schließen sich alle an. Ahmet sagt: »Das wäre ja großartig«, und ich finde selbst, dass das eine super Idee ist.

»Wann hast du das mit mir besprochen?«, fragt Henrikje, offenbar genauso überrascht wie ich. »Habe ich jetzt Gedächtnislücken, oder erhoffst du dir durch deine Überrumpelungstaktik meine Zusage?«

»Na, was glaubst du wohl?«, erwidert Thorsten mit Schalk in den Augen.

»Ich fasse es nicht«, murmelt Henrikje und sinkt tief in ihren Stuhl. »Also ehrlich. Darüber muss ich erst mal eine Nacht schlafen. Ach was, eine reicht auf gar keinen Fall. Rechne frühestens zum Anfang des nächsten Monats mit einer Antwort. Ich bin nämlich nicht lebensmüde, aber das muss ich sein, wenn ich Falk van Hove so offensiv den Kampf ansage. Doch bis es so weit ist, würde ich sagen: Das Büfett ist eröffnet, ich brauche jetzt dringend Nervennahrung.«

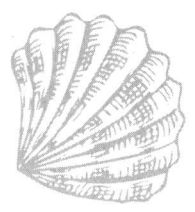

- 26 -

*A*m Samstagnachmittag steigert sich die prickelnde Vorfreude auf das Wiedersehen mit Jonas ins schier Unermessliche, und ich bekomme eine Ahnung davon, wieso diese Art Vorfreude mit der von Kindern gleichgesetzt wird, denn sie ist pur, ungebremst und so groß, wie ich es nur selten zuvor erlebt habe. Die Tage bis zu unserem Wiedersehen sind wie im Flug vergangen und gleichzeitig, was meine Sehnsucht betrifft, gekrochen wie eine ganz besonders langsame Schnecke. Endlich steht der Zeiger der Uhr auf halb sechs, die Touristeninformation hat geschlossen, Thorsten und Rantje sind, gemeinsam mit den meisten Bewohnern Lüttebys, auf dem Rosenblütenfest, das am Abend zuvor mit der Taufe einer neuen Rosensorte eröffnet wurde und am Sonntag mit der Prämierung des schönsten Straußes, gebunden von Jungfloristinnen und -floristen aus der Region, und der Versteigerung aller Gebinde für einen guten Zweck endet.

Mit gemischten Gefühlen kreise ich um die Schublade in Thorstens Schreibtisch, in der er alles aufbewahrt, was keiner außer ihm in die Finger bekommen darf: Bilanzen, die Liste mit seinen Passwörtern, eine Notreserve Bargeld und ... den Schlüssel zum Leuchtturm. Den Schlüssel für besagte Schublade versteckt er wiederum in einer Dose mit der Aufschrift *Rattengift* im Spülschrank der Büroküche, und ich halte ihn nun in der Hand, mit dem festen Vorsatz, den Leuchtturmschlüssel zu holen ... ihn auszuleihen. Oder doch eher: zu mopsen?

Sinje würde sich krumm und kringelig wegen meiner Bedenken lachen, doch ich habe niemanden in mein Vorhaben eingeweiht, nicht einmal sie, damit keiner zum Mitwisser wird. Thorsten würde durchdrehen, wenn er wüsste, was ich vorhabe. »Du hast sie nicht mehr alle, Lina Hansen«, schelte ich mich selbst. »Du machst nichts wirklich Schlimmes, du besorgst nur eine tolle Location für ein Rendezvous und erfüllst Jonas endlich seinen Wunsch, den Leuchtturm von Lütteby von innen zu sehen. Es ist ja nicht so, dass du mit Bargeldreserven durchbrennst oder eine Erpressung planst.«

Mit dem Gefühl, dennoch etwas absolut Verbotenes zu tun, stehle ich mich schließlich aus dem Büro. Ich würde mich jetzt am liebsten unsichtbar machen, damit ich nur ja keinen treffe, der mich anspricht oder in ein Gespräch verwickelt. Wahrscheinlich sieht man mir an der Nasenspitze an, was ich vorhabe: ein romantisches Tête-à-Tête mit dem *Feind*. Obwohl es beinahe so unwahrscheinlich ist wie ein Sechser im Lotto, unbemerkt über den Marktplatz in Henrikjes Haus zu gelangen, schaffe ich es tatsächlich. Ich habe noch neunzig Minuten Zeit, um mich hübsch zu machen und das kleine Picknick vorzubereiten, das ich mit zum Leuchtturm nehmen möchte. Damit uns keiner auf die Schliche kommt, habe ich mit Jonas verabredet, dass wir uns am Hafen treffen. Der Regen hat zum Glück eine Pause eingelegt, was mich sowohl für die Besucher des Festes als auch für die Aussteller freut, aber nicht zuletzt für mich selbst, denn mein Vorhaben würde bei Starkregen nicht halb so gut gelingen.

»Da bist du ja endlich«, sagt Jonas, der am Hafenbecken auf mich wartet, als ich um die Ecke biege, und schließt mich in seine Arme. Der Himmel über uns trägt einen leichten Grauschleier, doch in meinem Herzen ist es knallpink, viel zu kitschig für meinen Geschmack. »Es tut so gut, dich zu sehen, ich habe dich vermisst«, sagt Jonas und sieht mir tief in die Augen.

»Ich dich auch«, erwidere ich seufzend, meine Lippen suchen sehnsuchtsvoll die seinen. In den vergangenen Tagen habe ich mir dieses Wiedersehen wieder und wieder ausgemalt und mich gefragt, wie es wohl sein wird. Ob ich ihn dann wohl immer noch so toll finde, ob es sich gut anfühlt, mit ihm zusammen zu sein. Doch das tut es, und mehr als das. Ich darf mir gar nicht vorstellen, wie es sein wird, wenn er seinen Traumjob annimmt …

»Jetzt bin ich aber mal gespannt, was du vorhast. Und sag besser nichts dazu, dass wir uns schon wieder abends treffen, aber immerhin ist es ja noch hell, ein kleiner Pluspunkt für mich«, sagt Jonas schmunzelnd, nimmt mir den Picknickkorb ab und legt den Arm um mich. »Lass mich raten, wir machen eine Bootstour? Wir gehen angeln? Wir … ach was, es ist mir völlig egal, was wir tun, Hauptsache, wir sind zusammen.«

»Wir können trotzdem etwas ganz Besonderes tun«, erwidere ich in diebischer Vorfreude auf das Gesicht von Jonas, wenn ich die Tür zum Leuchtturm öffne. »Aber gut zu wissen, dass du notfalls auch gemeinsam mit mir den Müll rausbringen oder den Keller aufräumen würdest. Und voilà, hier sind wir auch schon. Willkommen im exklusivsten Etablissement Lüttebys.« Als die Tür des rot-weiß geringelten Turms aufspringt, freue ich mich selbst, nach längerer Zeit mal wieder in diesem malerischen Gebäude zu sein, das jahrhundertelang Seefahrern den Weg wies. Es atmet den Duft der Geschichte vieler Leuchtturmwärter, der Paare, die sich dieser Aufgabe gemeinsam annahmen, und der Männer auf See, die den Kurs ihrer Schiffe nach den Lichtzeichen des Signalturms ausrichteten.

»Wahnsinn, das ist ja grandios«, ruft Jonas aus, stellt den Korb ab und gibt mir einen langen, extrem heißen Kuss, der mir durch und durch geht. Jede einzelne Faser meines Körpers vibriert von dem Verlangen nach Berührung, Zärtlichkeit und Nähe. »Wollen wir rein oder lieber weiter draußen herumknutschen wie zwei heimatlose Teenager?«, frage ich lachend und nehme Jonas bei der Hand. »Ich hoffe, du bist gut in Form und schaffst den Aufstieg ohne Pause. Der Turm ist mit achtunddreißig Metern Bauwerkshöhe und hundertdreißig Stufen nur geringfügig kleiner als das Leuchtfeuer von Westerheversand.«

»Also ist er in Wahrheit ein kleiner Riese, genau wie du«, erwidert Jonas und sprintet auch schon los. Ich höre, wie die Gläser im Korb gegen die Sektflasche stoßen, und hoffe, dass nichts zu Bruch geht.

»Halt! Stopp! Das ist unfair«, protestiere ich. »Ich habe doch noch gar keinen Startschuss gegeben.« Ich sage dies, während ich ebenfalls hochhechte, fest entschlossen, Jonas ganz schnell den Rang abzulaufen. Es ist allerdings gar nicht so einfach, ihn einzuholen, denn im Gegensatz zu mir macht er regelmäßig Sport. »Höre ich da etwa ein Keuchen?«, frage ich, selbst ziemlich atemlos, als ich auf der Plattform des ersten Drittels ankomme und flüchtig aus dem Bullauge ins Freie schaue.

Himmel, hilf, wie soll ich da nur raufkommen, ohne zu kollabieren? Ich kann zwar lange Strecken marschieren, aber bergauf, noch dazu so steil, ist leider nicht meins.

»Wenn, dann ist es höchstens dein eigenes Keuchen«, erwidert Jonas, der immer noch schnell wie der Blitz ist, wohingegen mir tatsächlich die Puste ausgeht.

»Wie wäre es mit Waffenstillstand?«, frage ich und bleibe schnaufend stehen, um meine Atmung wieder unter Kontrolle zu bringen. Schließlich möchte ich unser Wiedersehen genießen und nicht mit Dauerschnappatmung verbringen.

»Sind wir im Sport-Krieg?«, fragt Jonas. Der Klang seiner Stimme verrät, dass sich die Entfernung zwischen uns beiden deutlich vergrößert hat und dass er sich gerade köstlich über mich amüsiert. »Lass dir Zeit, wir haben keine Eile.« Als ich schließlich die nächste Plattform erreiche, sehe ich, dass Jonas dasitzt und schon Sekt in beide Gläser geschenkt hat.

»Möchtest du einen kleinen Schluck? Das gibt Auftrieb«, sagt er mit einem charmanten Augenzwinkern, hält mir aber zunächst die geöffnete Wasserflasche hin, die ich wohlweislich ebenfalls eingepackt habe. Ich setze mich ihm schräg gegenüber, trinke und beobachte, dass Jonas' Augen im Licht der Abendsonne, die schräg durch das kleine Fenster scheint, noch grüner wirken als sonst. Wie kann man nur so unglaublich schöne Augen haben? Wie ein Waldsee, in dem man baden und nicht wieder herauskommen möchte. Außerdem sind seine Haare wieder leicht verstrubbelt, was ihn verdammt sexy macht, genau wie der Dreitagebart. Offensichtlich kommt erst jetzt, nach der Kündigung, der wahre Jonas zum Vorschein, und ich muss gestehen, dass ich diese etwas wildere Version tausendmal anziehender finde als die ursprüngliche, die ich jedoch auch schon gern mochte. »Zählst du meine Falten, oder versuchst du nur, deine Contenance wiederzufinden?«, fragt Jonas und erhebt das Glas. »Wie auch immer. Auf dich, Lina, auf diese wunderbare Idee und den schönen Abend, der vor uns liegt. Ich freue mich sehr darüber, dass du dich daran erinnert hast, wie gern ich hier mal reinwollte.«

Wir stoßen miteinander an und küssen uns erneut. Ich würde am liebsten hier sitzen bleiben, denn es ist so wunderschön, dass kein noch so toller Ausblick mit dem mithalten kann, den ich gerade vor mir habe: den auf Jonas. Doch natürlich sind sein Ehrgeiz und seine Neugier geweckt, sodass wir die restlichen Stufen auch noch bezwingen, allerdings in gemäßigtem Tempo.

Jonas lässt den Blick durch den Raum schweifen, in dem der Leuchtturmwärter seine Arbeit verrichtete, Aufzeichnungen erstellte und von dem aus sich die Tür zur kleinen Galerie öffnet, die den Turm umrandet. »Das ist ein bisschen wie in einem

Abenteuerbuch«, murmelt er und wirkt sichtlich ergriffen. »Meinst du, ich darf mich mal kurz an den Schreibtisch setzen?«

»Aber natürlich, solange du die Seekarten nicht in Brand setzt.« Jonas wirkt begeistert wie ein kleiner Junge in einem Spaceshuttle. Er berührt den Globus und die kartografischen Gerätschaften auf dem Tisch so sanft, als würde er mich streicheln. Und er betrachtet die historischen Zeichnungen von anderen Leuchttürmen an der Wand so aufmerksam, als würde er jeden Pixel in sich aufsaugen und für immer in seinem Inneren bewahren wollen.

»Es war schon immer mein Traum, einmal an so einem Platz zu sitzen«, sagt er leise. »Als Kind wollte ich unbedingt Leuchtturmwärter werden, weil ich in den Ferien bei meinem Onkel nachts heimlich *Der Leuchtturm auf den Hummerklippen* von James Krüss gelesen habe. Ich stellte es mir absolut gigantisch vor, von oben auf das tosende Meer zu schauen und Seefahrern den richtigen Weg zu weisen, damit sie sicher in den Heimathafen und zu ihren Liebsten zurückkehren konnten. Das mit Spider-Man kam erst später.«

Wenn Träume wahr werden, denke ich und kann nicht anders, als ihn nochmals auf das Jobangebot anzusprechen. »Ich möchte, dass du nach London gehst und diese Glamping-Kette aufbaust«, sage ich, entschlossen, ihm sein großes Glück zu ermöglichen, obwohl mir die Worte beinahe das Herz zerreißen. Wenn ich es schon als ewig lange Zeit empfinde, Jonas mehr als fünf Tage nicht zu sehen, was wird dann erst, wenn es sich um mehrere Wochen handelt? Doch das ist egal, er soll seinen Traum leben können. Jeder sollte das tun können, egal wie klein oder groß diese Träume sind.

Jonas dreht sich zu mir um, und es sieht so aus, als schimmerten Tränen in seinen Augen, aber vermutlich bilde ich mir das nur ein. »Das kann ich nicht tun, Lina. Ich habe dich gefunden, obwohl ich gar nicht nach dir gesucht habe, und nun möchte ich dieses Glück auskosten und festhalten.«

Ich sage: »Schhhh«, und lege meinen Zeigefinger auf seine Lippen. »Nicht reden. Lass uns auf die Plattform gehen, denn es beginnt bald zu dämmern, und du solltest unbedingt diesen Wahnsinnsausblick genießen.«

»In Ordnung«, sagt Jonas, steht vom Schreibtischstuhl auf, und ich öffne die *Tür zum Himmel,* wie ich sie im Geiste nenne.

Für all diejenigen, die schon auf dem Empire State Building oder dem Eiffelturm gestanden haben, wirkt der Leuchtturm von Lütteby natürlich wie aus einer Puppenstube. Doch er entfaltet seine wahre Größe mit der Aussicht, die allen zu Füßen liegt, die Liebe zur Natur und ein offenes Herz haben. »Schau mal, der Wind malt Muster in die Getreidefelder«, sagt Jonas und drückt meine Hand. »Und dahinten in der Ferne sieht man den Marktplatz, die Kirche und die Lillebek. Aber auch den Deich, den dazugehörigen Koog, den Naturstrand, den Wald und die Spukvilla. Und natürlich die Königin der Meere, die Nordsee. Danke, Lina, dass du mir dies geschenkt hast.«

Wir bleiben auf der Plattform, bis die Sonne untergegangen ist und es dunkel wird, essen die Sandwiches, die ich vorhin zubereitet habe, und Süßes von Amelie als Dessert. Dabei leert sich die Flasche Sekt wie durch Zauberhand, wir erzählen einander kleine Anekdoten aus der Vergangenheit, lachen und liebkosen uns – doch sprechen nicht mehr über den Job. Als die ersten Sterne am Himmel blinken und die Innigkeit zwischen uns beiden nicht schöner und größer sein könnte, weiß ich, dass es an der Zeit ist, Jonas endlich so nahe zu sein, wie ich es schon lange möchte.

Diesmal fühlt es sich richtig an.

Denn es ist Liebe.

- 21 -

Obwohl ich in Gedanken immer noch bei der Nacht mit Jonas bin, die nicht schöner hätte sein können, ist es Zeit für mich, schwarze Kleidung aus dem Schrank zu holen und mich bereit für die heutige Trauerfeier zu machen, die in zwei Stunden beginnt. Schade, dass ich gerade nicht mit Sinje sprechen und ihr erzählen kann, wie aufgewühlt ich bin.

Henrikje möchte ich nicht in meine intimen Geheimnisse einweihen, außerdem ist sie, gemeinsam mit Anka, Violetta, Matti und natürlich Sinje, auf dem Meer, um Helmut die letzte Ehre zu erweisen.

Nachdem ich ein schwarzes Kleid und eine schwarze Strickjacke angezogen habe, bleibe ich noch eine Weile vor dem Spiegel stehen. Ich denke an meine Mutter und daran, dass es ihr so wichtig war, den Namen meines Vaters geheim zu halten, dass sie noch nicht einmal ihrer besten Freundin Michaela von ihm erzählt hat. »Was war nur damals los mit dir?«, frage ich die Fotografie meiner Mutter. »Wer ist dieser Mann, und wieso hast du seine Identität geheim gehalten? Du musst doch sehr verliebt in ihn gewesen sein, wenn du mit ihm geschlafen hast. Ich hatte gestern eine unvergleichliche, ganz besondere Nacht mit Jonas, die uns beiden gezeigt hat, dass wir, so kitschig es auch klingt, füreinander bestimmt sind.« In dem Moment, als mir diese Worte entschlüpft sind, fällt mir ein, dass ich niemals mit Florence über derartige Dinge sprechen würde, auch wenn sie hier wäre.

261

Das geht nur Jonas und mich etwas an, und, na ja, auch ein bisschen Sinje.

Sie hat ihr erstes Mal mit Sven als Naturgewalt beschrieben, und ich habe seit gestern eine vage Ahnung davon, was sie damit meint. Ein Gefühl von Leidenschaft, nach dem man süchtig werden könnte und das ich bislang in dieser Art noch nicht erlebt habe. »Ich muss jetzt los, Mama, heute betrauern wir den Tod von Ankas Mann Helmut. Du kennst ihn auch und weißt sicher, was für ein liebenswerter und toller Mann er war. Er wird uns allen unglaublich fehlen.« *Genau wie du,* ergänze ich in Gedanken, nehme meine Tasche vom Stuhl, schnappe mir den Regenmantel und verlasse mitsamt dem wasserfest eingepackten Bild von Helmut die Wohnung.

Leider schüttet es heute wieder wie aus Eimern, doch die Lüttebyer Gemeinschaft hat ganze Arbeit geleistet, die Näharbeiten waren eine echte Punktlandung. Ich marschiere schnellen Schrittes in Richtung Strand, denn ich möchte sichergehen, dass der Aufbau des Regenschutzes genauso geklappt hat, wie wir alle uns das vorgestellt haben. Ein Gefühl der Erleichterung durchflutet mich, als ich schon von Weitem die gelb-rot-blauen Planen sehe, die die Flagge Nordfrieslands symbolisieren, und kann nur hoffen, dass sie den starken Schauern standhalten. Ich kneife die Augen zusammen, und mein Herz schlägt ein kleines bisschen schneller, als ich beim Näherkommen erkenne, dass irgendjemand in die Mitte der zusammengenähten Bahnen drei goldene, dreimastige Schiffe im Stil des sechzehnten Jahrhunderts gestickt oder aufgenäht hat. In den Segeln befinden sich die drei Symbole Pflug, Fisch und Stierkopf, genau wie auf dem Wappen unseres Kreises. Das kann nur Henrikjes Werk sein, denke ich und bedaure, dass ich jetzt nicht bei ihr sein kann.

Doch die Plätze auf dem Kutter sind begrenzt, und meine Aufgabe war es, dieses Fest zu organisieren.

»Bonjour, Lina«, sagt Amelie. »Schön siehst du aus. Wie ein strahlender Engel.« Sie hakt mich unter und führt mich zu dem Tisch, auf dem Helmuts Fotografie aufgestellt werden soll.

Ich wickle das Bild aus seiner schützenden Verpackung und platziere es zwischen den beiden Vasen mit Sonnenblumen, Helmuts absoluten Lieblingen, während die Tropfen auf das provisorische Dach prasseln. Zum Glück blühen diese Blumen schon Ende Juni, erst recht, wenn es so warm ist wie in den vergangenen Wochen, sonst hätten wir auf andere Blüten ausweichen müssen. In Helmuts Garten wuchsen die schönsten Exemplare, und ich hatte als Kind einen Heidenspaß daran, die Kerne zu schälen und sie mir entweder selbst in den Mund zu stecken oder sie auf die Futterstelle für die Vögel im Garten zu streuen. »Dieser Rahmen ist ein kleines Kunstwerk«, sagt Amelie, und wir stehen einen Moment lang Seite an Seite vor der Fotografie, die von Muscheln, Algen, Schnecken und Meerglas umrahmt wird, eingefasst in Naturbast und den Draht, auf dem ich die Meeresschätze befestigt habe. »Und er spiegelt deine tiefe Liebe zu ihm wider. Anka wird sich sehr darüber freuen.« Nachdem ich mich vergewissert habe, dass das Bild nicht von einem Windstoß umgeworfen werden kann, nehme ich alles andere in Augenschein. Vor allem das Büfett, das Federico, Amelie, Chiara und Nino auf langen Tapeziertischen, bedeckt mit weißen Leinentischtüchern mit einem Rand aus Spitzenbordüre, aufbauen. »Was ist denn das?«, frage ich, als Freunde von Federico auf dem Sand etwas heranrollen, das aussieht wie …

»Das ist unser neuer Pizzaofen auf Rädern, betrieben mit Gas, damit wir ihn bei schönem Wetter auch auf die Terrasse stellen können. Ist er nicht *bellissimo?*«, sagt Federico und tätschelt die Neuerwerbung so liebevoll, dass Chiara eine kleine Grimasse schneidet.

»Es gibt heute auch noch Pizza?«, frage ich überrascht, denn das Büfett biegt sich schon vor lauter Leckereien.

»Keine Pizza, sondern Panzerotti, weil sie Helmuts Lieblingsessen waren«, erwidert Federico. »Die kann man hier drin auch ganz wunderbar machen. Für die Kinder werde ich normale Pizza backen, wenn sie die lieber wollen.«

Nachdem ich Kai, Ahmet und Fiete für den Aufbau der Planen gedankt und auch den fleißigen Näherinnen großes Lob ausgesprochen habe, gehe ich zu Rantje, die gerade auf einer improvisierten Holzbühne den Verstärker und die Mikrofonanlage aufbaut. Michaela steht daneben und beäugt sie streng, vermutlich wird sie ihr noch Tipps für das passende Bühnenoutfit geben, die Rantje ohnehin ausschlägt.

»Kann ich dich noch mal einen kurzen Moment allein sprechen?«, fragt Amelie, nachdem ich Rantje begrüßt und kurz mit Michaela geplaudert habe, der man die Neugier an der Nasenspitze ansehen kann. Ich nicke, und wir gehen gemeinsam den Strand entlang, eingehüllt in unsere Regencapes. Zum Glück hat der Regen etwas nachgelassen, jetzt nieselt es nur noch. Der Nordsee sieht man das schlechte Wetter der letzten Woche an, sie ist nun schon seit Tagen aufgewühlt und ihr Wasser graubraun statt grünlich blau. Am Spülsaum liegen weit mehr Algen, Treibholz, Strandkrabben und leider auch tote Möwen und Fische als sonst, der Ranger wird einiges zu tun haben, um den Sand zu säubern.

Amelie zieht einen zusammengefalteten Zettel aus ihrer schwarzen Handtasche und zeigt ihn mir. Ich lese ihn aufmerksam durch, es ist der Entwurf für eine Anzeige, in der Amelie nach einem potenziellen Betreiber für das abendliche Bistro sucht. »Die ist wirklich sehr gelungen«, lobe ich, erfreut zu sehen, dass Amelie es ernst meint. »Du wirst mit Anfragen überhäuft werden, da bin ich mir ganz sicher.«

»Das wäre schön«, sagt sie und blickt nachdenklich aufs Meer. »Ich könnte es nicht ertragen, wenn Falk van Hove seine Drohung wahr machen und mich aus dem Café werfen würde. Ich hoffe sehr, dass Henrikje Thorstens Vorschlag annimmt und für das Bürgermeisteramt kandidiert, auch wenn sie sich Falk damit endgültig zum Feind macht. Hat sie sich denn schon entschieden?«

Ich sage Amelie, dass ich es nicht weiß, aber meine Großmutter nicht zu Schnellschüssen neigt und sich deshalb Bedenkzeit bis Juli erbeten hat. Natürlich wäre sie absolut prädestiniert für dieses Amt und würde sicher so manches in die richtige Richtung lenken. Doch hängt sie auch sehr an ihrem Lädchen, und so eine große Aufgabe kostet naturgemäß sowohl Zeit als auch Kraft.

»Sieh mal, sie laufen ein«, sagt Amelie, und tatsächlich: Nun sehe auch ich den wunderhübschen Kutter namens *Letzte Fahrt*, der langsam auf uns zusteuert. Als Vorboten der Trauergäste an Bord spülen die Wellen Rosen an den Strand, so wie ich es schon unzählige Male bei Seebestattungen gesehen habe. Doch im Gegensatz zu den sonst üblichen roten Rosen sind diese gelb, denn das war Helmuts Lieblingsfarbe.

Gelb wie die Sonne, wie der Raps auf den Feldern am Rande Lüttebys, die Sonnenblumen und das Fußballtrikot des kleinen Mats, auf das der Junge so stolz war.

Nun sind Vater und Sohn auf ewig im Himmel vereint.

Am fernen Horizont klart der Himmel ein wenig auf, hie und da blitzt ein vereinzelter Sonnenstrahl durch die Wolkendecke.

»Komm, lass uns wieder zu den anderen gehen«, sage ich, damit für die Feier auch wirklich alles perfekt ist. Mittlerweile sind auch andere Trauergäste eingetroffen, stellen Klappstühle auf und drapieren Kissen auf dem Sand, damit jeder ein Plätzchen zum Ausruhen und Sichbesinnen hat. Ich helfe bei den allerletzten Handgriffen und bekomme gar nicht mit, dass das Boot schon angelegt hat und Sinje auf einmal neben mir steht. »Das sieht alles traumhaft schön aus«, sagt sie. »Die Lüttebyer könnten Helmut keinen liebevolleren Abschied schenken, ich bin mir sicher, er freut sich sehr darüber. Die Seebestattung war so ergreifend, dass ich diesmal selbst heulen musste, aber zum Glück waren alle sehr lieb und verständnisvoll. Anka hat sich erstaunlich tapfer gehalten, Henrikje war ihr eine großartige Stütze. Matti hat all die gelben Rosen verstreut, und Abraxas hat unsere Fahrt begleitet, als habe er nur darauf gewartet, Helmuts Seele in den Himmel geleiten zu können.« Plötzlich bricht Sinjes Stimme, und sie beginnt erneut zu weinen, auch ich habe einen Kloß im Hals, weil ich mir das alles so gut vorstellen kann, als sei ich dabei gewesen. Weil Sinje aber gar nicht mehr aufhören kann zu weinen, keimt ein Verdacht in mir auf. »Ist noch etwas anderes passiert?«, frage ich besorgt.

Sie nickt und zieht mich mit sich. Wir gehen an den Rand der Zeltplane, wo wir allein sind. »Heute ist ein weiterer Brief von *L* gekommen«, erzählt sie, mit etwas festerer Stimme als noch eben. »Er hat wieder sehr romantisch geschrieben und … um ein Treffen gebeten.« Ein Treffen?! Ich muss zugeben, dass der anonyme Briefschreiber bei all dem Wirrwarr um Gunnar und Sven für mich in den Hintergrund getreten ist. Doch natürlich ist es nach wie vor der Name mit der Initiale L, den die Wahrsagerin Sinje als wahre Liebe prophezeit hat. »Und außerdem hat Gunnar unsere heutige Verabredung mit einer fadenscheinigen Ausrede abgesagt. Ich habe also gerade keine Chance, meine Beziehungsprobleme mit ihm zu klären. Und der Brief deutet darauf hin, dass ich noch einen zusätzlichen Konflikt zu lösen habe.«

Macht Gunnar das aus taktischen Gründen, um Zeit zu gewinnen?, frage ich mich. Es wäre ihm nicht zu verdenken, schließlich liebt er Sinje über alles, das weiß ich.

»Kommt, meine Hübschen, es ist Zeit, mit der Trauerfeier zu beginnen«, sagt Michaela, die wieder im unpassendsten Moment auftaucht. Doch sie hat nun mal dieses untrügliche Gespür dafür, hereinzuplatzen, wenn Menschen eigentlich Zeit für sich, ihre Themen und Entscheidungen brauchen. »Pudert euch aber bitte noch die Nasen, und frisiert euch die Haare, damit …« Michaelas Stimme bricht plötzlich mitten im Satz, ihre Augen weiten sich.

Nun schaut sie nicht mehr uns beide an, sondern etwas oder jemanden, der hinter uns steht. Wie in Zeitlupe drehe ich mich um und erblicke eine Frau, die immer näher kommt und die mir ähnlich sieht.

Michaela stößt einen spitzen Schrei aus und läuft in Richtung der Fremden, die – ich spüre es genau – meine Mutter ist …

Am Abend dieses äußerst bewegenden Tages gehe ich noch einmal am Meer spazieren. Doch diesmal am Naturstrand am Waldesrand, wo sich die geheime Höhle meiner Mutter befindet und wo ich so gern mit Jonas war. Ich bin dort, wo Geschichten beginnen und wo Geschichten enden, nicht nur für mich, sondern auch für viele andere Menschen, solange sie Geheimnisse haben und manchmal andere Menschen damit sehr verletzen.

Ich kann immer noch nicht glauben, dass Florence wie aus dem Nichts aufgetaucht ist und offenbar vorhat zu bleiben.

Die Ereignisse der vergangenen Stunden fühlen sich an, als seien sie nicht mir passiert, sondern jemand anderem. Ich kann mich zwar an sie erinnern, aber sie bedeuten mir nichts, beinahe so, als sei ich lediglich eine unbeteiligte Zuschauerin am Rande des Geschehens gewesen, obgleich ich eine der Hauptfiguren in diesem Szenario bin. Momentan empfinde ich nichts weiter als

Schockstarre, im Gegensatz zu Henrikje, die überglücklich war, ihre verloren geglaubte Tochter unvermutet in die Arme schließen zu können. Doch in mir ist nichts als Dunkelheit und Verwirrung, dabei sollte ich mich doch freuen, nicht wahr?

Ich war kaum in der Lage, meine Mutter anzusehen und mehr als »Hallo« zu ihr zu sagen.

Auch an die Trauerfeier habe ich nur noch eine schemenhafte Erinnerung, was ich Florence nicht so schnell verzeihen werde, wie so vieles, was sie getan oder vielmehr nicht getan hat. Trotz allen Verständnisses für ihre Probleme und ihre psychische Verfassung übersteigt dies meine Vorstellung davon, wie Menschen, die angeblich über ein hohes Maß an Empathie verfügen, sich verhalten sollten. Unangekündigt genau zu diesem für uns alle so bewegenden und wichtigen Ereignis aufzutauchen, zeugt nicht gerade von Feingefühl.

Oder wusste sie gar nichts von der Trauerfeier und ist nur zufällig dort aufgetaucht?

Doch wieso ist sie nach all den Jahren ausgerechnet pünktlich zur Stelle, wenn es den Tod von Helmut zu betrauern gibt und sowohl Henrikje als auch Michaela und ich zusammen an einem Ort sind? Nein, das kann kein Zufall sein.

»Alles okay mit dir?«, fragt Sinje, die mich begleitet. Mein Handy klingelt erneut, doch ich ignoriere alle Anrufe und Nachrichten von Jonas, weil es zu sehr schmerzt. Ich weiß jetzt, dass ich keine Chance haben werde, mich unserer noch jungen Liebe hinzugeben, denn ich muss erst einmal meine Familiengeschichte klären. Und wer weiß, wie lange es dauert, bis ich verstehe und begreife, wieso alles so gekommen ist, wie es ist. Ohne unsere Wurzeln und unsere Geschichten zu kennen, existieren wir nicht.

»Keine Ahnung«, murmele ich, während ich dabei zusehe, wie das Watt allmählich trockenfällt und nach und nach die Priele freigibt. Austernfischer staksen darin umher, Seeschwalben überfliegen laut singend die See. In der Wunderwelt des Wattenmeers geht das Leben immer weiter, egal, was mit den Menschen geschieht, die seine Ufer bewohnen, denn sie sind nur Gäste auf Zeit. »Ich fühle mich gerade leer, ausgelaugt und ratlos. Sobald ich mich gefangen habe, werde ich Jonas raten, das Angebot in London anzunehmen, auch wenn er nach unserer wunderschönen Nacht im Leuchtturm gesagt hat, dass er das auf keinen Fall tun wird, weil er unserer Liebe eine Chance geben will. Doch es wäre ungerecht, ihn von seinem Traum abzuhalten, während ich erst mal damit beschäftigt sein werde, meine inneren Einzelteile zusammenzusetzen und … meine Mutter kennenzulernen.«

Sinje seufzt schwer und nimmt mich in den Arm.

Es ist gut, eine Freundin wie sie, eine Großmutter wie Henrikje und eine Heimat wie Lütteby zu haben.

Denn in Lütteby geht man nicht so schnell verloren, egal, wie groß der Schmerz auch ist, den man aushalten muss.

Denn auch Lütteby ist Liebe.

Eine Liebe fürs Leben.

ZU WAHR, UM SCHÖN ZU SEIN

»Wenn etwas kaputt ist, muss man es reparieren!«
45 Jahre lang hat Caro nach diesem Motto gelebt – bis sie ausgerechnet am Tag ihrer Silberhochzeit vor den Scherben ihrer Ehe steht. Als wäre das nicht genug, verliert Caro nach dem Mann auch noch ihren Job, ihr Sohn Felix baut ordentlich Mist, und Caros esoterisch angehauchte Hippie-Mutter Flora kommentiert all das mit nervigen Kalendersprüchen.
Zum Glück sind Caros beste Freundin Sylvia und die Lotsenwitwe Hedwig zur Stelle, um mit Humor und guten Ratschlägen Caros Kampfgeist zu wecken. Denn wenn etwas unwiderruflich kaputt ist, muss frau es schließlich irgendwann ersetzen, oder nicht?

ICH DACHTE SCHON, DU FRAGST MICH NIE

Kann das Chaos noch ein bisschen größer werden?, fragt Sophie Hartmann sich. Tochter Pauli leidet am ersten Liebeskummer, Schwester Geli an notorischem Hang zu falschen Männern, und dann bricht sich Tochter Liv ausgerechnet kurz vor Eröffnung des gemeinsamen Restaurants die Hand. Dummerweise ist Sophie in der Küche ein Totalausfall, selbst mit ihrem Wahlspruch »Familie ist das Allerwichtigste« stößt sie hier an ihre Grenzen.
Zum Glück beweist das Schicksal Sinn für Humor und schickt Hilfe von unerwarteter Stelle. Doch während sich in Sophies Umfeld alles zum Besten wendet, muss sie selbst erkennen, dass sie ihre eigenen Wünsche und Träume viel zu lange begraben hat ...

Die Büchernest-Serie von Gabriella Engelmann:

Auf der Nordsee-Insel Sylt treffen Sie auf die Buchhändlerin Larissa, ihre Freundin Nele, Tante Bea und viele weitere sympathische Figuren. Sie leiden mit ihnen, wenn ihnen das Leben Steine in den Weg legt – und genießen jede Seite, wenn sie gemeinsam die Tücken des Alltags bewältigen, versprochen!

INSELZAUBER

Bei ihrer ersten Begegnung sind sich Larissa und Nele herzlich unsympathisch, dabei haben sie mehr gemeinsam, als sie ahnen. Schon bald stellen die beiden fest, dass man zusammen stärker ist als allein.

INSELSOMMER

Die Hamburger Galeristin Paula fragt sich: Soll sie einen Neuanfang wagen oder festhalten, was sie hat? Ein Inselurlaub bei Buchhändlerin Bea und deren Nichte Larissa soll Klarheit in Paulas Gefühle bringen.

WINTERSONNENGLANZ

Larissa liebt die Herbst- und Wintermonate auf Sylt. Doch in diesem Jahr kann sich die besondere Magie einfach nicht entfalten. Wie gut, dass wenigstens Larissas beste Freundin wieder zurück in Keitum ist …

STRANDKORBTRÄUME

Larissa sucht händeringend nach Personal für ihr Buchcafé Büchernest. Kurzerhand beschließt Sophie, in ihre alte Heimat zurückzukehren um auszuhelfen. Ein Sommer auf Sylt soll den Neuanfang bringen. Denn nach einem enttäuschenden Liebes-Aus braucht Sophie vor allem neue Träume und gute Freundinnen.

»Macht den Kopf frei und das Herz leicht«
tina